Autant en emporte l'éclair

Dépôt légal : octobre 2019
© 2019 Aurore Aylin
illustration de couverture : Fleurine Rétoré
ISBN : 9781699536520
Independently published

Aurore Aylin

Autant en emporte l'éclair

Du même auteur

Les Kergallen, t1 : Thaïs
Les Kergallen, t2 : Joanna
Les Kergallen, t3 : Nina
Les Kergallen, t3,5 : Nouvelles
Les Kergallen, t4 : Sélène
Les Kergallen, t4,5 : Nouvelles
Les Kergallen, t5 : Azilis
Les Kergallen, t5,5 : Gwenn

Les de Chânais et les Kergallen
coécrit avec Ysaline Fearfaol
Pari risqué
Jeux de scène
Méli-mélo

Retrouvez l'univers d'Aurore Aylin sur son blog
http://auroreaylin.canalblog.com/

ou sur sa page Facebook
Aurore Aylin romance

Chapitre 1

Hermione vérifia une dernière fois sa tenue. Avait-elle eu raison de choisir cette jupe crayon noire et ce chemisier blanc ? C'était une tenue classique, passe-partout, élégante. L'était-elle trop ? Ou pas assez ? Aurait-elle dû porter un tailleur ? Ou opter pour une coiffure moins stricte que ce chignon sur la nuque ? Flûte ! Elle n'en savait rien, et il était trop tard de toute façon pour faire demi-tour et se changer. Monsieur Dorbais avait été très clair : il aimait la ponctualité, et elle était attendue à neuf heures tapantes. Hermione vérifia l'heure à sa montre : il lui restait dix minutes pour parcourir les cinquante mètres qui la séparaient de sa destination.

Inspirant profondément – elle fit la grimace en inhalant l'odeur des gaz d'échappement – la jeune femme avança d'un pas vif, ses talons claquant sur le trottoir. De toute façon, décida-t-elle, sa tenue n'avait pas d'importance : elle passerait sans doute la journée dans un bureau. Il serait toujours temps d'ajuster ses choix vestimentaires les jours suivants.

Une enseigne design proclamait fièrement « *Arch'e'Tech* ». Depuis la rue, on apercevait un vaste hall épuré. Hermione essuya ses mains moites avant de pousser la porte. Voilà, elle y était. Elle démarrait sa première journée en tant que décoratrice d'intérieur dans l'une des plus grandes agences parisiennes.

La jeune femme à l'accueil afficha un sourire professionnel. Elle jaugea la nouvelle venue d'un regard expert.

— Vous devez être mademoiselle Aubry.

Hermione approuva d'un hochement de tête, tout en lui rendant son sourire.

— Je suis Sarah. Monsieur Dorbais m'a demandé de vous conduire à votre bureau. Il vous fera ensuite visiter les lieux. Bienvenue chez nous.

— Merci.

Un peu étourdie, Hermione emboîta le pas à Sarah, observant les couloirs et les espaces dont elle apercevait les intérieurs lorsque la porte était ouverte. Lors de son entretien d'embauche, elle ne s'était pas aventurée bien loin dans l'agence, la pièce où elle avait été reçue se trouvant tout près du hall. Un bureau très basique. Peu à peu, un sourire ravi naquit sur ses lèvres : ce qu'elle voyait en passant lui plaisait beaucoup ! Elle ne savait pas si les membres de l'agence arrangeaient librement leurs bureaux ou s'il y avait des consignes, mais c'était varié, coloré, bref, tout à fait ce qu'elle s'attendait à trouver dans une agence d'architecture et décoration d'intérieur aussi réputée. Sarah surprit son expression et sourit.

— Il faut voir cette partie comme une sorte de laboratoire des tendances.

Elle désigna une pièce par la porte ouverte de laquelle on apercevait une ambiance ethnique.

— Carole change sa déco à peu près une fois par mois. Celle-ci ne devrait pas tarder à disparaître, d'ailleurs, ça fait bien trois semaines qu'elle y est.

— On peut donc décorer librement son espace ? demanda Hermione, impressionnée.

— Oui. Monsieur Dorbais insiste sur la créativité de chacun. Il faut donner envie aux clients. Vous faites ce que vous voulez, ou presque, du moment que ça ne vous retarde pas dans votre travail.

— Presque, releva Hermione.

Et voilà, à peine arrivée, elle se mettait en mode tatillonne.

— Monsieur Dorbais accepte tout, sauf une chose : le bleu.

— Euh...

Racisme anti-Schtroumpf ? susurra dans son esprit la petite voix ironique qui se manifestait souvent dans les moments les plus inopportuns, manquant la faire rire toute seule, même quand la situation ne s'y prêtait pas. Surtout quand la situation ne s'y prêtait pas !

— Ne me demandez pas pourquoi, je suis une simple réceptionniste ! s'esclaffa Sarah. Il ne veut pas voir du bleu, c'est tout ce que je sais.

— Est-ce que ça vaut aussi pour les vêtements ?

Le rire de sa guide se fit plus fort.

— Non ! Bizarrement, ce n'est valable que pour la déco. Donc, évitez la peinture bleue, les accessoires bleus, etc.

— C'est noté.

Décontenancée, Hermione chassa de son esprit la petite voix moqueuse qui chantonnait *I got the blues*. Chacun avait ses lubies, et si son patron n'avait que celle-ci, ma foi, elle s'en accommoderait. Même si elle adorait le bleu.

— Ici, tout le monde se tutoie, reprit Sarah, avant de s'arrêter devant une porte.

Elle poussa le battant et s'effaça pour laisser Hermione découvrir...

— Et on bizute la petite nouvelle en lui attribuant le bureau des horreurs !

Le rire de Sarah retentit à nouveau. Hermione aurait été bien en peine de l'accompagner dans son hilarité, tant la surprise la clouait sur place. Tout était noir. Les murs, le plafond, les meubles. Seul le sol carrelé gris ardoise y échappait, mais un tapis noir le recouvrait en grande partie. Les rideaux ne se distinguaient guère par l'originalité de leur couleur. C'était d'un mauvais goût total.

— On dirait la chambre de ma sœur quand elle a fait sa crise d'ado et qu'elle a décidé de devenir gothique, commenta enfin Hermione.

— Ton prédécesseur était un type un peu étrange, spécialisé dans les ambiances gothiques, justement.

Hermione explosa de rire.

— Un cercueil ?!

Elle pointa du doigt l'objet du délit.

— Il s'en servait de table basse, expliqua Sarah, flegmatique.

— Dans son cas, je ne sais pas si c'est une si bonne chose de laisser carte blanche pour la déco.

— Je t'aime bien, décréta Sarah avec un grand sourire.

— Je sens que je vais adorer travailler ici. Dès que j'aurai arrangé un peu les lieux...

André Dorbais précéda Hermione dans la salle de réunion. Il lui avait fait visiter l'agence, lui avait présenté quantité de personnes dont elle avait oublié les noms. La jeune femme avait pu constater à cette occasion que sa tenue était vraiment trop classique. Ici, ni tailleurs ni costumes. C'était une envolée de couleurs, d'imprimés, de tenues décontractées ou très stylées. Si son patron portait un costume, sa chemise jaune poussin et sa cravate ornée de petites oranges – à moins que ce soient des clémentines – apportaient une touche d'originalité détonante. Elle se rappelait à présent que, lors de son entretien d'embauche, monsieur Dorbais arborait une chemise rouge agrémentée d'une cravate jaune à pois rouges. Elle avait trouvé ça assez comique, sans réaliser que c'était le look quotidien du patron. Hermione se sentait affreusement terne et classique au milieu de tout ce petit monde. Un merle parmi des paons.

— Bien, tout le monde est-il là ? lança André Dorbais d'une voix forte.

Un concert de « oui » lui répondit. Tous prirent place autour de l'immense table. Hermione se glissa sur son siège en observant ses collègues. Une femme d'une cinquantaine d'années lui fit un petit clin d'œil. Hermione décida qu'elle la trouvait sympathique. Ses boucles d'oreille en forme d'attrape rêve étaient superbes, en plus. Sa voisine, en revanche, arborait une mine revêche qui n'encourageait guère à la discussion. Hermione poursuivit son tour de table. Là, un homme approchant la quarantaine ne la quittait pas des yeux. Quand leurs regards se croisèrent, il lui adressa un large sourire.

— Au cas où certains d'entre vous n'auraient pas été présents lorsque je l'ai présentée, voici Hermione Aubry, notre nouvelle décoratrice d'intérieur, reprit monsieur Dorbais. Elle sera plutôt spécialisée dans les demeures de maître et les biens d'exception.

Quelques mains se levèrent pour faire un petit signe à la jeune femme, des sourires fleurirent. L'accueil était sympathique, c'était bon signe. Monsieur Dorbais avait expliqué le fonctionnement d'*Arch'e'Tech* à Hermione lors de l'entretien d'embauche. L'agence répartissait les dossiers en fonction des compétences de chacun. Certains architectes et décorateurs se spécialisaient dans l'ancien quand d'autres se tournaient vers des bâtiments et ambiances résolument modernes. Certains s'occupaient de l'aménagement de bureaux pour des entreprises ou collectivités, d'autres travaillaient pour des particuliers. Hermione interviendrait surtout pour ces derniers, dans des demeures ayant du cachet, afin de proposer des aménagements en accord avec le cadre. Cela lui convenait. Elle aimait les belles maisons, les manoirs, les châteaux, bref, tout ce qui était porteur d'une histoire. Elle était capable de décorer des intérieurs récents selon les tendances du moment – lesquelles changeaient très vite –, mais elle excellait dans l'ancien.

Hermione suivit la réunion avec grand intérêt. Les gros projets étaient présentés, soit pour apporter des modifications aux propositions des architectes, soit pour faire le point sur l'avancée des travaux. C'était aussi l'occasion de parler des entreprises avec lesquelles l'agence travaillait : l'une d'entre elles ne donnait plus satisfaction et monsieur Dorbais se prononça sur la nécessité de faire appel à quelqu'un d'autre par la suite.

— Pour la rénovation du manoir Debussy, je suis d'avis qu'Hermione se charge de la décoration. C'est une opportunité de mettre vos talents à l'œuvre, ma chère.

— Avec plaisir !

Un manoir, voilà qui était prometteur ! La femme à la mine coincée, qui n'avait pas décroché un mot de toute la réunion, intervint.

— André, vous m'avez déjà mis le stagiaire sur ce chantier. Si je dois superviser un stagiaire et une débutante, ça risque de me donner pas mal de travail.

Zut ! La perspective de devoir travailler avec Miss Aimable rendait le projet moins attractif, soudain. Une débutante ? Hermione fronça les sourcils. À vingt-neuf ans, elle pouvait se targuer d'une certaine expérience, même si elle arrivait tout juste dans l'agence.

— Guillaume est très compétent, Jeanne, vous n'avez presque pas besoin de le superviser. Quant à Hermione, je ne l'aurais pas embauchée si elle n'avait pas été à la hauteur.

Et toc ! Le côté sale gosse d'Hermione lui donnait envie de tirer la langue à Miss Aimable. En tout cas, voilà qui faisait plaisir à entendre, même si Hermione se doutait bien qu'elle avait été choisie parmi plusieurs candidatures et que son CV était le meilleur. Décidément, cette Jeanne lui déplaisait avec sa bouche pincée et ses jugements à l'emporte-pièce. Une fois de plus, la femme plus âgée aux boucles d'oreille si originales lui fit un clin d'œil.

— Bien, c'est donc décidé. Hermione, vous avez juste le temps de vous rendre sur place pour le rendez-vous avec les Debussy.

Hermione déglutit.

— Juste le temps ? croassa-t-elle.

— Sarah vous donnera l'adresse. Allons, ne perdez pas de temps, mon petit.

Le regard méprisant de Jeanne l'aida à se reprendre. Rien que pour lui river le clou, Hermione était prête à courir un marathon avec ses talons pour arriver à l'heure.

Le manoir était situé en pleine campagne de Seine-et-Marne. Des champs, des bois. En temps normal, Hermione aurait trouvé le cadre charmant, d'autant qu'il faisait beau et particulièrement chaud. Son chemisier lui apparaissait comme un mauvais choix pour une météo aussi estivale, mais elle avait misé sur l'élégance pour son premier jour. Là, au volant de la voiture empruntée à son amie Clara en catastrophe, cherchant la route sur laquelle le GPS lui demandait de tourner dans quelques mètres, elle n'avait pas vraiment le cœur à admirer le bucolisme des lieux. Jamais elle n'aurait imaginé qu'on l'enverrait en mission dès le premier jour, et hors de la capitale en prime ! Venue en transports en commun, la jeune femme avait vite fait le calcul : elle n'avait pas le temps de rentrer chez elle récupérer sa voiture, pas plus que d'essayer d'en louer une. Quant aux quelques véhicules que l'entreprise mettait à disposition de ses collaborateurs, elles étaient presque toujours réquisitionnées par les architectes, qui passaient presque chaque jour sur l'un ou l'autre des chantiers qu'ils supervisaient. Sarah lui avait déconseillé de compter dessus, même à l'avenir. Restait la solution SOS-Clara. Celle-ci travaillait heureusement dans le secteur et venait en voiture. Amusée par la panique de son amie, Clara s'était fait un plaisir de lui tendre ses clefs. Hermione avait à peine pris le temps de la remercier, obnubilée par les minutes qui défilaient. Venir en taxi aurait été une autre option, plus rapide, sans doute, mais de quoi aurait-elle eu l'air devant les Debussy ? Elle n'était même pas sûre que le trajet aurait pu figurer dans ses notes de frais et n'avait pas pensé à poser la question à Sarah.

Elle faillit dépasser la route de campagne et braqua brusquement pour ne pas manquer l'embranchement. Par chance, elle était seule.

L'horloge indiquait qu'elle avait dix minutes de retard. Hermione serra les dents, résistant à l'envie d'appuyer sur l'accélérateur. Le GPS annonçait une arrivée à destination dans trois minutes, ce n'était pas la peine de finir dans un fossé maintenant. Enfin, la grille grande ouverte du manoir l'accueillit. La jeune femme engagea la voiture dans une allée gravillonnée envahie de mauvaises herbes et vint se garer devant le perron, où étaient déjà stationnés deux véhicules. La grosse berline cossue devait appartenir aux Debussy. La seconde était donc celle de l'architecte d'intérieur stagiaire. Bien, au moins, les clients n'avaient pas eu à attendre, quelqu'un s'occupait d'eux.

Hermione embrassa le parc et la façade en un coup d'œil tandis qu'elle descendait de voiture. L'ensemble ne manquait pas d'élégance, cependant, tout ici respirait la négligence. Les arbustes et les haies n'avaient pas été taillés depuis un moment, des herbes folles envahissaient les lieux, certains volets paraissaient abîmés. D'après ce que Sarah lui avait expliqué en lui tendant le dossier, la demeure était restée en vente des années, et inoccupée durant tout ce temps. Les nouveaux propriétaires, Barbara et Alain Debussy, avaient contacté *Arch'e'Tech* pour lui redonner son lustre. C'était un couple aisé. Lui était apparemment un riche industriel. Le genre de client que l'agence avait intérêt à chouchouter et satisfaire, car il pouvait leur faire une publicité d'enfer auprès de son carnet d'adresses. Un sourire fleurit sur les lèvres de la décoratrice d'intérieur tandis qu'elle gravissait les marches : elle adorait ce type d'endroit, elle allait s'amuser comme une folle !

La porte d'entrée n'était pas verrouillée. Hermione pénétra dans un hall sombre. Des bruits de voix, provenant de la droite, lui apprirent où se trouvaient les autres. La jeune femme inspira, lissa sa jupe, redressa les épaules, et avança d'un pas décidé. Elle était en retard et devait donc faire bonne impression.

Elle entra dans ce qui devait être un grand salon. Partout, des meubles couverts de housses poussiéreuses encombraient l'espace. Trois têtes se tournèrent à son arrivée.

— Bonjour. Pardonnez mon retard, la circulation parisienne ne m'a pas facilité les choses. Je suis Hermione Aubry, la décoratrice d'intérieur.

— Merveilleux ! s'exclama la seule femme du trio. J'ai déjà plein d'idées pour la décoration.

Hermione lui sourit, réprimant une grimace. La femme était jeune. Très jeune. Plus jeune qu'elle, à vue de nez, sans doute plus proche des vingt ans que des trente. Et elle affichait une allure de bimbo avec ses talons vertigineux, sa jupe trop courte, son décolleté trop plongeant, ses cheveux trop platine et son maquillage trop prononcé qui ne rassurait guère la décoratrice quant à ses idées. C'était justement son travail de concilier ses propositions avec les envies des clients, même si parfois, elle devait sacrifier un peu de bon goût pour leur complaire. Elle allait devoir se montrer diplomate et persuasive.

L'homme qui tenait la bimbo par la taille ne pouvait être que son mari. Il avait l'âge d'être son père, et même s'il portait encore beau, un soupçon d'embonpoint tendait sa chemise tandis que les cheveux grisonnants se clairsemaient. Un couple improbable, se dit-elle en serrant la main d'Alain Debussy. Hermione songea qu'ils risquaient d'avoir divorcé avant même la fin des travaux. Elle se morigéna *in petto* d'avoir de telles pensées mesquines et clichées. La réplique suivante de la très jeune madame Debussy la déculpabilisa, toutefois.

— Vous pouvez m'appeler Barbie.

Hermione parvint à conserver un visage neutre, ce qui constituait un exploit !

— Avec plaisir.

— J'adore Hermione Granger, vos parents ont vraiment bien choisi votre prénom, reprit Barbie.

— Un coup de baguette magique, et ce manoir sera splendide, répondit Hermione, provoquant un rire cristallin chez son interlocutrice.

Cela faisait belle lurette qu'elle ne prenait plus la peine de faire remarquer qu'elle était née avant la saga *Harry Potter* et ne pouvait donc pas devoir son prénom à la copine du petit sorcier. Ce serait sans doute trop compliqué pour Barbie. Elle se tourna enfin vers la troisième personne, l'architecte d'intérieur stagiaire.

Préoccupée par la réaction des clients, elle n'avait guère prêté attention au stagiaire. Ce dernier se tenait en plus accroupi dans une zone plus sombre de la pièce lorsqu'elle était entrée. À présent qu'ils se faisaient face, Hermione se demandait comment elle avait pu ne pas le remarquer. C'était le genre d'homme qui ne passait pas inaperçu ! Son cœur fit un bond dans sa poitrine, une vague de chaleur la parcourut et elle se découvrit incapable d'aligner deux mots. Se rendant compte qu'elle le dévisageait, bouche bée, la jeune femme s'obligea à retrouver une contenance.

— Bonjour. Monsieur Dorbais m'a désignée pour travailler sur le projet pendant la réunion de ce matin.

— Bienvenue.

Il lui tendit la main et elle la serra, s'étonnant du petit frisson qui remonta le long de sa colonne vertébrale au son de sa voix grave. D'un seul mot, il parvenait à lui faire plus d'effet que n'importe quel discours enflammé dans la bouche d'un autre ! Ce type était trop beau pour être vrai. Trop beau pour sa santé mentale, en tout cas.

Il avait la paume calleuse, nota-t-elle. C'était une grande main dans laquelle la sienne paraissait petite et fragile. Hermione était de taille moyenne, et ses talons la grandissaient encore un peu, pourtant, la haute silhouette de Guillaume la dominait largement, emplissant tout son champ de vision. Hermione avait bien du mal à détourner le regard de l'apollon qui lui faisait face.

La voix haut perchée de Barbie fit éclater la bulle dans laquelle Hermione baignait, la ramenant à la réalité. Guillaume répondit à la question de la bimbo, et la visite reprit son cours. Tout en prenant des notes et en participant à la conversation, Hermione ne put s'empêcher d'observer le jeune homme à la dérobée. Il était plus âgé qu'elle s'y attendait. Les stagiaires avaient en général moins de vingt-cinq ans. Or, elle lui donnait une petite trentaine d'années. Grand et bien découplé, il avait les cheveux noirs un peu trop longs, le teint hâlé des gens qui passent du temps à l'extérieur et un visage à damner une sainte. Et Hermione n'était pas une sainte ! Elle qui considérait habituellement que les barbes de deux jours donnaient un aspect négligé aux hommes se surprenait à trouver cela très sexy sur celui-ci. Elle mettait en valeur une bouche étonnamment sensuelle pour un homme. Mais ce qui la surprit lorsqu'ils entrèrent dans une pièce plus lumineuse que les précédentes, ce furent ses yeux. Elle avait remarqué qu'ils étaient clairs et perçants lorsqu'ils s'étaient présentés l'un à l'autre, mais elle ne s'attendait pas au choc qu'elle ressentit quand elle croisa son regard vairon. L'œil droit était aussi bleu que la mer des Caraïbes, le gauche vert émeraude. C'était surprenant et fascinant à la fois. Hermione commençait à se poser nombre de questions sur cet homme. S'ils avaient été seuls, nul doute qu'elle aurait été tentée de l'interroger pour en savoir plus sur lui.

En plus d'être diablement séduisant, Guillaume était de toute évidence aussi compétent que le prétendait monsieur Dorbais. Hermione s'en rendit compte au fil de la visite. À peine entré dans une pièce, il avait une vision précise de ce qu'il pouvait y faire afin d'optimiser les lieux tout en respectant le cachet de la demeure et le budget des Debussy. Barbie était apparemment du même avis que la décoratrice, car elle ne cessait de glousser et de battre des cils à l'attention de l'architecte, sous le regard indulgent de son mari. Guillaume restait de marbre, comme s'il ne remarquait pas le manège de la jeune femme. Peut-être était-il tellement habitué à susciter ce genre de réactions qu'il n'y prêtait même plus attention, songea Hermione, se retenant de lever les yeux au ciel, comme le rire de gorge de Barbie s'élevait à nouveau.

— Je verrais bien mon boudoir, ici. J'ai toujours rêvé d'avoir un boudoir, comme les grandes dames d'autrefois. C'est tellement chic !

Barbie se tourna vers Hermione, qui pria pour que la bimbo ne réclame pas du rose.

— Avec un peu de rose, par petites touches, ce serait ravissant, non ?

— Tout à fait, approuva Hermione, qui se demandait si elles avaient la même notion de « petites touches ».

— Oh ! Alain-Chou, nous allons être si heureux, ici !

Hermione pinça les lèvres pour ne pas sourire. Alain-Chou ? Ledit Alain-Chou recevait avec bonheur les effusions de son écervelée d'épouse, qui venait de lui sauter au cou et l'embrassait avec voracité. Comme le baiser s'éternisait et que cela devenait gênant, Hermione détourna la tête et croisa le regard amusé de Guillaume. Elle leva les yeux au ciel pour lui faire comprendre son ressenti et il hocha discrètement la tête. OK, ils étaient donc sur la même longueur d'onde. Ça allait être un bonheur total de travailler avec cet homme, et pas seulement parce qu'il était canon !

Deux heures plus tard, Hermione rangea son bloc-notes avec soulagement. La visite s'était bien passée, en dépit de l'enthousiasme débordant de Barbie. Elle sentait qu'elle allait avoir du mal à modérer les goûts extravagants de la bimbo pour arriver à un compromis satisfaisant. Et de bon goût. Ce couple était tellement improbable qu'à mesure que les pièces défilaient, la jeune femme en était venue à se demander si on ne l'avait pas piégée. Elle avait cherché en toute discrétion si des caméras capturaient la moindre de ses réactions, en vain.

— Allez, lança-t-elle à Guillaume, qui, les mains dans les poches de son jean, regardait la voiture des Debussy s'éloigner, tu peux me le dire maintenant : Barbie et Alain-Chou ne sont pas de vrais clients, c'est ça ? En fait, ils travaillent pour l'agence et c'était une autre étape du bizutage de la petite nouvelle ?

— Non. Désolé, ce sont de vrais clients.

— Super.

Guillaume esquissa un sourire devant la moue désabusée de la jeune femme.

— Tu as hérité du bureau de Vladimir, si je comprends bien.

— Si tu parles du tombeau noir, oui.

Elle soupira.

— J'espérais vraiment que ces deux oiseaux me jouaient un mauvais tour. Maintenant, il va falloir que je freine Barbie sur le rose si je ne veux pas que son boudoir donne l'impression d'entrer dans une maison de poupée.

— Cette demeure a un potentiel de folie. On va y arriver.

Il se retourna pour observer la façade. Hermione pouvait presque voir les rouages s'activer sous son crâne tandis qu'il scannait l'ensemble de ses étranges yeux.

— Ces gens ne méritent pas une propriété pareille, reprit-il. Ils n'ont pas conscience du bijou qu'ils possèdent.

— À mon avis, ils ne seront plus ensemble à la fin des travaux, laissa tomber Hermione en se dirigeant vers sa voiture – enfin, celle de Clara.

Le rire grave de son collègue lui fit un drôle d'effet. Même son rire était sexy.

— Une question ! lança Guillaume alors qu'elle ouvrait la portière.

Hermione se retourna, se demandant ce qu'il voulait savoir.

— Pourquoi ne lui as-tu pas dit que ton prénom ne peut pas venir d'Hermione Granger ?

— J'ai renoncé depuis longtemps : les gens n'ont pas envie d'écouter les explications, alors je ne perds plus mon temps.

— Je veux bien écouter tes explications, si tu as une minute à perdre.

Waouh ! Est-ce qu'il la draguait ? Hermione le

contempla un instant, sous le charme de son sourire canaille. Une mèche noire avait glissé sur son front, masquant en partie son œil vert. Elle se surprit à éprouver l'envie de repousser cette mèche rebelle.

— C'est la faute à Shakespeare.

Sur ce, elle monta dans la voiture, le cœur battant à tout rompre. Mieux valait une réponse brève que laisser paraître son trouble en se lançant de longues explications sur les goûts particuliers de ses parents.

Chapitre 2

Hermione s'installa dans le fauteuil noir et contempla son nouvel espace de travail d'un air pensif. Elle avait rendu sa voiture à Clara, lui promettant au passage de lui raconter sa première journée au plus vite. Inséparables depuis le lycée, les deux amies se disaient tout ou presque et se soutenaient chaque fois que l'une d'entre elles se mesurait à une nouvelle épreuve. Avec un petit sourire, Hermione sortit son portable et prit quelques clichés du bureau de l'horreur, qu'elle envoya à son amie. Tout compte fait, le dossier Debussy attendrait : jamais elle ne parviendrait à faire du bon travail dans un tel cadre ! Elle se leva et entreprit de pousser le cercueil dans un coin de la pièce, en attendant de pouvoir l'évacuer.

— Mais c'est que c'est lourd, ce machin ! s'exclama-t-elle.

— Besoin d'un coup de main ?

Elle sursauta. Cette voix grave, elle l'aurait reconnue entre mille, même si elle n'avait rencontré Guillaume que le jour même. Réalisant qu'elle était arc-boutée pour tirer le cercueil, Hermione se redressa, mortifiée. Il avait eu une vue plongeante sur ses fesses, que la jupe crayon moulait de près !

— C'est gentil.

Elle se retourna, priant pour que ses joues ne soient pas trop rouges. Avec un peu de chance, il mettrait leur teinte sur le compte de l'effort physique.

— Vladimir, était-ce son vrai prénom ? s'enquit-elle pour détourner l'attention du jeune homme.

— C'est celui sous lequel il se présentait, en tout cas. Il portait une redingote et un haut de forme et ne se déplaçait jamais sans sa canne, même s'il n'en avait pas besoin. Et il parlait avec un petit accent. Il lui arrivait de l'oublier, quand il était sous le coup d'une forte émotion.

— Je vois le tableau, sourit Hermione. Tout ce noir...

Elle engloba la pièce d'un geste.

— C'est trop morbide pour moi.

— Tu peux toujours repeindre en rose Barbie. Ce cercueil, veux-tu le garder ?

— Pitié, non ! Je n'ai même pas osé regarder dedans, des fois qu'il y ait un cadavre planqué à l'intérieur !

Guillaume se pencha et souleva le couvercle.

— Pas de cadavre.

— Pourquoi ce Vladimir est-il parti ?

— Il voulait se rendre en Roumanie, sur les traces de son ancêtre.

— Laisse-moi deviner : Dracula ?

— Gagné.

— Il m'a tout l'air d'avoir été un drôle d'oiseau, commenta Hermione.

— Ce n'est rien de le dire.

Guillaume entreprit de tirer le cercueil hors du bureau avec une facilité déconcertante. Hermione tâcha de ne pas trop reluquer ses biceps qui se gonflaient sous l'effort. Le fait qu'il porte un tee-shirt à manches courtes lui offrait une vue imprenable sur ses bras. Débarrassé de la veste qu'il portait pour la visite avec les Debussy, il semblait plus athlétique encore qu'elle l'avait cru. La part féminine en elle s'en trouvait tout émoustillée.

— Où l'emmènes-tu ? demanda Hermione en le voyant franchir le seuil.

— Dans la réserve. Tu pourras y jeter un œil pour voir si tu y trouves quelques objets pour ta nouvelle déco.

— Une réserve... Peux-tu m'expliquer le concept ?

Il se redressa pour la regarder.

— Parfois, on achète des objets, du matériel ou des meubles dont les clients ne veulent finalement plus. Bien sûr, nous pourrions les leur facturer quand même, mais ce n'est pas la politique de la maison. On les met en réserve et chacun peut y piocher selon ses besoins pour son bureau ou pour un autre projet. On récupère aussi les chutes et les surplus de peintures, papiers peints, etc.

— C'est génial ! J'adore travailler ici !

Il sourit devant son enthousiasme avant de s'occuper à nouveau du cercueil.

— La réserve est au rez-de-chaussée, ajouta Guillaume d'une voix étouffée.

— J'ai hâte de voir ça.

Hermione hésita à venir lui prêter main-forte, cependant, il semblait fort bien s'en sortir. Par acquit de conscience, elle lui proposa tout de même son aide, qu'en galant homme musclé il refusa. Elle s'empara d'une lampe, du pot à crayons et de deux ou trois autres bricoles vraiment trop laides et le précéda dans le couloir afin de lui appeler l'ascenseur.

— Depuis combien de temps es-tu là ? demanda-t-elle, une fois le cercueil calé dans la cabine.

Elle appuya sur le zéro.

— Quatre mois.

Hermione s'efforça de ne pas loucher sur le tatouage qui dépassait de la manche. À première vue, il s'agissait d'un motif tribal. Très sexy. Tout chez cet homme l'était, à croire qu'il avait été coulé dans un moule estampillé « perfection et sexytude ».

Au rez-de-chaussée, la porte de l'ascenseur s'ouvrit sur le visage de Miss Aimable. Elle embrassa d'un coup d'œil le tableau – Hermione, les bras chargés, et Guillaume empoignant le cercueil. Elle ne semblait pas sensible au charme du jeune homme, ce qui aurait pu constituer un exploit notable si cette femme n'avait été aussi antipathique.

— Je vois qu'à peine arrivée, vous monopolisez le stagiaire.

Ah, tout le monde se tutoyait, ici, sauf Jeanne, dont le vouvoiement n'était pas une marque de respect, tant le mépris suintait de cette femme.

— Tout à fait, répliqua Hermione en passant devant elle, tout sourire. Je vous aurais bien demandé votre aide, mais je crains que vous n'ayez pas la force physique requise.

La mine plus revêche que jamais, l'autre entra dans l'ascenseur dont les portes se refermèrent sur son regard meurtrier.

— Je commence à te cerner, déclara Guillaume. Quand les gens t'enquiquinent ou te semblent stupides, tu entres dans leur jeu plutôt que de prendre la peine de rectifier leurs erreurs.

— C'est fou le temps et l'énergie que l'on y gagne. Jeanne s'est montrée d'emblée désagréable avec moi pendant la réunion. J'aurai beau plaider ma cause ou lui mettre mon CV sous le nez, elle continuera à me regarder de haut.

— C'est une philosophie intéressante. C'est la dernière porte, ajouta-t-il.

Hermione cala les objets qu'elle tenait du mieux qu'elle le put et ouvrit la porte. Elle resta ébahie. Elle s'attendait à un cagibi, ou tout au plus à une pièce de la taille d'un bureau, pas à cet espace immense ! Une véritable caverne d'Ali Baba remplie de rayonnages, presque un magasin.

— Les lampes, c'est sur la droite. Je t'aiderai à répartir le reste sur les bonnes étagères quand j'aurai rangé le cercueil.

— Dans quelle catégorie le mets-tu ? Table basse, objets insolites ?

— Gothique, à mon avis, répondit-il après une seconde de réflexion.

— J'ai travaillé pour plusieurs agences avant d'arriver ici, je n'ai jamais vu ça, avoua Hermione en posant la lampe à côté d'un modèle contemporain en acier.

La voix de Guillaume lui parvint, lointaine. Apparemment, l'espace réservé au gothique était éloigné du rayon lampes.

— Monsieur Dorbais a une vision unique de son entreprise. Même si ça peut sembler farfelu, ça marche.

Visiblement, oui, cela fonctionnait. Hermione arpenta les allées avec l'impression de se trouver dans un magasin privatisé rien que pour elle. Guillaume la rejoignit après avoir installé le cercueil. Amusée, elle se demanda si quelqu'un serait assez fou pour emprunter l'objet, un jour.

— La peinture, c'est là-bas.

Hermione hocha la tête, avant de soupirer.

— Même le plafond est noir. Qui donc pourrait avoir

l'idée de peindre le plafond en noir ? Il buvait du sang, Vladimir ?

— Il cultivait son personnage à coups de Bloody Mary.

— J'ai du mal à l'imaginer travaillant en équipe.

Après réflexion, la jeune femme décida de ne pas culpabiliser à l'idée de piller le stock de peinture blanche. Il faudrait plusieurs couches pour recouvrir tout ce noir. Elle déprimait déjà à la perspective de refaire le plafond. Au lieu d'interdire le bleu, monsieur Dorbais aurait mieux fait d'interdire le noir ! Ou d'obliger tout le monde à opter pour un plafond blanc, classique, simple, sans risque, sans enquiquinement. Elle fit part de sa réflexion à Guillaume, qui avait déniché un diable sur lequel il entassait le matériel dont elle aurait besoin pour ses travaux.

— Je peux m'en charger, si tu veux, proposa-t-il.

Hermione secoua la tête.

— Tu es stagiaire, pas homme à tout faire.

— Aux yeux de certains dans l'entreprise, c'est synonyme, fit Guillaume avec un petit sourire. Si ça peut te rassurer, j'irai bien plus vite que toi. Question d'habitude. J'étais peintre en bâtiment avant de reprendre mes études d'architecte d'intérieur.

La jeune femme haussa un sourcil, surprise.

— C'est un parcours pas banal.

— Je te raconterai, un jour.

Il se tourna vers les rayonnages.

— Choisis tes couleurs et je m'occupe du reste. Dans deux jours, ton bureau sera méconnaissable.

Comme elle observait les pots entreposés par familles de teintes, il ajouta :

— Évite le bleu si tu ne veux pas que Monsieur Dorbais pique une crise.

D'accord, ce n'était pas une blague de Sarah, cette histoire de bleu.

Il pleuvait à verse. Assise dans le bus, Hermione contemplait le rideau de pluie. Elle avait passé une partie du trajet à échanger des SMS avec Clara, qui avait répondu par un smiley épouvanté à ses envois de photos du bureau des horreurs. Saisie d'une inspiration subite, Hermione avait réussi à prendre une photo de Guillaume sans que ce dernier s'en aperçoive, alors qu'il était occupé à protéger le sol du bureau en vue des travaux. Son amie s'était extasiée sur sa chance de travailler en compagnie d'un si bel homme avant de lui demander s'il était célibataire. Hermione, amusée, rangea son portable. Son arrêt était le suivant. Elle n'habitait pas loin, mais serait sans nul doute trempée en arrivant chez elle. Le couronnement parfait d'une journée hors du commun. Et on n'était que lundi ! Elle était impatiente de prendre véritablement ses quartiers à *Arch'e'Tech* et de voir ce que les prochains jours lui réservaient. Guillaume lui avait assuré qu'elle pourrait commencer à meubler à son goût dès mercredi. Le séduisant stagiaire avait occupé son esprit une bonne partie du trajet en transports en commun. Pour une fois, Hermione n'avait pas vu le temps passer.

La jeune femme échangea un regard résigné avec l'unique passager du bus : leur arrêt était en vue. Comme c'était aussi le dernier de la ligne, ils n'avaient d'autre choix que de descendre affronter les éléments hostiles. Au moment où le véhicule ralentissait, un grondement se fit entendre. Un orage, il ne manquait plus que ça ! Un éclair zébra le ciel, un claquement sonore les fit sursauter.

— Orage ! Oh désespoir ! marmonna Hermione dans une vaine tentative d'humour parodique[1].

— Surtout, ne courez pas, recommanda le chauffeur avec un sourire compatissant.

Il avait raison, bien sûr. Ce n'était cependant pas lui qui allait finir dégoulinant ! Hermione se ressaisit : ce n'était pas la faute du chauffeur si les dieux avaient choisi le moment où elle devait marcher pour déverser leur colère et leur trop-plein d'humidité. Avec la chaleur qui avait régné toute la journée, l'orage était une conclusion logique. Elle ferait mieux de se concentrer sur le trajet du retour. Cinq petites minutes de marche sous la pluie, ce n'était pas la mer à boire. Un nouveau roulement de tonnerre mit à mal sa résolution de prendre

---

[1] « Oh rage ! Oh désespoir ! Oh vieillesse ennemie ! *Le Cid,* de Pierre Corneille.

la situation avec humour et décontraction. Allons, souffla la part raisonnable en elle, mieux valait un orage maintenant que ce matin, juste avant son entrée à *Arch'e'Tech*.

— Bon courage, fit l'autre passager.

Ils quittèrent l'abri du bus et furent accueillis par une douche glaciale. Hermione voûta les épaules avant de se redresser. Tant qu'à finir trempée comme une soupe, autant le faire correctement. Et tant pis pour son beau chemisier blanc. Direction la maison ! Bravant les éléments, elle remonta le trottoir, se concentrant sur son chaleureux appartement qu'il lui tardait de retrouver. Zorro, son chat noir, l'accueillait chaque soir avec force miaulements et cajoleries. Il serait sans doute caché dans la salle de bain, sous le meuble du lavabo. C'était la seule pièce sans fenêtre, et il s'y réfugiait chaque fois que quelque chose l'effrayait.

La pluie avait détrempé les cheveux de la jeune femme, son chignon pesait en une masse mouillée désagréable sur sa nuque et des gouttes s'immisçaient dans son cou, la faisant frissonner. Elle songea avec dépit à ses escarpins, qui ne survivraient sans doute pas au déluge.

À presque vingt heures, les rues étaient déjà peu animées en temps normal. Ce soir, elles étaient désertes. Les personnes sensées s'étaient cloîtrées chez elles. Hermione ne pouvait même pas espérer trouver refuge dans un bar ou un magasin le temps que le gros de l'orage passe, tout était fermé.

Lorsqu'un nouveau roulement de tonnerre se fit entendre par-dessus le crépitement de la pluie, Hermione accéléra encore le pas. Elle devait mobiliser toute sa volonté pour ne pas se mettre à courir, comme le lui soufflait son instinct. On lui avait toujours dit de ne pas courir sous l'orage, de ne pas se réfugier sous un arbre isolé. Hermione était une femme raisonnable, cependant, la tentation de prendre ses jambes à son cou pour rentrer plus vite au nid était grande. *Avec tous ces paratonnerres partout dans la ville, il y a peu de risques,* murmura une petite voix dans son esprit agité. *De toute façon, tu es trempée, une minute de plus ou de moins ne changera rien à ton état*, intervint la part sensée de son être. La sécurité avant tout. Plus que deux rues. Elle tournerait deux fois à droite, et elle y serait. Cette fois-ci, il lui sembla que l'éclair était tombé tout près. *Prudence. Patience,* souffla cette petite voix raisonnable. *Vite ! Rentre !* clama l'autre voix comme le fracas du tonnerre couvrait tous les autres bruits. Le cœur battant à tout rompre, Hermione accéléra encore. Elle ne courait pas, elle marchait juste d'un pas rapide, en longeant les murs, tenta-t-elle de se rassurer.

Enfin, la jeune femme aboutit dans sa rue. Les lampadaires peinaient à éclairer les ténèbres. Elle ne prêtait même plus attention aux flaques d'eau, s'éclaboussant allègrement à chaque pas, pas plus qu'aux gouttières qui déversaient leur contenu sur sa tête. Elle était concentrée sur un seul objectif : rentrer. Le grondement caractéristique se fit à nouveau entendre. Avec un peu de chance, elle serait dans le hall de son immeuble avant le prochain éclair ! Elle pressa encore l'allure, son sac bien serré sous son bras, prête à sortir ses clefs. Une lueur intense l'éblouit. Puis ce fut le noir.

Hermione gémit. Elle avait mal partout, comme après une séance de sport. Sauf qu'elle n'était pas sportive et ne se risquait plus à se lancer dans ce genre d'activité depuis la période du lycée. Ce fut la sensation d'humidité qui la tira de sa torpeur. Elle sentait la pluie qui lui martelait le visage. Ses vêtements lui collaient à la peau de façon désagréable. Cependant, elle se découvrit incapable d'ouvrir les yeux.

— Elle est en vie ! s'exclama une voix à proximité.

— Évidemment, qu'elle est en vie, sinon nous ne serions plus là !

— Oh, ça va, Monsieur le Rabat-Joie !

— C'est de ta faute si elle a été foudroyée. Si tu ne lui avais pas dit de courir...

— Elle ne courait pas !

— Ne joue pas sur les mots...

— Elle revient à elle !

Hermione battit des paupières. Elle était tombée face contre terre. Sa joue reposait sur l'asphalte. Une chance qu'elle n'ait pas atterri droit dans une flaque d'eau, avec la chance qui était la sienne, elle se serait noyée !

Chassant ces pensées parasites, elle se concentra, remua avec précautions, parvint tant bien que mal à se redresser à quatre pattes. Encore étourdie, la jeune femme contempla son sac à main à travers ses cheveux qui pendaient devant ses yeux. Hermione regarda autour d'elle. Rien n'avait changé. Il pleuvait, elle se trouvait à deux mètres à peine de la porte de son immeuble, juste en dessous d'un lampadaire qui luttait avec héroïsme contre l'obscurité. Et elle était seule. Hermione fronça les sourcils.

— J'aurais juré avoir entendu...

Au loin, le grondement du tonnerre lui indiqua que l'orage s'éloignait. Combien de temps était-elle restée inconsciente ? Hermione frissonna, de peur rétrospective autant que de froid : avait-elle vraiment été... frappée par la foudre ?

Nauséeuse, la jeune femme se releva, ramassa son sac qui lui parut peser une tonne et tituba en direction de la porte. Elle tâtonna à la recherche de ses clefs. Cahin-caha, laissant dans son sillage de grandes traînées d'eau, Hermione gagna l'ascenseur. Ses jambes tremblantes la soutenaient à peine et elle s'appuya contre la paroi, priant pour ne pas s'effondrer. Elle ne se sentait pas la force de se relever pour parvenir jusqu'à sa porte. Elle doutait même de réussir à ramper.

Elle dut s'y reprendre à trois fois avant de parvenir à introduire la clef dans la serrure. Derrière le battant, elle perçut les miaulements de Zorro. Son fidèle compagnon l'attendait avec impatience. Hermione faillit s'écrouler de soulagement : elle n'était pas seule, songea-t-elle, un être l'attendait, prêt à lui offrir chaleur et réconfort. Elle manqua tomber à la renverse lorsque le chat vint s'enrouler autour de ses chevilles. Elle claqua la porte et se laissa choir sur le canapé.

— J'ai besoin d'un câlin, supplia-t-elle en tendant les bras vers le félin.

Ce dernier recula en s'ébrouant, appréciant peu les gouttes qui lui dégoulinaient dessus. Il s'assit sur son arrière-train, la contemplant de ses yeux vert-doré, avant de tourner la tête vers ses gamelles en miaulant d'un air plaintif. Comme Hermione ne réagissait pas, il miaula plus fort puis opta pour le plan B : il se laissa tomber sur le flanc et roula sur lui-même sans la quitter du regard.

— Espèce de chat'rmeur, soupira Hermione, écœurée et attendrie à la fois.

Elle avait vraiment froid et ne rêvait que de s'allonger pour dormir pendant deux semaines, au minimum. Il lui fallait se débarrasser de ses vêtements trempés d'abord. Et nourrir son chat ingrat, qui continuait à réclamer sa pitance comme s'il n'avait rien mangé depuis quinze jours.

— Il reste trois croquettes dans ta gamelle, ne pourrais-tu pas t'en contenter pour l'instant ?

Il la toisa – oui, un chat parvenait très bien à toiser un humain. Hermione capitula. Elle remplit la gamelle sans se soucier de peser la quantité ou de ramasser le trop-plein tombé à côté.

— Buffet à volonté, le chat, profite bien, ça ne se reproduira plus avant longtemps.

Zorro se jeta sur ses croquettes et elle songea qu'elle aurait de la chance s'il ne régurgitait pas tout dans les dix minutes.

Hermione vida le contenu de son sac à main sur un torchon. Elle ne se sentait plus la capacité d'en faire davantage et garderait donc la surprise concernant l'état général de ses affaires pour le lendemain. De toute façon, ce soir, elle ne pourrait rien faire. Il était temps de prendre soin d'elle, maintenant qu'elle avait pourvu aux besoins vitaux de Sa Majesté le Chat.

Dans la salle de bain, elle se défit tant bien que mal de ce qui avait été une tenue élégante et féminine, la laissant tomber en un tas informe baignant dans une flaque à ses pieds. Ça aussi, ça attendrait demain. Le miroir lui renvoya l'image de son visage pâle, dans lequel ses yeux bleus semblaient étrangement luisants, le tout encadré par une couronne de cheveux frisés dressés autour de sa tête. Depuis quand avait-elle les cheveux frisés ? Hermione passa les doigts dans les mèches tire-bouchonnées, essayant de lisser l'ensemble, en vain. Paniquée, elle tira une mèche devant ses yeux, pour s'assurer qu'elle ne rêvait pas. Lorsqu'elle la relâcha, la mèche s'enroula sur elle-même. Le regard de la jeune femme tomba ensuite sur une marque rouge, au niveau de la hanche. Une marque en forme de zigzag. La réalité la frappa : elle avait reçu la foudre... Ses jambes cédèrent. Hermione tomba sur les fesses, complètement sonnée. Elle baissa les yeux pour s'assurer que la marque n'était pas juste un reflet ou une tache sur le miroir. Non, elle était bien là. Ses doigts tremblants se posèrent dessus. Sa peau la picotait un peu sur cette zone, mais ce n'était pas douloureux, elle ne sentait pas de relief. N'aurait-elle pas dû être brûlée ? Ou même tout bonnement morte ?

Un fou rire la secoua, un grand rire hystérique qui résonna dans la salle de bain.

— Zorro ! Tu ne devineras jamais ! cria-t-elle à tue-tête. J'ai enfin eu un, non ! Deux coups de foudre ! Et je ne suis même pas morte !

Il lui fallut quelques secondes pour réaliser que l'eau qui dégoulinait sur ses joues ne provenait pas de ses cheveux. Elle pleurait.

Chapitre 3

Les petites voix étaient de retour. Hermione les entendait distinctement et cela commençait à l'agacer ! Elle ignorait quelle heure il était et ne voulait pas le savoir. La seule chose qu'elle souhaitait, c'était replonger dans le sommeil : pas de soucis, pas de question. L'Eden.

— Moi, je trouve qu'elle mérite une journée de repos.

— Elle doit aller travailler. Le réveil va bientôt sonner.

— Après son coup de foudre d'hier soir, elle devrait rester au chaud, tranquille.

— À qui la faute, hein ? Si tu ne l'avais pas encouragée à courir...

— Elle ne courait pas ! Combien de fois vais-je devoir te le répéter ?

— Mais vous allez vous taire ! s'écria Hermione.

Repoussant la couette, elle tendit la main, trouva l'interrupteur de sa lampe de chevet. Le réveil indiquait 5 h 47. Il ne lui restait que treize minutes de paix avant d'attaquer une nouvelle journée, qui s'annonçait bien remplie.

— À qui parle-t-elle ? chuchota une voix.

— Pas à nous. Elle ne peut ni nous voir ni nous entendre. Quand je te dis qu'elle a besoin de repos ! Elle en est à entendre des voix !

Le regard encore embrumé d'Hermione se posa sur le pied de son lit. Zorro avait déserté l'espace, ce qui expliquait qu'elle ait pu remuer les jambes en toute liberté sous la couette. En revanche, deux petites silhouettes se dessinaient dans la pénombre. Hermione cligna des yeux, augmenta l'intensité de la lumière... et poussa un cri.

— Mais qu'est-ce que c'est ?

La jeune femme ramena les jambes contre sa poitrine, se pressant contre la tête de lit. Les deux petits êtres échangèrent un regard avant de reporter leur attention sur elle.

— Vous êtes quoi ? glapit Hermione.

— C'est à nous que tu parles ? s'enquit la créature de gauche, de toute évidence féminine.

— À qui d'autre ?

— Tu nous vois ? insista l'autre créature, masculine, elle.

— Oui. Oui, je vous vois !

Hermione gémit, posa le front sur ses genoux relevés.

— Je deviens folle !

C'était à cause de la foudre, elle en était sûre ! Elle avait cru s'en tirer à bon compte. En fait, ses neurones avaient grillé, provoquant des hallucinations.

— Je vois des choses qui n'existent pas, souffla-t-elle, affolée.

— Si ça peut te rassurer, nous existons bel et bien.

— Il n'y a rien. Je suis seule. Il n'y a rien. Je suis seule.

À force de le répéter, elle finirait bien par persuader son traître de cerveau. Après quelques inspirations durant lesquelles elle visualisa un paysage apaisant, Hermione prit son courage à deux mains et releva les yeux, pleine d'espoir... La détresse l'envahit à la vue des créatures, qui arboraient une mine perplexe.

— Je suis bonne pour l'asile !

— Mais non, tempéra le petit homme. Tu es parfaitement saine d'esprit.

Un léger raclement de gorge accueillit son affirmation confiante. Sa copine n'avait pas l'air de partager son avis. Si même son hallucination le pensait, Hermione était vraiment dans une sacrée panade !

— Elle nous voit. Les humains ne nous voient jamais.

— Dalila, tais-toi, s'il te plaît.

— De mieux en mieux, grommela Hermione. Samson et Dalila sont perchés sur mon lit.

— Moi, c'est Caël, pas Samson.

— Jamais il n'oserait se faire pousser les cheveux, il aurait peur d'avoir l'air négligé ! se moqua sa comparse.

Hermione risqua un nouveau coup d'œil : ils la contemplaient avec un sourire plutôt avenant.

— Vous êtes... réels ?

— Oui, nous sommes bien là, Hermione. Depuis ta naissance, en fait, répondit Dalila.

— Qu'êtes-vous ?

— Nous sommes tes Gardiens.

Dans son délire, elle dialoguait donc avec deux petites créatures prénommées Caël et Dalila, et ces derniers répondaient à ses questions. Formidable. Elle aurait de la chance si les hommes en blanc ne venaient pas lui passer la camisole.

— Mes Gardiens ?

— Nous veillons sur toi, fit Dalila, qui semblait la plus bavarde des deux.

— Je veille sur toi, rectifia Caël. Si je laissais faire Dalila, ta vie serait un capharnaüm sans nom.

— Sa vie serait beaucoup plus *fun*, si elle m'écoutait davantage !

Ils entamèrent une dispute, oublieux de la présence d'Hermione, qui en profita pour les examiner avec une curiosité perplexe. Dalila était une très jolie femme aux cheveux rouges bouclés. Sa silhouette à faire pâlir d'envie n'importe quel mannequin était moulée dans un pantalon de cuir et un top en dentelle noire. C'était élégant et sexy à la fois. Elle ne devait pas mesurer plus de dix centimètres de haut, estima Hermione. À peine plus grand, Caël offrait l'apparence d'un jeune cadre dynamique : séduisant, les cheveux châtains, les yeux bleus, il avait toutes les caractéristiques du gendre idéal, n'étaient-ce les cent soixante-dix centimètres qu'il lui manquait pour que la jeune femme puisse envisager de le présenter à ses parents. Hermione tressaillit.

— Vous êtes un ange et un démon, c'est ça ? Celui qui me pousse vers le Bien et celle qui fait tout pour que j'aille en Enfer ?

Ils interrompirent leur dispute, se rappelant soudain sa présence, et surtout le fait qu'elle les voyait et les entendait.

— C'est très réducteur, répondit Caël.

— C'est caricatural, renchérit Dalila. Je ne suis pas démoniaque.

— Elle dit vrai.

— Et lui n'est pas un saint, ajouta la diablotine.

Caël lui jeta un regard noir. Hermione soupira : ils n'arboraient ni ailes, ni auréoles, ni cornes, ni queues fourchues. Dalila, en plus, lui paraissait plutôt sympathique. Mais n'était-ce pas le propre du Mal que de se présenter sous un visage avenant, pour mieux vous entraîner sur la voie de la déchéance ?

— Je suis en train de rêver, fit-elle soudain, soulagée.

Mais oui, bien sûr ! Elle se trouvait simplement dans cette phase de demi-sommeil où l'on faisait des rêves farfelus. Elle aurait préféré rêver du beau Guillaume, cela dit. Maudit subconscient !

Au même instant, le réveil sonna, la faisant sursauter. Hermione le contempla, dépitée. Les deux intrus étaient toujours là et elle se sentait bien éveillée. Elle se pinça par acquit de conscience. Aïe ! La jeune femme s'extirpa de son lit, grimaçant à cause des courbatures, souvenir de son coup de foudre mémorable. Elle se dirigea vers la salle de bain, perturbée. Trop de questions tourbillonnaient dans son esprit, la première d'entre elles étant : « Suis-je folle ? ». Alors qu'elle atteignait le couloir, elle se retourna brusquement sous le coup d'une pensée affolante.

— Vous dites que vous êtes là depuis ma naissance ?

— Nous naissons et mourons avec notre humain, pépia Dalila.

— Ça veut dire que vous pouvez lire dans mes pensées ?

— Non. Mais nous te connaissons si bien que ce n'est pas bien difficile de les deviner.

Hermione éprouva un soulagement intense. Elle était donc bien seule dans sa tête ! Enfin, seule...

— Vous me suivez vraiment partout ? reprit-elle.

Les deux Gardiens hochèrent la tête.

— Nous sommes tes conseillers, expliqua Caël.

— Même dans la salle de bain ?!

Et aux toilettes. Et quand elle faisait l'amour – même si ce n'était pas arrivé depuis belle lurette. Et quand...

Chaque parole, chaque action osée ou « honteuse » accomplie alors qu'elle se croyait seule ou dans l'intimité avaient donc eu des témoins ? Quelle horreur ! Mortifiée, Hermione s'appuya contre le mur, se couvrant le visage de ses mains en gémissant. Elle sentait la migraine poindre.

— Non, pas toujours ! Plus depuis que tu es grande.

La voix de Caël lui fit écarter les doigts pour les regarder, perchés sur le pied de son lit. Dalila ne disait rien. Son expression faussement innocente alerta Hermione.

— Et toi ?
— Pas toujours.

Hermione plissa les paupières, soupçonneuse. Comme ses Gardiens ne semblaient pas décidés à en dire plus, la jeune femme s'enferma à double tour dans la salle de bain. Le claquement du verrou devrait être un signe clair pour les deux voyeurs. Une douche, suivie d'un café, lui éclaircirait les idées. Ce serait peut-être suffisant pour chasser ses hallucinations ? Celles-ci étaient un peu trop réelles et « interactives » à son goût. Si elles persistaient, il lui faudrait les ignorer jusqu'à ce qu'elles disparaissent. Oui, c'était sans doute là la solution : elle ne devait pas alimenter ses visions, en évitant d'engager le dialogue avec elles, par exemple.

Prête à sortir de la salle de bain, Hermione se sentait beaucoup mieux. Elle avait l'impression que l'eau, le savon et le shampoing avaient chassé les traces de son horrible expérience avec la foudre. Ses cheveux avaient repris leur aspect lisse habituel. Leur couleur en revanche lui paraissait différente : elle avait toujours aimé son châtain doré, mais ce matin, sa chevelure lui semblait plus brillante que jamais. Seule la marque sur la hanche témoignait de sa mésaventure. Hermione avait tenté de l'effacer en frottant, avec délicatesse d'abord, puis plus fermement, sans parvenir ne serait-ce qu'à l'atténuer. Sans doute disparaîtrait-elle avec le temps, c'était l'affaire de quelques jours, comme pour un bleu ou une écorchure.

Zorro grattait à la porte, miaulant à tue-tête. Il n'aimait pas les portes fermées entre eux. D'habitude, Hermione laissait celle-ci entrouverte, mais avec les deux créatures qui rôdaient dans son appartement, mieux valait supporter quelques griffures sur la peinture. Comme prévu, l'abus de croquettes avait fait des dégâts : ce goinfre de chat avait régurgité sur le tapis du salon – c'était tellement plus drôle sur le tapis, n'est-ce pas ? – les croquettes avalées tout rond. La jeune femme constata que ses affaires avaient séché.

— Tu devrais rester à la maison pour te reposer, aujourd'hui, conseilla Dalila, se rappelant à son attention.

La diablotine était perchée sur le rebord du comptoir, ses jolies jambes croisées en une pose très sexy. Elle avait profité du passage d'Hermione dans la salle de bain pour se changer. Au moins n'avait-elle pas cherché à l'espionner ! Ses cheveux étaient noirs et lisses, avec les pointes rouges, et elle arborait une robe noire de style vintage. Hermione ne put s'empêcher d'éprouver une pointe de jalousie, à la voir si belle et si sûre d'elle. Jalouse d'une hallucination qui se prétendait sa Gardienne, c'était un comble tout de même !

— Ne l'écoute pas, intervint Caël. Tu dois aller travailler, tu ne peux pas te permettre de t'absenter dès le deuxième jour ni de perdre une journée de salaire, tes fins de mois sont trop justes.

Hermione pesta : il avait raison. Elle s'en sortait tout juste et ne souhaitait pas piocher dans ses rares économies pour compenser la perte de salaire. Bien sûr, c'était de sa faute : elle avait acquis cet appartement en dépit d'un budget limité, mais le coup de cœur avait été tel qu'elle avait refusé l'idée de renoncer. S'il fallait se serrer la ceinture pour vivre dans ce vaste trois-pièces, elle était prête à le faire, avait-elle décidé à l'époque. Adieu fantaisies, vacances et achats compulsifs. Elle avait eu du mal à masquer sa joie en découvrant le salaire proposé par *Arch'e'Tech,* qui sonnait la fin des années de vache maigre.

Hermione attrapa le rouleau d'essuie-tout et entreprit de nettoyer les dégâts causés par son chat, lequel, indifférent au fait qu'il la faisait trimer comme une esclave, avait plongé la tête dans sa gamelle et prenait un solide petit-déjeuner. L'estomac d'Hermione gargouilla en dépit de la tâche ingrate à laquelle elle était occupée : épuisée, elle s'était couchée sans dîner et mourait de faim à présent.

— As-tu vu ta tête dans le miroir ? reprit Dalila. Tu es fatiguée, tu as plus d'une heure de transports en commun à endurer, autant pour le retour.

Elle n'avait pas tort. Il faudrait à Hermione 1 h 30 chaque jour pour arriver à l'agence, et encore, à condition qu'il n'y ait aucun incident pour retarder le train ou le métro, ce qui était aussi rare que les licornes. Pour une fois dans sa vie, elle pourrait appeler et se faire porter pâle. Proposer de travailler de chez elle, puisque son bureau était en travaux. Elle ne simulait même pas, elle avait tout de même pris la foudre la veille au soir !

— Non, non, non, non, non ! Ta cousine Sandra se marie bientôt et tu n'as même pas encore acheté ta robe, sans parler du cadeau. Tu as besoin de cet argent. Jeanne ne te ratera pas, en plus.

Tout en buvant son café et en mangeant de bon appétit, Hermione oscilla entre deux envies opposées, chacune défendue âprement par son représentant. Chaque fois qu'elle était sur le point de prendre une décision, un nouvel argument était asséné par la partie adverse, la replongeant dans les affres de l'incertitude. Elle s'en voulait d'écouter ses hallucinations alors qu'elle s'était juré quelques minutes auparavant de les ignorer. À sa décharge, ces deux bavards passaient difficilement inaperçus et semblaient décidés à tout faire pour ne pas se faire oublier. Finalement, la pendule indiqua l'heure à laquelle Hermione devait se préparer à partir.

— Que diraient tes parents ? la tança Caël, la mine sévère.

— C'est déloyal ! cria Dalila.

Hermione se leva : sa décision était prise. Elle fourra dans un sac des vêtements parfaits pour les travaux de peinture qu'elle prévoyait de faire dans son bureau. Après quoi, elle enfila une veste légère, transféra ses affaires dans un nouveau sac à main, vérifia une dernière fois son reflet dans le miroir, lissant quelques cheveux rebelles pour les faire rentrer dans la queue de cheval qu'elle avait choisi de se faire ce matin. Elle devait soigner son apparence, à défaut de maîtriser les méandres de ses pensées. Une façon de reprendre les choses en main, après sa mésaventure traumatisante. Et de se montrer à son avantage, au cas où elle croiserait le beau Guillaume...

— Bonne journée, Zorro.

Le chat, occupé à faire sa toilette, ne leva pas la tête.

— Ce que disent tes parents n'est pas parole d'Évangile, tu sais, reprit Dalila, déterminée à ne pas céder.

Hermione dédaigna l'ascenseur et s'engagea dans les escaliers. Elle n'empruntait jamais l'ascenseur, à moins d'être chargée de courses. Ou de se faire griller par un éclair. Elle descendit les deux étages en tâchant une fois de plus d'ignorer les deux petites créatures qui lui avaient emboîté le pas. Son cerveau n'avait pas encore réalisé qu'elles n'existaient pas. En fait, comprit-elle en arrivant au rez-de-chaussée, son subconscient avait donné apparence quasi humaine aux deux aspects de sa personnalité qui cohabitaient en elle depuis toujours. Ce que ses parents auraient qualifié de « Raison et Sentiment », ne se privant pas de faire référence à l'œuvre de Jane Austen, qui faisait partie des indéboulonnables de la bibliothèque familiale. Dans son cas, Caël incarnait la part raisonnable, celle qui pesait le pour et le contre et prenait des décisions réfléchies, quand Dalila était la spontanéité, la part impulsive et souvent irréfléchie. La plupart du temps, Hermione se montrait raisonnable, mais si elle s'était laissée aller à ses émotions ou envies, sa vie aurait été un sacré bazar ! Un peu comme celle de sa sœur Ophelia. On pouvait difficilement imaginer qu'elles avaient été élevées au sein de la même famille, avec les mêmes valeurs. Ophelia avait commencé à se rebeller très jeune et cela n'avait été qu'en s'amplifiant jusqu'à ses dix-huit ans. Rosaline, l'aînée de la fratrie, plaisantait souvent sur un possible échange de bébés à la maternité, tant la benjamine détonnait dans leur famille calme, érudite et traditionnelle. Ophelia utilisait des termes moins flatteurs tels que « coincés, chiants et ringards ».

Hermione parcourut en sens inverse le trajet qui, la veille au soir, lui avait semblé interminable, évitant avec soin les flaques. Ses parents étaient peut-être un peu rigides, mais ils avaient donné des bases saines et solides à leurs filles, comme la valeur du travail et la persévérance. En dépit de sa mésaventure, Hermione était capable de travailler, il était donc inconcevable de ne pas se rendre au bureau aujourd'hui. Elle était un peu fatiguée, certes, mais ce n'était pas insurmontable non plus. La jeune femme s'en voulait d'avoir été assez faible pour ne serait-ce que songer à faire l'école buissonnière. Caël avait raison : il ne fallait pas écouter les *judicieux* conseils de Dalila !

Le seul problème vraiment sérieux de son foudroiement, c'était cette séquelle qu'elle s'appliquait à ignorer. Ce qui n'était pas chose facile, car ces deux-là babillaient constamment ! En montant dans le bus, Hermione vit Dalila saluer des créatures invisibles. Elle frémit en se représentant le bus grouillant de Gardiens. Il y avait une vingtaine de personnes à bord, ce qui signifiait donc le double d'angelots et diablotins ! Aussi discrètement que possible, Hermione observa les autres passagers. Certains visages lui étaient familiers, mais elle devait admettre qu'elle n'engageait pas facilement la conversation avec des inconnus. Sa Gardienne ne semblait pas éprouver le même genre de difficultés, et c'était presque drôle d'essayer de suivre les échanges en devinant ce que pouvaient lui dire ses interlocuteurs invisibles. Dalila racontait avec force détails le coup de foudre de la veille, sous le regard amusé de Caël, qui la laissait parler pour deux.

— Et maintenant, elle nous voit ! conclut la diablotine.

Elle se tourna vers la droite pour écouter une réponse qu'Hermione ne pouvait entendre.

— De la chance, de la chance, grommela Dalila. C'est vite dit. Elle fait sa forte tête et refuse de croire à notre existence.

Hermione haussa un sourcil et résista à l'envie de lui exprimer sa façon de penser.

— Je ne désespère pas de la ramener dans le droit chemin, pérorait la diablotine.

Hermione toussota pour rappeler qu'elle était là et surtout qu'elle l'entendait. La Gardienne se contenta de lui adresser un petit sourire rusé avant de conclure :

— Elle est persuadée qu'elle va finir à l'asile si quelqu'un la surprend à parler toute seule. C'est pratique, elle est obligée de m'écouter sans pouvoir intervenir !

Chapitre 4

Un « incident technique » avait provoqué un retard sur sa ligne de métro. Le quai bondé grouillait d'hommes et de femmes qui, tous, n'avaient qu'un but : arriver à l'heure au travail.

— Je hais les transports en commun. Je hais les transports en commun. Je hais les transports en commun. Je hais les transports en commun. Allez, tous avec moi ! chantonna Dalila, postée juste devant elle, tout au bord du quai.[2]

Hermione serra les dents, se retenant à grand-peine de lever le pied pour écrabouiller la diablotine. C'était *sa* chanson ! Celle qu'elle chantonnait quand l'agacement

---

[2] Merci à Sylvie Noël, auteur de la saga *Âme de Lycan* et de cette douce ritournelle, qui a autorisé Hermione et Dalila à l'utiliser à leur tour...

prenait le dessus. Une ou deux fois, elle avait même osé le faire à haute voix, et avait reçu des regards complices et amusés des autres passagers. Savoir qu'elle lui avait probablement été soufflée par Dalila la rendait folle de rage. Ils étaient là depuis toujours, ils influençaient ses décisions, elle qui avait toujours cru être une personne responsable et autonome, prenant ses décisions seule comme une grande.

— La ferme ! siffla Hermione entre ses dents.

— Pardon ?

La femme à côté d'elle la regarda d'un air courroucé. L'arrivée de la rame évita à Hermione de s'excuser ou d'inventer une justification. Poussée de toutes parts, elle commença à avancer pour entrer avant la fermeture des portes. Dalila l'avait devancée. Une idée aussi soudaine que saugrenue surgit alors dans l'esprit de la jeune femme. Ignorant les protestations du type derrière elle, elle recula au moment où la sonnerie retentissait. Le métro démarra juste sous son nez, emportant Dalila. Pouvait-elle espérer se débarrasser de ses Gardiens en les semant ? Caël était toujours là et ne se laisserait pas avoir après avoir vu comment elle s'était jouée de Dalila, mais avec un peu d'imagination, Hermione devrait pouvoir l'éloigner un peu. Ou du moins, en faisant appel à la raison, à des arguments sensés, il devrait finir par admettre qu'elle pouvait rester seule. Bien sûr, ils savaient tout de sa vie, de son emploi du temps, et pourraient la retrouver sans difficulté au bureau ou chez elle. Mais elle pouvait glaner un peu de répit en leur faussant compagnie. Ou pas, constata-t-elle, dépitée, en voyant Dalila réapparaître à l'endroit exact où elle avait attendu un peu plus tôt. La diablotine lui adressa un sourire enjoué, nullement vexée du mauvais tour qu'Hermione avait tenté de lui jouer.

— C'était bien essayé, mais tu ne peux pas nous semer, nous sommes liés à toi et pouvons revenir par téléportation en une seconde.

Hermione sentit ses épaules s'affaisser. L'image d'un élastique, la reliant à ses Gardiens et les ramenant invariablement à elle, s'imposa à son esprit.

— J'aime quand tu laisses s'exprimer ta spontanéité, ajouta Dalila.

Sur ce, elle reprit sa petite chanson entêtante, ignorant les grincements de dents de son humaine.

Sarah se tenait à l'accueil, occupée au téléphone. Elle répondit au signe d'Hermione sans cesser de parler à son interlocuteur. Celle-ci, qui avait détourné le regard le temps de saluer la réceptionniste, manqua tomber en essayant d'éviter d'écraser Caël, qui marchait juste devant. Son talon se tordit et elle faillit s'étaler au milieu du hall. Un coup d'œil vers Sarah lui apprit que celle-ci n'avait rien manqué de sa prestation. D'un sourcil haussé, la réceptionniste lui demanda si tout allait bien. Hermione sourit, gênée, avant de filer à l'ascenseur.

Maudits Gardiens, toujours dans ses jambes !

— Tu ne peux pas nous toucher, fit Dalila.

— Mais j'apprécie que tu aies essayé de m'éviter, ajouta Caël.

— C'était un magnifique pas de deux, j'aurais adoré te filmer ! Tu étais d'une grâce...

Discrètement, Hermione balança son pied en direction de la diablotine, espérant à moitié que celle-ci s'était trompée et qu'elle allait pouvoir lui faire ravaler son ironie. Cependant, la pointe de sa chaussure passa à travers Dalila sans même la faire sourciller. Au moment où elle entrait dans la cabine, Hermione vit arriver un homme qui se glissa à sa suite. Elle reconnut celui qui ne l'avait pas quittée des yeux pendant la réunion de la veille. Il lui adressa un large sourire. Son regard admiratif avait de quoi mettre la jeune femme mal à l'aise.

— Nous n'avons pas eu l'occasion de faire connaissance, hier. Je suis Roland Lejeune.

Il lui tendit la main. Hermione n'eut d'autre choix que de faire de même. Elle réprima une grimace en constatant qu'il ne semblait pas décidé à lui rendre sa main et profita de ce que la cabine s'arrêtait au premier étage pour la récupérer.

— Ça te dirait que l'on déjeune ensemble ? reprit Roland. Il y a plein de petits restos sympathiques dans le quartier.

Il ne perdait pas de temps !

— Pas cette semaine, à mon avis, objecta Hermione en arborant la mine navrée de circonstance. Je dois prendre mes marques. Je n'ai même pas encore emménagé dans mon bureau.

— Si tu as besoin d'aide, n'hésite pas à me demander. Je te montrerai la réserve.

Avait-elle imaginé un sous-entendu suggestif dans sa proposition ?

— C'est très aimable.

— Je passerai te chercher à ton bureau à midi, ça te va ? Je t'emmène *Chez Tom.* Tu verras, leurs viandes sont fantastiques.

Hermione fronça les sourcils : se moquait-il d'elle ? Il lui semblait pourtant avoir été claire concernant son invitation !

— Je suis végétarienne.

— Ils ont aussi des plats végans au menu, c'est tendance, alors ils s'adaptent.

L'ascenseur stoppa au deuxième étage et Roland sortit d'un pas conquérant sans attendre qu'Hermione lui réponde.

— Végétarienne, crétin, pas végane, marmonna-t-elle comme la porte se refermait et que la cabine repartait pour le troisième et dernier étage.

— Roland le Relou.

Dalila examinait ses petits ongles d'un œil critique. Apparemment, le vernis noir qu'elle arborait ne lui convenait plus. Elle le remplaça par un rouge vif qui faisait écho à celui de ses cheveux. Même si Hermione avait opté pour une tenue moins classique et un peu plus colorée que la veille, elle ne put s'empêcher d'envier à la diablotine son style si personnel, sans compter sa capacité à changer de vêtement ou d'accessoire par magie.

— Ça sonne bien, Roland le Relou, convint la jeune femme avec un léger sourire.

C'était donc à Dalila qu'elle devait les surnoms amusants dont elle affublait les gens qu'elle n'appréciait pas. L'influence de ses Gardiens se manifestait jusque dans les moindres détails de sa vie. Elle soupira. Sa colère était retombée, remplacée par une acceptation résignée. Entretenir sa mauvaise humeur lui demandait trop d'énergie. Les transports en commun avaient eu raison d'elle. Demain, elle viendrait en voiture, décida-t-elle. Juste pour voir.

— Roland a été maladroit, mais il s'est montré accueillant. Il gagne sans doute à être connu, tempéra Caël.

Dalila délaissa sa manucure pour lever les yeux au ciel. C'était probablement une discussion récurrente entre eux, songea Hermione en sortant de l'ascenseur. Voilà qui expliquait pourquoi elle avait tant de mal à se débarrasser des boulets, en général. Elle donnait toujours une chance aux gens, même si la première impression n'était pas très favorable, essayant de leur trouver des qualités qui ne sautaient pas aux yeux de prime abord, comme c'était le cas de Roland. En toute objectivité, son collègue s'était montré maladroit, mais pas méchant, et il n'était pas vilain du tout. Peut-être Caël avait-il raison.

— Et voilà, ça recommence, soupira Dalila. Tu vas déjeuner avec lui pour lui donner une chance de te faire changer d'avis. Tu perds ton temps, ma belle, crois-en ma longue expérience : c'est un Relou ! Il est tellement gluant que j'ai cru que tu allais rester collée.

Hermione ouvrit la bouche, prête à lui répondre vertement, avant de se rappeler qu'elle était seule à voir et entendre ses deux compagnons. Bien lui en prit, car au même moment, Miss Aimable apparut à l'angle du couloir. Toujours aussi guindée, elle haussa le menton d'un air dédaigneux en croisant Hermione, laquelle lui adressa son sourire le plus affable et lança un « bonjour ! » enjoué.

L'odeur de peinture fraîche l'accueillit alors qu'elle approchait de son bureau. Un attroupement féminin s'était formé, bloquant l'accès à la pièce. Hermione n'avait pas besoin de plus d'informations pour deviner ce soudain attrait pour le bureau des horreurs : Guillaume devait s'y trouver, comme il le lui avait promis. Elle se fraya un chemin entre les femmes et découvrit le jeune homme en train de repeindre un mur.

La pièce était métamorphosée. Bouche bée, la jeune femme laissa son regard passer du peintre sexy – en s'attardant quand même un peu... – aux deux murs et au plafond déjà repeints. Il faudrait au moins une deuxième couche pour faire disparaître le noir initial de façon définitive, mais l'espace semblait plus lumineux et plus vaste.

— Miam, j'en ferais bien mon quatre heures.

Hermione sortit de sa transe. Elle adressa un regard furieux à Dalila, qui ne parut pas troublée, trop occupée à admirer les fesses de Guillaume, moulées dans un vieux jean délavé. Elle releva vivement les yeux quand il pivota pour la saluer, gênée à l'idée qu'il ait failli la surprendre en train de le reluquer.

— Ça ne serait que justice, ma chérie, reprit Dalila. Hier, il ne s'est pas privé de mater les tiennes pendant que tu t'acharnais sur le cercueil.

Hermione se sentit rougir. Elle s'efforça d'ignorer la diablotine et se concentra sur le bureau.

— À quelle heure as-tu commencé ? demanda-t-elle, stupéfaite par l'avancement des travaux à une heure si matinale.

— Si je te le dis, je devrai te tuer.

Quelques gloussements saluèrent sa repartie, rappelant à Hermione la présence de la basse-cour massée dans le couloir. L'assemblée féminine était sous le charme de Guillaume. Il n'y avait guère que Miss Aimable pour ne pas y être sensible. Hermione ne pouvait pas en vouloir à ses collègues, car elle-même avait bien du mal à détacher son regard du jeune homme. Même la façon dont il passait le rouleau sur le mur pour masquer une bande noire encore visible sous la sous-couche était séduisante ! Elle pouvait très bien imaginer une publicité pour vendre une quelconque marque de peinture avec Guillaume dans le rôle vedette : nul doute que pareille réclame susciterait une ruée sur le produit ! Et elle devait reconnaître qu'il avait raison, la veille, en lui disant qu'il irait plus vite.

— Mesdames, au travail !

André Dorbais se tenait derrière leur petit troupeau, un large sourire aux lèvres. Aujourd'hui, il arborait une chemise vert pistache et une cravate imprimée de kiwis. Cette agence était décidément hors-norme, songea Hermione. Les femmes s'égayèrent comme une volée de moineaux. L'une d'elles s'attarda, le temps de lui faire un clin d'œil et d'agiter ses boucles d'oreille en forme de grands croissants de lune.

— Si tu as besoin d'un endroit pour travailler en attendant la fin des travaux, n'hésite pas à venir t'installer dans mon bureau, il est assez vaste pour nous deux.

— C'est gentil. Je pensais aller en salle de réunion.

Vraiment, à part Jeanne, tout le monde était vraiment sympa, dans cette entreprise. Quoiqu'un peu bizarre... Sa collègue examinait quelque chose autour d'elle et Hermione baissa la tête pour vérifier ses chaussures, puis derrière elle, sans rien remarquer de notable, se demandant ce qui captivait autant l'autre femme – dont elle ne se rappelait plus le nom !

— Que t'est-il arrivé ? s'enquit cette dernière après

plusieurs secondes d'observation.

— Euh... rien.

— Menteuse ! cria Dalila sans cesser de reluquer Guillaume, qui était retourné à sa peinture. Tu t'es pris un coup de foudre, ce n'est pas rien.

— Ton aura a changé, depuis hier.

— Mon aura ?

— Oui, elle est toute perturbée, la pauvre.

Sa collègue s'approcha et entreprit de passer les mains à quelques centimètres d'Hermione, comme pour lisser un voile invisible.

— Voilà, c'est déjà mieux. C'est provisoire bien sûr, mais en attendant de procéder à un rééquilibrage énergétique, ça fera l'affaire.

Sur ces étranges paroles, elle tourna les talons et entra dans un bureau un peu plus loin.

— Coco voit les auras des gens.

Hermione sursauta en découvrant Guillaume dans l'encadrement de la porte, un petit sourire taquin aux lèvres. Si son vieux tee-shirt et son jean avaient connu des jours meilleurs, ils étaient cependant exempts de toute tache de peinture. Hermione n'avait jamais été capable de peindre sans en mettre partout, à commencer par ses cheveux et vêtements.

— C'est un peu bizarre, non ?

— Elle est adepte de yoga, de méditation et d'ayurveda. Même si c'est un peu trop excentrique pour moi, je pense qu'elle y trouve son équilibre et que ça l'aide à se sentir épanouie.

Il haussa les épaules et Hermione dut s'obliger à ne pas lorgner celles-ci, qui étaient décidément larges et attirantes. Les doigts la démangeaient presque tellement elle avait envie d'éprouver la solidité de ces muscles que le tee-shirt laissait deviner.

— Tu es hypocrite, Herm', lança Dalila. Tu nous vois bien, Caël et moi, pourquoi serait-elle folle juste parce qu'elle voit un truc que toi, tu ne vois pas ?

La diablotine n'avait pas tort, il fallait le reconnaître.

— Elle a remarqué que quelque chose avait changé depuis hier, ajouta Caël. Peut-être perçoit-elle vraiment les auras. Ce pourrait être intéressant d'en discuter avec elle.

Tiens, ils étaient d'accord, pour une fois. Constatant que Guillaume retournait à sa tâche, Hermione entra dans le bureau.

— Tu ne touches pas à celui-ci, fit-elle en pointant du doigt le dernier mur noir, déjà recouvert d'une sous-couche.

— Je croyais que tu voulais tout repeindre en blanc.

— Oui. Mais celui-là est à moi. Je vais me changer et j'arrive.

Elle n'avait pas eu l'intention de le laisser faire tout le travail. Ce bureau était le sien et elle comptait mettre la main à la pâte. Sans compter que c'était là une occasion en or de passer du temps en compagnie du séduisant architecte d'intérieur stagiaire... Même la fameuse Coco et ses auras ne pouvaient rivaliser avec ça !

En voyant Hermione revenir quelques minutes plus tard vêtue d'une salopette pleine de taches bariolées, Guillaume abaissa son rouleau. Il avait presque terminé son mur. Hermione s'empara d'un second rouleau et s'approcha pour faire mine de trinquer avec son coéquipier.

— Les stages de cohésion, c'est surfait, déclara-t-elle. Moi, je pense que rien ne vaut une petite réfection de pièce pour souder une équipe.

— J'approuve. Soudez-vous ! clama Dalila.

Caël la bâillonna, l'empêchant de débiter d'autres âneries susceptibles de déconcentrer une Hermione déjà distraite par le charme de son collègue.

— Alors, raconte-moi l'histoire, réclama la jeune femme en attaquant son mur.

— L'histoire ?

— Comment es-tu passé de peintre en bâtiment à futur architecte d'intérieur ?

— J'avais entamé mes études en architecture d'intérieur et j'ai dû les mettre en *stand-by* quelques années. Il me fallait un travail rapidement, celui-ci s'est présenté. J'ai repris mes études dès que ça a été possible.

Hermione lui jeta un coup d'œil avant de jurer en voyant une longue dégoulinure blanche s'échapper de son rouleau. Sa mère l'aurait enguirlandée, si elle l'avait entendue !

— Et pourquoi as-tu dû interrompre tes études ?

— Mes parents sont morts dans un accident de voiture. Étant l'aîné, je me suis occupé de mon frère et de ma sœur. Maintenant qu'ils sont adultes et autonomes, je peux me pencher à nouveau sur mes propres projets.

Admirative, la jeune femme hésita. Guillaume tourna la tête.

— C'est une histoire triste. Je suis désolée pour vous, fit-elle doucement, consciente que les mots étaient faibles et qu'il les avait sans doute entendus des centaines de fois.

— Nous nous en sommes sortis. Armand est aujourd'hui sapeur pompier et Alix puéricultrice.

De toute évidence, il était fier de ses frère et sœur. Le pire était qu'il ne tirait pas de fierté particulière pour le rôle qu'il avait joué dans leur réussite.

— Cet homme est une perle, susurra Dalila, qui ne perdait pas le nord. Mets-lui le grappin dessus avant qu'une autre le fasse !

— Et toi, si tu me racontais l'histoire avec Shakespeare ? reprit Guillaume. J'ai regardé sur Internet, il y a une Hermione dans *Le Conte d'hiver*.

Hermione eut un petit rire, flattée qu'il ait pris la peine de faire une recherche.

— Ma mère est prof de français au lycée, mon père prof d'anglais au collège. Ils ont une passion démesurée pour le théâtre en général et l'œuvre de Shakespeare en particulier. Mes sœurs et moi avons donc hérité de prénoms d'héroïnes shakespeariennes.

— L'une d'elles s'appelle-t-elle Juliette ?

— Trop commun ! s'esclaffa la jeune femme. L'aînée s'appelle Rosaline et la plus jeune Ophelia. Bien sûr, mes parents ne pouvaient pas prévoir le raz-de-marée *Harry Potter* en choisissant Hermione. Avant, les gens se demandaient d'où venait mon prénom, maintenant, ils pensent à Hermione Granger. Je n'ai toujours pas décidé si je dois m'en réjouir ou non.

— Et avec deux parents enseignants, tu n'as pas eu envie de suivre leurs traces ?

— Pitié, surtout pas ! gémit Hermione.

Ils éclatèrent de rire avant de se remettre à leur peinture.

Chapitre 5

Corinne Dubreuil, alias Coco pour tout le monde dans l'entreprise, était un Personnage, avec un grand P ! Outre un goût prononcé pour les boucles d'oreille originales, elle organisait sa vie autour de principes fondés sur des croyances peu communes. Ainsi, elle adressait une prière à sainte Hildegarde de Bingen dès qu'elle rencontrait un obstacle et souhaitait le surmonter, commençait chaque journée par un salut au soleil et était persuadée qu'un dragon veillait sur elle, posté sur le capot de sa voiture. Le regard d'Hermione devait être éloquent, en dépit de ses efforts pour ne pas manifester à quel point tout cela la laissait dubitative. Un dragon, quand même !

— C'est une force énergétique ancienne, expliqua Coco avec sérénité, habituée aux réactions tour à tour perplexes et moqueuses des gens auxquels elle parlait.

— Et... euh... le vois-tu ?

« *Garde l'esprit ouvert, Herm', après tout, toi tu vois un angelot et une diablotine...* », songeait-elle tout en interrogeant sa collègue.

— Non, mais je ressens sa présence. Ce que je vois, en revanche, c'est que ton aura est en pleine implosion. Quelque chose l'a grandement perturbée depuis hier.

S'il n'y avait pas eu cette histoire d'aura, Hermione aurait classé Coco dans la catégorie des doux dingues. Elle ne pouvait cependant pas se montrer aussi catégorique étant donné ses mésaventures surnaturelles. Aussi écoutait-elle avec un mélange d'intérêt et de stupéfaction les histoires de sa collègue.

— Demande-lui à quoi elle ressemble, la pressa Dalila.

La curiosité de sa diablotine faisait écho à la sienne.

— Peux-tu me décrire mon aura ?

— Bien sûr !

Le regard de Coco balaya l'espace autour d'Hermione.

— Hier, elle était calme et t'entourait de près. Aujourd'hui, elle est beaucoup plus étendue et prend presque toute la place dans ce bureau, elle est agitée de courants et il y a régulièrement des sortes de petites explosions. On croirait assister à une mini éruption solaire.

— Et ça signifie quelque chose ?

— Comme je te l'ai dit, quelque chose l'a perturbée,

et pas qu'un peu. Ton charisme s'en trouve grandi aussi, puisque ton aura a pris de l'expansion. Tu « projettes » beaucoup plus, comme on dit.

C'était plutôt une bonne nouvelle, ça, non ? Hermione repensa à la façon dont Roland l'avait quasiment déshabillée du regard dans l'ascenseur. *Beurk !* Non, tout compte fait, un peu moins de charisme, ce n'était pas si mal que ça. Ses yeux noisette pétillant de malice, Coco gloussa.

— Serait-ce à cause du beau Guillaume ? Il fait de l'effet à beaucoup d'entre nous. Les hormones entrent en ébullition quand il passe dans le coin, alors pourquoi pas les auras ?

Sur ce, elle lui fit un clin d'œil. Après quelques heures passées à côtoyer Coco, Hermione avait découvert qu'il s'agissait d'un tic et non d'un quelconque signe de complicité. Cela dit, Coco était exactement ce qu'elle lui avait semblé être la veille, lors de la réunion : sympathique et enjouée. Ainsi, lorsque la jeune femme lui avait fait part de l'invitation de Roland, elle l'avait littéralement enlevée un peu avant midi, de sorte qu'en croisant leur collègue dans le couloir, il n'avait pas pu en placer une et, dépité, avait dû se contenter de les regarder partir déjeuner bras dessus, bras dessous. Rien que pour cela, Hermione était décidée à apprécier Coco. Apparemment, Roland avait la réputation de tenter sa chance avec toutes les nouvelles venues dans l'entreprise. Ce n'était guère flatteur pour elle, songeait la jeune femme. Il n'avait donc pas eu de coup de foudre expliquant une irrépressible envie de la conquérir. Son ego s'en remettrait ! Restait à savoir combien de temps il faudrait à son collègue pour se lasser et la laisser tranquille. Il avait fallu plus de six mois à Sarah pour que le Relou cesse de l'inviter.

En voyant les notes d'Hermione sur le projet Debussy, Coco avait tiré de ses étagères un classeur rempli de photos et dessins de meubles et autres objets de décoration de style XIXe siècle, ainsi qu'une pochette contenant des esquisses mêlant modernité et ancien, exactement ce qu'Hermione avait en tête. Coco avait beau être originale, elle n'en demeurait pas moins professionnelle et talentueuse, comme tous ceux qui travaillaient pour *Arch'e'Tech*. Malgré des méthodes de management surprenantes, la société n'était pas devenue la meilleure par hasard : la médiocrité n'avait pas sa place ici. Hermione avait d'ailleurs intérêt à se montrer à la hauteur !

Le couple Debussy avait des goûts en totale opposition : Alain-Chou était plutôt classique et souhaitait en mettre plein la vue à son entourage avec un manoir dans la plus pure tradition, tandis que Barbie voulait du moderne, du foisonnant, de la couleur, du festif. Un vrai défi ! Hermione attendait les plans de Guillaume pour élaborer de vraies propositions de décoration, mais pouvait d'ores et déjà se pencher sur les planches d'ambiance, pièce par pièce. Si Barbie et

Alain-Chou validaient ces ambiances, elle pourrait ensuite s'occuper du mobilier, des tissus et autres accessoires décoratifs. Les Debussy voulaient abattre des cloisons, réagencer la cuisine, les salles de bains, changer l'escalier... Autant de travaux qui allaient modifier l'aménagement intérieur du manoir et influer sur le projet d'Hermione. En attendant, elle cherchait l'inspiration pour concilier les demandes du couple et créer quelque chose de cohérent. Et de bon goût !

— Je connais quelqu'un qui peut procéder à un rééquilibrage énergétique, reprit Coco. Tu ne peux pas laisser ton énergie dans un tel chaos. Au bout d'un moment, tu seras épuisée.

— J'y songerai.

— Oh oui, ça pourrait être amusant ! s'exclama Dalila en sautillant.

— Il ne s'agit pas de s'amuser, intervint Caël, mais de retrouver la sérénité.

— Je serai sereine lorsque vous cesserez de me casser les oreilles, marmonna Hermione, profitant de la musique tibétaine qui passait en permanence dans le bureau de Coco pour communiquer avec ses Gardiens sans se faire remarquer.

Certes, sa collègue ne serait pas choquée si elle lui parlait de Dalila et Caël, cependant elle préférait que cela ne s'ébruite pas !

Lorsque la fin de la journée s'annonça, Hermione était à la fois fatiguée et galvanisée. Elle avait jeté un œil à la réserve pour repérer des objets susceptibles de convenir au projet Debussy, récupéré auprès de Sarah des adresses d'enseignes avec lesquelles *Arch'eTech* travaillait, pour étoffer son propre carnet, bref, elle n'avait pas chômé. Il restait cependant la deuxième couche de peinture à appliquer dans son bureau, afin de pouvoir commencer à y travailler au plus tôt. Il n'était pas question de squatter celui de Coco trop longtemps, même si celle-ci ne demandait pas mieux, ravie d'avoir quelqu'un avec qui papoter et une oreille attentive pour écouter ses explications. Sa musique tibétaine, en prime, avait de quoi rendre fou ! Son effet zénifiant n'était pas avéré sur Hermione !

La jeune femme commençait tout juste à appliquer une première bande de peinture par-dessus la couche qu'elle avait posée le matin même lorsque Guillaume la rejoignit. Elle perçut sa présence alors qu'aucun bruit n'avait signalé son arrivée. Un instant, elle se demanda si c'était une question d'aura. La sienne projetait-elle loin ? Il faudrait qu'elle pense à interroger Coco à ce sujet.

Ils se mirent à travailler dans un silence complice, au rythme de la musique que la jeune femme avait mise. Hermione se sentait pleine d'énergie, alors qu'elle aurait dû être épuisée après son coup de foudre. Elle avançait vite, voyant avec plaisir le résultat de ses efforts et de ceux de son camarade. Le bureau de l'horreur n'était plus qu'un lointain souvenir, par le miracle de quelques couches de peinture blanche. Les bureaux se vidèrent peu à peu, les bruits de voix et de pas déclinèrent. La société de ménage prit le relais. De temps en temps, elle épiait Guillaume du coin de l'œil. Son bras, sollicité de manière inhabituelle, commençait à devenir douloureux. Le jeune homme, lui, poursuivait sa tâche à un rythme régulier, sans paraître souffrir.

— Invite-le à dîner pour le remercier, suggéra Dalila. C'est le moins que tu puisses faire.

Depuis quand Dalila se préoccupait-elle de politesse ?

— Ce sera l'occasion de le draguer, reprit la diablotine.

Ah, voilà qui ressemblait déjà davantage à cette chipie !

— Comment va-t-elle rentrer ? Le dernier train n'est pas si tard, intervint Caël.

— Elle n'aura qu'à prendre un taxi. Ou alors, tu peux demander à Guillaume de te raccompagner, fit-elle avec un sourire coquin en se tournant vers Hermione. À moins qu'il propose de t'héberger pour la nuit. Ou alors, vous passez la nuit à l'hôtel.

Hermione leva les yeux, amusée par les élucubrations de la diablotine. Cela dit, elle n'avait pas tort. Il était hors de question de ne pas remercier correctement Guillaume pour son aide précieuse. Le restaurant et le taxi paraissaient un bon compromis. Mais pas ce soir. La fatigue la rattrapait et elle n'aspirait qu'à une seule chose : rentrer se pelotonner dans son lit, Zorro ronronnant contre elle. Bien sûr, Dalila lui suggérerait de glisser Guillaume dans ses draps si elle s'avisait d'exprimer ses envies à haute voix !

La nuit était tombée, la société de ménage était repartie. Guillaume, qui nettoyait les pinceaux et rouleaux, releva la tête. La petite mèche rebelle lui retombait à nouveau sur le front. Il était vraiment craquant. Son sourire avait notamment le don de faire bondir le cœur d'Hermione. Il se redressa en souplesse et s'approcha, l'obligeant à lever la tête pour soutenir son incroyable regard vairon.

— Tu as de la peinture dans les cheveux, fit-il d'un ton amusé.

Il passa l'index sur la joue de la jeune femme, qui sentit sa respiration accélérer.

— Ici aussi, reprit-il d'une voix basse et grave.

Il laissa retomber sa main, au grand désappointement d'Hermione. Elle réprima une moue déçue et chercha quelque chose à dire.

— Il faudra que tu me donnes ton secret pour t'en sortir sans une tache.

— Herm', tu es nulle en séduction ! grogna Dalila.

Comme si elle ne le savait pas ! Hermione tira une mèche devant ses yeux et loucha pour apercevoir la peinture qui la maculait.

— C'est un style, conclut-elle avec un petit rire.

Heureusement qu'elle n'avait pas prévu de l'inviter ce soir, elle aurait eu l'air d'une souillon ! Et si elle avait sorti les sous-entendus coquins et les regards langoureux, comme le voulait Dalila, elle aurait été ridicule !

— Je laisse le matériel et les protections en place : nous verrons demain à la lumière du jour s'il y a des détails à rectifier ou s'il faut une troisième couche, déclara Guillaume, lorsqu'elle revint après être allée se changer et se débarbouiller.

— Il en faudra sans doute une sur mon mur.

Elle n'était pas aussi douée que lui !

— Tu te débrouilles bien, répondit le jeune homme en appelant l'ascenseur.

— Et en plus, il est galant !

La petite voix de Dalila fit se crisper Hermione. Si ses Gardiens comptaient la suivre de près et commenter le moindre de leurs faits et gestes, Hermione ne risquait pas de se détendre ! Elle essaya de faire comprendre à Dalila que son envahissante présence n'était pas nécessaire, mais la diablotine fit mine de ne pas remarquer son regard noir, dansant sur place comme si c'était elle qui s'apprêtait à proposer un rendez-vous au jeune homme. Les Gardiens avaient-ils une vie amoureuse ? se demanda Hermione tandis que la cabine les emmenait au rez-de-chaussée. Voilà une question qu'il lui faudrait poser. Ou pas. Car plus elle en apprendrait sur eux, plus il lui serait difficile de les ignorer et de les chasser.

— Est-ce que... tu serais d'accord pour que je t'invite au resto vendredi soir ? se lança Hermione. Pour te remercier, pour la peinture, s'empressa-t-elle d'ajouter.

Il n'était pas question de se la jouer Roland le Relou ! Le sourire de Guillaume s'élargit et la jeune femme sentit ses joues s'échauffer.

— Avec plaisir.

Dalila leva les poings en l'air en criant « Victoire ! » Hermione se retint de justesse de l'imiter.

Chapitre 6

Hermione accrocha le cadre, recula de quelques pas pour admirer le résultat. Il n'était pas tout à fait droit ; elle rectifia l'angle et se déclara satisfaite. Investir son bureau tout beau tout blanc tout neuf était un plaisir infini. Guillaume et elle avaient retiré les protections sur les meubles, une troisième couche n'étant pas nécessaire. Hermione était allée chercher les fauteuils, le tapis et quelques accessoires qu'elle avait repérés dans la réserve afin de rendre la pièce fonctionnelle. Il ne restait que de menus détails à améliorer pour apporter sa petite touche et en faire un lieu chaleureux, parfait pour travailler et recevoir les clients.

— Ça manque de fantaisie, décréta Dalila.

— C'est élégant, sobre, intervint Caël.

Triste, chiant, sans personnalité, insista la diablotine.

— Si tu allais voir ailleurs si j'y suis ? suggéra Hermione, agacée. Si ça ne te plaît pas, la porte est grande ouverte, ajouta-t-elle en désignant la porte... qui était fermée, en réalité.

Le battant s'ouvrit à ce moment-là, et Roland apparut dans l'encadrement, un bouquet de fleurs à la main.

— Pour égayer un peu la pièce, fit-il avec un grand sourire en tendant les fleurs à la jeune femme.

— C'est gentil.

Touchée malgré elle, elle prit le bouquet.

— Coco t'a kidnappée, hier midi, du coup notre déjeuner est tombé à l'eau. On remet ça ce midi ?

Difficile de refuser alors qu'il venait de lui offrir ces jolies fleurs. Hermione avait un peu le sentiment d'être piégée. Cela dit, elle ne devait pas oublier sa résolution de laisser une chance à Roland, quoi qu'en dise Dalila.

— À tout à l'heure, conclut Roland en tournant les talons.

Il n'avait pas attendu sa réponse, constata Hermione.

— Tu aurais dû lui envoyer les fleurs à la figure, grogna Dalila.

— Tu devrais les mettre dans un vase, ce serait dommage de gâcher un si beau bouquet, peu importe qui te l'a offert, temporisa Caël.

Hermione était incapable de résister à de jolies fleurs : elle suivit donc le sage conseil de son angelot. Elle prit ensuite place derrière son bureau, poussa un soupir de satisfaction. Désormais, elle se sentait pleinement à sa place à *Arch'e'Tech*. Les choses sérieuses pouvaient commencer.

On frappa à la porte. Monsieur Dorbais entra. Hermione bondit sur ses pieds, faillit se mettre au garde-à-vous, avant de se rappeler que les relations hiérarchiques n'étaient pas aussi formelles au sein de l'entreprise. Elle se sentait encore un peu empruntée et ressentait le désir de faire ses preuves devant son patron.

— C'est un peu triste, commenta ce dernier en lissant sa cravate ornée de petits moutons rigolos.

Aujourd'hui, sa chemise était vert pomme.

— J'espère que vous mettrez un peu de couleur, conclut-il avant de quitter le bureau, laissant une Hermione bouche bée.

— Ah ! Tu vois, je te l'avais dit ! clama Dalila. Il faut de la couleur.

Hermione n'eut pas le temps de répondre. Coco passa la tête dans la pièce. Son bureau était-il devenu un hall de gare ? La jeune femme s'interrogea sur la pertinence d'un verrou... Coco observa l'espace d'un air critique, ses boucles d'oreille en forme de palmiers oscillant au gré de ses mouvements.

— C'est bien, c'est très *Feng Shui*, approuva-t-elle. Il ne manque que la touche finale !

Elle ressortit la tête et réapparut une seconde plus tard, cachée derrière un arbuste plus haut qu'elle.

— Là, fit-elle après l'avoir installé près du bureau, ce sera bon pour la circulation des énergies.

— Coco, tu sais, je suis une *serialkilleuse* de plantes, objecta Hermione. Je ne tiens pas à avoir la mort de celle-ci sur la conscience.

— Je m'en occuperai, repartit sa collègue sans se démonter.

Elle sortit à nouveau et revint avec deux pots plus petits qu'elle plaça stratégiquement.

— Allez, je te laisse travailler !

Hermione, un peu étourdie, jeta un regard apitoyé aux malheureux végétaux.

— Par avance, je m'excuse des mauvais traitements que je vais vous faire subir.

Voilà que maintenant, elle parlait aux plantes... Les hommes en blanc n'étaient plus très loin !

La matinée fut bien remplie. Outre le dossier Debussy, Hermione s'était vue attribuer le suivi des projets du fameux Vladimir. Du noir. Du rouge. Du velours. Son style était toujours le même, peu importe le client. Hermione manqua éclater de rire en découvrant la décoration qu'il avait conçue pour un hôtel : elle n'aimerait pas dormir dans une chambre pareille ! Cela dit, le pseudo-vampire de la déco était tout de même professionnel, elle devait en convenir : ses dossiers étaient clairs, ses devis parfaits et les clients qu'elle contacta pour leur signaler le changement de décorateur exprimèrent tous leur déception de ne plus travailler avec Vladimir. Il ne restait plus à Hermione qu'à mener les projets à leur terme.

Le téléphone sonna, la faisant sursauter. La voix de Sarah retentit.

— Madame Debussy est à l'accueil. Elle demande à parler à Guillaume, mais il est sur un chantier avec Jeanne. C'est... urgent.

La légère pause que marqua la réceptionniste alerta Hermione. Que pouvait-il y avoir d'urgent pour une femme comme Barbie ? Avait-elle décidé de tout casser dans le manoir, parce qu'elle avait vu dans une émission télévisée que les espaces ouverts étaient tendance ? Ou bien, voulait-elle un puits de lumière au milieu de la salle de bal ?

— Je vais la recevoir.

Lorsque la cliente entra quelques minutes plus tard, Hermione nota sa mine chiffonnée. Alain-Chou demandait-il le divorce ? Non, ça, c'était une pensée peu charitable. La décoratrice loucha sur les talons vertigineux de Barbie, se demandant pour la énième fois comment il était humainement possible de marcher avec des trucs pareils sans finir aux urgences. Dalila était apparemment du même avis qu'elle : la diablotine troqua ses chaussures pour une paire en tous points identique à celle de Barbie. Elle tenta quelques pas, vacilla, manqua s'étaler sur le tapis et décida finalement de raccourcir un peu la hauteur des talons.

— C'est une catastrophe ! se lamenta la jeune femme

en se laissant tomber dans un fauteuil.

Hermione avait eu raison de les choisir confortables.

— Expliquez-moi ce qui vous inquiète, nous trouverons une solution, suggéra Hermione d'un ton bienveillant qui apaisa légèrement la cliente.

— Le manoir est hanté !

Rien que ça. Monsieur Dorbais aurait dû confier le dossier à Coco, tiens !

— Hanté ?

Barbie, encouragée, se lança dans le récit épique de ses aventures surnaturelles au manoir.

— Je voulais tester quelques échantillons de couleurs pour voir ce que cela pourrait donner – Hermione réprima une grimace à l'idée que Barbie prenne en charge le choix des couleurs – quand j'ai senti un souffle sur ma nuque.

L'histoire se poursuivit, ponctuée de bruits de pas étranges, de courants d'air venus de nulle part, de portes claquant, de parquet qui grince et de sanglots lointains. Les fantômes, de nos jours, manquaient cruellement d'originalité, mais apparemment, la technique faisait encore recette. Bref, Barbie, terrifiée, avait quitté en quatrième vitesse la demeure.

— Je crois que j'ai oublié de fermer à clef, avoua-t-elle, penaude.

Hermione hocha la tête sans mot dire, affichant une mine compréhensive.

— J'ai fait des recherches, reprit la cliente, et j'ai

découvert qu'il y a cinq ou six siècles, le manoir a été le théâtre d'un drame.

Elle se pencha en avant, baissa la voix comme pour confier un secret.

— Une jeune fille a disparu, on n'a plus jamais eu de nouvelles d'elle. Apparemment, elle aimait un homme dont son père ne voulait pas entendre parler.

— Sans doute s'est-elle enfuie avec son galant. Et cette histoire ne peut remonter à cinq ou six cents ans, le manoir date du XVIIIe siècle, reprit Hermione.

— Alain-Chou non plus ne veut pas me croire. Mais vous comprenez bien que je ne peux pas emménager dans une maison hantée ! J'aurais bien trop peur ! Et les travaux vont déranger le fantôme, qui risque de se mettre en colère.

Hum... Hermione s'efforça de ne pas regarder Dalila, qui se tordait de rire.

— Il va falloir vendre, renifla Barbie. J'aimais tellement ce manoir, j'avais l'impression d'être une princesse de conte de fées.

Cette fois-ci, toute envie de rire s'envola. Hermione se redressa. Alain-Chou semblait moins évaporé que sa jeune épouse, cependant, il était aussi sous le charme. Si Barbie décidait de ne plus mettre les pieds au manoir, ce dernier deviendrait un poids mort pour l'homme d'affaires et il s'en débarrasserait. Il n'était pas question de laisser filer des clients pareils, monsieur Dorbais ne le pardonnerait pas à Hermione ! Vite, une solution...

— Voulez-vous boire une tasse de thé ? proposa-t-elle.

Barbie approuva, piocha un mouchoir dans son sac pour essuyer avec délicatesse ses yeux rougis. Elle avait beau être un peu sotte, Hermione ne put s'empêcher d'avoir pitié d'elle. De toute évidence, la jeune femme croyait dur comme fer à son histoire de fantôme, ce n'était pas juste un caprice de petite fille riche. Et devant le refus de son mari de la prendre au sérieux, elle s'était tournée vers les seules personnes susceptibles de l'écouter, l'architecte et la décoratrice d'intérieur. Ce n'était pas vraiment le genre de chose qu'Hermione avait l'habitude de gérer. Choisir entre une peinture grise et une peinture taupe, entre de la soie et du satin, ça oui, c'était dans ses cordes. Mais une menace fantôme ? C'était plutôt une mission pour Coco !

Hermione courut jusqu'au bureau de sa collègue.

— Une cliente veut arrêter tous les travaux, car elle est persuadée qu'un fantôme hante les lieux. As-tu une idée pour régler le problème ?

— Mon amie Tina parle aux esprits. Elle devrait pouvoir vous aider, s'il y a vraiment un fantôme.

Coco n'avait même pas sourcillé. Elle sortit d'une boîte une petite carte de visite bariolée. La fameuse Tina, autoproclamée « voyante », se targuait entre autres de communiquer avec les esprits et de les aider à trouver le repos. C'était exactement ce dont Hermione avait besoin. Un instant plus tard, elle était de retour dans son bureau, portant un plateau sur lequel elle avait disposé deux tasses, un thé bio recommandé par Coco, et une assiette de petits gâteaux. Elle nota mentalement d'installer une théière et une cafetière dans un coin de la pièce, et de faire des provisions de petits gâteaux. Barbie arbora un sourire radieux lorsqu'elle lui présenta la solution qu'elle avait trouvée.

— Alain-Chou avait raison d'insister pour que nous nous adressions à *Arch'e'Tech*. Vous êtes formidables !

Le compliment était bon à prendre. Tout problème avait sa solution, même si en l'occurrence, celle proposée était quelque peu... inattendue. Barbie composa aussitôt le numéro de la fameuse Tina. Elles ne mirent pas longtemps à tomber d'accord et rendez-vous fut pris au manoir pour quinze heures.

— Naturellement, vous viendrez, n'est-ce pas ? fit Barbie en reposant son portable.

Hermione manqua recracher sa gorgée de thé. L'air suppliant de Barbie la convainquit cependant de ne pas la laisser affronter l'épreuve sans soutien. Même si Tina était recommandée par Coco, mieux valait ne pas laisser cette jeune femme naïve et crédule seule avec la voyante. Et puis, Alain-Chou était riche et influent et très amoureux. Si sa femme se mettait à chanter les louanges de la décoratrice d'intérieur, nul doute qu'il leur ferait ensuite une pub d'enfer.

— Naturellement, répondit-elle d'un ton léger et assuré.

Que ne fallait-il pas faire parfois pour les clients ! Il ne lui restait plus qu'à appeler Clara pour lui emprunter sa voiture.

Les mésaventures de Barbie avaient fait oublier à Hermione son déjeuner avec Roland. Elle mit quelques secondes à comprendre ce qu'il faisait dans l'embrasure de sa porte. Enchantée de la façon dont elle avait géré la « menace fantôme », comme elle l'appelait, la jeune femme adressa un large sourire à son collègue.

— Relou, Relou, Relou, caqueta Dalila.

La diablotine avait été au spectacle pendant l'entretien avec Barbie. C'est tout juste si elle n'avait pas sorti le popcorn. Ses commentaires incessants commençaient à donner mal à la tête à Hermione : difficile de se concentrer quand quelqu'un vous susurrait des sottises !

— Peux-tu m'accorder cinq minutes ? demanda Hermione à Roland.

— Je t'attends en bas.

À peine la porte refermée, Hermione se pencha pour se mettre à la hauteur de la diablotine, laquelle arpentait son bureau couvert de dossiers comme s'il lui appartenait. Il était temps de remettre les pendules à l'heure.

— Tu vas arrêter ça tout de suite ! siffla la jeune femme. J'en ai assez de tes remarques, je ne m'entends plus penser !

— Je cherche juste à te rendre service, protesta Dalila, vexée.

Si elle n'avait été aussi remontée, Hermione aurait pu avoir pitié de la petite Gardienne.

— Laisse-moi gérer, toute seule, comme une grande, comme je l'ai toujours fait.

— Ah ! s'esclaffa Dalila. On voit le résultat ! Combien de déjeuners, dîners et cafés t'es-tu infligés parce que tu refuses de m'écouter ?

Devant la mine furibonde de son humaine, la diablotine se renfrogna.

— Très bien, fais-nous ta petite crise d'indépendance ! Ne viens pas te plaindre après si tu n'arrives pas à te dépêtrer de Relou !

Pouf ! Elle se volatilisa sur un ultime regard noir. Aussitôt, un sentiment de culpabilité envahit Hermione. Ce n'était pas dans ses habitudes de fouler ainsi les sentiments des autres ou d'exprimer sans filtre le fond de sa pensée. En temps normal, elle se montrait diplomate, délicate à l'excès, ce qui faisait qu'elle avait parfois du mal à se débarrasser des gêneurs, comme Dalila l'avait souligné.

— Elle s'en remettra, affirma Caël avec un sourire compréhensif. Dalila est excessive en tout...

— Je t'entends, faux frère !

La voix de Dalila lui coupa la parole, bien que la diablotine soit toujours invisible. Elle n'était donc pas partie bien loin ni de façon définitive. Sans doute était-elle trop curieuse pour prendre le risque de rester hors du coup. À moins que son lien avec Hermione ne l'en empêche ?

— Mais elle ne reste jamais en colère bien longtemps, conclut l'angelot, que l'interruption n'avait pas perturbé.

— Tant qu'elle me laisse respirer..., marmonna Hermione en attrapant sa veste et son sac à main.

Un petit reniflement dédaigneux se fit entendre. Ce n'était pas gagné !

Chapitre 7

Hermione jeta un coup d'œil discret à sa montre. Il ne s'était écoulé que trois minutes depuis la dernière fois qu'elle l'avait consultée. La jeune femme calcula que son calvaire n'allait plus durer que cinq minutes. Plus que cinq petites minutes en compagnie de Roland. Cinq fois soixante secondes. La tentation de se lever et de le planter là, maintenant immédiatement tout de suite, était grande. Elle dut prendre sur elle pour ne pas céder à l'impulsion qui la poussait à bondir sur ses pieds et à fuir trouver refuge dans son bureau. Elle était amenée à le croiser jour après jour et ne pouvait se permettre de déclencher les hostilités. Bien que Dalila ne soit plus intervenue depuis leur dispute, Hermione pouvait imaginer sans peine les commentaires que ce déjeuner aurait pu lui inspirer. Ainsi que les « je te l'avais bien dit ! ».

Roland avait commencé par commander d'office le plat végan. Hermione avait moyennement apprécié l'initiative, cependant, son collègue avait l'air tellement heureux de s'être rappelé son régime alimentaire que la jeune femme n'avait pas osé lui expliquer la différence entre végétarisme et véganisme. Par chance, ledit plat était bon. Puis son collègue lui avait posé quelques questions. Hermione s'était détendue, pensant entamer une conversation agréable où chacun parlerait de ses goûts, ses centres d'intérêt, bref, un échange. Elle avait vite déchanté. Le temps que leur commande arrive, Roland avait évoqué ses deux enfants adolescents, qui vivaient avec son ex-femme, avant d'embrayer sur sa passion dévorante : le modélisme. À partir de cet instant, le déjeuner s'était transformé en un long monologue avec ce sujet pour unique thème. Ils en étaient au café, et Roland parlait toujours. Hermione, qui avait renoncé à l'idée d'un véritable échange, observait le cadre autour d'elle, les autres clients, consultait sa montre de temps en temps tout en ponctuant les envolées du Relou de vagues hochements de tête et d'onomatopées censées lui donner l'impression qu'elle s'intéressait à ce qu'il racontait. Pris par son discours, Roland ne s'était pas aperçu qu'il avait perdu depuis longtemps son auditoire et que la jeune femme luttait pour ne pas bâiller.

Enfin, Hermione leva la main pour héler la serveuse.

— Laisse, c'est pour moi, intervint Roland d'un air bonhomme.

— Moitié, moitié, décréta Hermione d'un ton ferme.

Elle ne tenait pas à lui être redevable ou à l'encourager !

— Tu m'as déjà offert ces jolies fleurs, rappela-t-elle pour adoucir son refus.

Roland sourit, fier de lui. Le pauvre pensait sans doute son entreprise de séduction bien engagée ! Même s'il ne pouvait pas rivaliser sur le plan physique avec Guillaume – peu d'hommes le pouvaient, de toute façon – il aurait fallu bien plus que des fleurs et un déjeuner assommant pour séduire Hermione. Une vraie conversation, pour commencer. Tandis qu'ils peignaient, Guillaume et elle avaient parlé de tout et de rien, de cinéma, de musique, de lieux à visiter. Ils s'étaient trouvé quelques points communs, avaient ri de leurs goûts respectifs parfois douteux, bref, chacun s'était exprimé. À l'issue de ce déjeuner, Hermione pouvait écrire une thèse sur le modélisme pour les Nuls, en revanche, si elle avait posé quelques questions basiques à Roland sur ses propres goûts, ce dernier aurait été bien en peine d'y répondre. Il était toujours persuadé qu'elle était végane, par exemple !

Sur le court trajet les séparant d'*Arch'e'Tech*, Roland acheva son exposé sur le modélisme. Hermione faillit sauter de joie en apercevant le visage pincé de Jeanne à travers la vitrine. Même Miss Aimable était préférable au Relou ! Enfin, pas tout à fait, mais si Jeanne était là, alors Guillaume aussi, selon toute logique, puisqu'ils avaient passé la matinée ensemble. Trois paires d'yeux se fixèrent sur eux tandis qu'ils pénétraient dans l'agence : Jeanne, toujours sévère, à se demander si elle était capable d'arborer une expression différente ; Sarah, dévorée de curiosité depuis qu'elle avait vu Hermione rejoindre Roland à midi ; Guillaume, dont le regard passa de l'un à l'autre avant d'esquisser un petit sourire en découvrant la mine dépitée d'Hermione.

— Sarah vient de me dire que madame Debussy est venue ce matin, très inquiète. Un problème ? s'enquit Jeanne d'un air préoccupé.

— Rien que je ne puisse résoudre, répondit Hermione d'un ton tellement aimable qu'elle voyait presque le sucre dégouliner.

Non, mais, de quoi se mêlait-elle, celle-là ?

— S'il y a le moindre souci, adressez-moi les Debussy, je m'en chargerai.

— Coco m'a été d'une aide précieuse, susurra Hermione. C'est si agréable de savoir que l'on peut compter sur les collègues, ici !

La mine épouvantée de Jeanne valait son pesant de cacahuètes ! Sans doute se demandait-elle ce que l'originale Coco avait bien pu proposer comme solution. Elle était donc bel et bien capable d'afficher une expression différente, songea Hermione, amusée. La jeune femme salua le petit groupe avant de gagner l'ascenseur. Il lui restait un peu de temps avant de partir récupérer la voiture de Clara et de mettre le cap sur le manoir pour l'exorcisme, temps qu'elle comptait mettre à profit pour s'isoler un peu. Caël, contrairement à sa petite camarade, parlait peu, si bien qu'il était assez facile d'oublier sa présence. C'était reposant.

La jeune femme venait à peine de s'asseoir dans son fauteuil qu'on frappa à la porte. Qui donc osait venir l'enquiquiner ? Elle se détendit en voyant Guillaume entrer. Lui, il pouvait l'enquiquiner quand il voulait !

— Quel est le problème avec Barbie, alors ?

Son sourire taquin arracha un rire à Hermione. Il avait compris que le problème, si problème il y avait, était du fait de Barbie.

— Elle croit que le manoir est hanté. Coco m'a trouvé quelqu'un pour aller parler à l'esprit et le convaincre de partir. Nous avons rendez-vous à quinze heures.

— Nous ?

— Barbie veut que je vienne, soupira la jeune femme.

— Est-ce que je peux venir aussi ?

Hermione haussa un sourcil.

— Je suis curieux de voir comment on chasse un fantôme, avoua Guillaume.

— Si Jeanne remarque notre absence, nous pourrons toujours dire que nous sommes retournés sur place pour rencontrer la propriétaire et poursuivre la discussion sur le projet. Ce ne sera même pas un mensonge !

Hermione bondit de son siège et s'empara de la chemise dans laquelle elle avait rassemblé les premiers documents relatifs au futur chantier.

— Au travail, monsieur l'architecte d'intérieur.

— Après vous, madame la décoratrice.

Guillaume s'inclina et lui ouvrit la porte, modèle de galanterie. Relou aurait mieux fait d'en prendre de la graine ! Guillaume et elle étaient vraiment sur la même longueur d'onde, jusque dans leur sens de l'humour.

Barbie les attendait, assise sur les marches du perron. Son visage s'éclaira en voyant Guillaume claquer la portière conducteur. Puisqu'il avait décidé de l'accompagner, Hermione avait rappelé Clara : inutile de venir à deux voitures quand elle pouvait passer du temps en compagnie du séduisant stagiaire ! Ce dernier était sans conteste un atout non négligeable auprès d'un certain type de clientes : *Arch'e'Tech* marquait encore des points auprès de Barbie.

— Je n'ai pas osé entrer. J'ai bien trop peur, avoua-t-elle.

— En attendant Tina, que diriez-vous de regarder les idées que j'ai rassemblées pour votre future décoration ? proposa Hermione en retournant chercher son dossier, qu'elle avait laissé sur le siège passager.

Le joli visage de Barbie, très expressif, s'illumina comme celui d'une enfant devant ses cadeaux de Noël.

— Quel dommage qu'elle s'habille comme une bimbo, remarqua Caël d'un ton chagrin.

Hermione devait reconnaître qu'elle était d'accord avec l'angelot. Barbie ne se rendait pas justice.

— Je vais faire un tour à l'intérieur, annonça Guillaume. J'ai quelques mesures à prendre.

Barbie écarquilla ses yeux de biche.

— Mais... et si le fantôme vous attaque ?

— Je vais essayer de ne pas déclencher sa colère. Je tâcherai de me montrer respectueux et lui expliquerai ce que j'ai l'intention de faire, ça devrait l'apaiser.

— Il est tellement courageux ! murmura la jeune femme, admirative, tandis qu'il disparaissait dans le manoir.

Il était surtout très diplomate. Et gentil. Il ne s'était pas moqué des craintes de Barbie, pas plus qu'il ne l'avait rabaissée. À sa place, bien d'autres auraient rétorqué que les fantômes n'existaient pas. Hermione elle-même devait reconnaître qu'avant l'irruption de ses Gardiens dans sa vie, elle aurait sans doute traité le cas de Barbie avec une condescendance amusée. Comment jurer qu'un fantôme ne hantait pas la demeure alors qu'un angelot et une diablotine la suivaient partout ?

Pour détourner l'attention de Barbie de ses angoisses surnaturelles, Hermione sortit les documents concernant le futur boudoir. Après réflexion, elle avait décidé de laisser carte blanche à la cliente sur cette pièce, même si tout ce rose lui donnait la nausée. Après tout, ce serait la pièce privilégiée de la maîtresse des lieux, son petit refuge intime. Il serait aussi plus facile de lui faire accepter des concessions de meilleur goût sur le reste de la maison si un endroit était totalement à elle.

— C'est ravissant ! On dirait une chambre de princesse !

Barbie, des étoiles plein les yeux, contemplait les échantillons de peinture rose poudré, les photos de meubles blanc laqué d'inspiration romantique, les napperons au crochet et les rideaux de dentelle. C'était très enfantin, mais cela avait semblé correspondre aux envies de la jeune femme, ou du moins à ce que Hermione en avait deviné. Apparemment, elle ne s'était pas trompée. Barbie la bien nommée avait des rêves de petite fille. Cette pièce la comblerait. Aux anges, elle avait oublié que quelques heures plus tôt, elle voulait convaincre son mari de revendre le manoir.

Une voiture s'engagea dans l'allée, interrompant les deux jeunes femmes. Hermione était curieuse de rencontrer la fameuse Tina. Quelle allure une femme qui parlait aux esprits et qui lisait l'avenir en tirant les cartes pouvait-elle bien avoir ? Elle l'imaginait un peu bohémienne.

La femme qui sortit du véhicule devait avoir environ quarante-cinq ans. Grande et svelte, elle n'avait rien d'une gitane ou d'une hurluberlue. Au temps pour les clichés. Si Hermione l'avait croisée dans la rue, jamais elle n'aurait pu deviner la spécialité de Tina. D'un autre côté, qui pourrait deviner qu'elle-même voyait des êtres qui n'existaient pas ?

Tina dégageait une impression de sérénité et de compétence qui parurent rassurer Barbie. Elle écouta les explications de la jeune femme, posant quelques questions, avant de proposer d'entrer.

— J'aimerais que vous me montriez les endroits exacts où vous étiez lorsque vous avez remarqué les phénomènes.

Bien qu'angoissée, Barbie les précéda dans le manoir. Les trois femmes parcoururent les pièces abandonnées. Hermione, quoique dubitative, ne pouvait s'empêcher de se tenir aux aguets, espérant contre toute raison quelques manifestations surnaturelles. Lorsque Barbie indiquait un lieu où elle s'était tenue et avait perçu la présence fantôme, Tina s'arrêtait. Elle posait la main sur les murs ou les meubles, fermait les yeux. Guillaume, qui avait rejoint le trio, échangea un regard avec Hermione. Ce n'était pas très impressionnant, n'importe qui aurait pu adopter ce genre d'attitude concentrée. D'un autre côté, le fait que Tina ne fasse pas tout un cinéma, qu'elle n'éprouve pas le besoin d'ajouter du décorum à sa façon de procéder, était presque rassurant.

— J'ai besoin de solitude, expliqua Tina après avoir exploré la demeure. Le spectre se manifestera plus facilement si je suis seule à l'appeler.

Elle eut un gentil sourire devant leurs mines déçues. Même Barbie s'était prise au jeu. Ils sortirent à regret. La chaleur lourde les assaillit. Les médias parlaient de canicule, se rappela Hermione en s'éventant. Il n'y avait pas un souffle de vent.

— Il faudra faire venir un paysagiste pour le parc, fit remarquer Guillaume, mains sur les hanches, en examinant le terrain en broussailles.

— Vous pourrez m'en trouver un ? s'enquit Barbie, pleine d'espoir.

— *Arch'e'Tech* a pour principe de mener ses projets de bout en bout, affirma le jeune homme.

Il ne fallait décidément pas grand-chose pour ravir la jeune madame Debussy.

— Je veux des rosiers ! C'est si romantique ! Et là, un bassin, ou mieux, une fontaine !

— Et je verrais bien une petite folie, là-bas, suggéra Hermione.

Elle-même n'était pas fan de ces constructions d'inspiration antique, mais cela ne choquerait pas dans le cadre du manoir.

— Marie-Antoinette avait le Trianon à Versailles pour recevoir ses amis, vous aurez votre folie.

— Ce serait merveilleux ! Oh ! Nous serons tellement heureux dans ce château une fois les travaux terminés et le fantôme parti ! J'ai hâte !

Une enfant dans un corps de femme fatale. Hermione se prit à espérer qu'Alain-Chou se montrerait gentil et patient avec sa naïve petite épouse. Elle avait envie de la protéger comme une petite sœur... sauf que sa propre petite sœur, elle, serait entrée dans le manoir pour se colleter avec le fantôme et le mettre à la porte !

Tina les rejoignit quelques minutes plus tard d'un pas tranquille. Hermione se demanda s'il lui arrivait de se départir de sa zénitude.

—Ça y est, vous l'avez convaincu de partir ? s'enquit une Barbie pleine d'espoir.

—Non.

Devant l'expression désappointée de la jeune femme, Tina reprit ses explications.

—C'est un esprit bienveillant, qui n'aspire qu'à voir revivre cette magnifique demeure et à prendre soin de ses habitants. Elle était navrée de vous avoir fait peur en cherchant à attirer votre attention.

Barbie, suspendue aux lèvres de la voyante, hocha la tête d'un air pénétré.

—Vous avez eu raison, c'est cruel de chasser quelqu'un de chez lui. Si ses intentions sont bonnes, elle peut rester aussi longtemps qu'elle le souhaite.

Bien que peu convaincue, Hermione ne pipa mot. Elle attendit que Barbie soit entrée dans le manoir pour aller « expliquer » en personne au fantôme qu'elle acceptait avec enthousiasme une cohabitation amicale pour fixer Tina. Celle-ci était peut-être amie avec Coco, cependant, la jeune femme ne la laisserait pas jouer avec Barbie.

—Un fantôme bienveillant ? lança Guillaume, qui semblait lui aussi prêt à défendre les intérêts de leur cliente.

—C'est une vieille demeure, pleine de bruits, de

craquements et de courants d'air. Si j'avais prétendu avoir chassé l'esprit, madame Debussy n'aurait pas tardé à paniquer à nouveau. Elle aurait sans doute fait appel à quelqu'un d'autre, puisque mon intervention aurait échoué, et serait probablement tombée sur un charlatan qui lui aurait extorqué des sommes faramineuses.

Tina sourit avec malice.

— À présent qu'elle est persuadée que le manoir abrite un gentil fantôme, tout ira bien.

Hermione dut convenir qu'elle n'avait pas tort. Le sens de la psychologie de la voyante l'impressionnait. Par ailleurs, elle n'avait demandé qu'une rétribution modeste en échange de ses services, tout juste de quoi couvrir ses frais d'essence et compenser le temps passé en pleine cambrousse pour un fantôme qui n'existait pas, ce qui accréditait son discours.

— En attendant, on ne sait pas si elle voit vraiment les fantômes ni s'ils existent.

Hermione baissa la tête avec un léger sourire : Dalila, à ses pieds, affichait une moue déçue. Caël avait raison, la diablotine était incapable de rester fâchée bien longtemps. Lorsqu'elle releva les yeux, la jeune femme croisa le regard pénétrant de Tina. Celle-ci lui fit un petit signe de tête, comme si elles partageaient un secret.

— Appelez-moi.

Interloquée, Hermione ne trouva rien à répondre. Elle regarda la voyante remonter dans sa voiture et quitter le domaine. Avait-elle entendu Dalila ?

Chapitre 8

Guillaume claqua la porte derrière lui, faisant sursauter Hermione. Le jeune homme semblait contrarié. Il était sorti pour rapprocher la voiture de l'entrée, car ils avaient décidé de récupérer un guéridon abîmé pour le faire restaurer et deux ou trois autres objets.

— Que se passe-t-il ?
— La voiture ne démarre pas.
— C'est une blague ?
— Non, bougonna le jeune homme, mal à l'aise.
Hermione éclata de rire.
— Je rêve ou tu me fais le coup de la panne ?
Il esquissa un sourire gêné.
— Je te jure que ce n'était pas prémédité.
La jeune femme pouffa.
— Je ne pense pas que tu aies besoin de ça pour séduire les filles !

Le visage de Guillaume se fit grave, son regard intense.

— Danger ! Danger ! cria Dalila. Trop sexy !

— Es-tu séduite ? demanda Guillaume, penchant la tête comme pour mieux étudier sa réaction.

Hermione sentit une bouffée de chaleur l'envahir, qui n'avait rien à voir avec la canicule. Elle faillit manquer la lueur dans les yeux vairons. Il se moquait d'elle en jouant le beau ténébreux ! Un rôle qui lui allait comme un gant et qui ne laissait pas la jeune femme indifférente.

— Pas du tout, répondit-elle avec aplomb. Tu n'es pas du tout mon style.

Guillaume fronça les sourcils, se demandant de toute évidence si elle plaisantait ou non.

— Mon genre, c'est Roland. Je craque pour les passionnés de modélisme.

Cette fois-ci, Guillaume sourit.

— Comment rivaliser ? fit-il d'un ton fataliste.

— Ne cherche pas, tu n'as aucune chance.

Ce badinage était assez euphorisant, réalisa Hermione en le suivant jusqu'à la voiture. Bien que peu vaniteux, Guillaume avait conscience de l'effet qu'il faisait aux femmes, et elle l'avait déstabilisé l'espace d'un instant. Il avait aussi assez d'humour et d'autodérision pour ne pas s'en vexer.

Barbie avait quitté le manoir une heure plus tôt, ravie de son expérience. Hermione aurait pu parier que dans les jours suivants, tous les amis de la jeune femme défileraient. Barbie était tellement réjouie à l'idée d'être l'heureuse propriétaire d'un authentique manoir hanté qu'elle allait répandre la nouvelle partout. Hermione et Guillaume étaient restés pour avancer sur le dossier, confrontant leurs idées. Bien que la partie architecture d'intérieur ne soit pas sa spécialité, Hermione avait assez d'expérience pour comprendre ce que le jeune homme avait en tête. Ils formaient vraiment un bon duo. Ils avaient en prime beaucoup de points communs, comme leur méconnaissance totale de la mécanique automobile. Debout devant le capot grand ouvert, ils échangèrent un regard désabusé.

— Bon, conclut Guillaume, je n'ai plus qu'à appeler l'assistance.

— Si ça se trouve, le dragon de Coco a eu envie de faire une petite balade et a élu domicile sur ta voiture.

Ils éclatèrent de rire. Avec mille précautions, présentant des excuses pour le dérangement, le jeune homme referma le capot, provoquant un nouvel accès d'hilarité chez sa collègue.

— Femme qui rit..., ricana Dalila.

— Mais c'est pas possible ! grogna Hermione, toute envie de rire envolée.

Caël avait de nouveau bâillonné l'incorrigible diablotine, mais Hermione ne parvenait pas à chasser l'image troublante de Guillaume et elle, enlacés dans un lit. Nus, bien sûr.

— Qu'y a-t-il ?

Flûte ! Elle s'était exprimée à haute voix, oubliant un instant qu'elle n'était pas seule. Et qu'il ne pouvait voir ou entendre Caël et Dalila.

— Un orage, la poisse ! improvisa-t-elle comme un grondement lointain se faisait entendre.

Un petit frisson la parcourut au souvenir de celui qui, deux jours plus tôt, avait quelque peu chamboulé sa vie. Un vent chaud balaya l'allée, des oiseaux s'envolèrent avec de grands cris.

— Rentrons dans le manoir, nous serons à l'abri, au moins, fit Guillaume.

Il sortit son portable pour contacter l'assistance tout en tentant une dernière fois de démarrer le véhicule, en vain. Hermione n'attendit pas la fin de la conversation pour regagner le manoir. Le dépanneur ne viendrait sans doute pas avant un bon moment, surtout avec l'orage qui s'annonçait.

L'atmosphère changea en quelques minutes : le vent se fit plus fort, faisant bruisser les feuillages, de lourds nuages envahirent le ciel, assombrissant le paysage. Le roulement du tonnerre, d'abord lointain, se fit plus proche. Une pluie diluvienne ne tarda pas à s'abattre. De la vapeur commença à s'élever du sol trop chaud, renforçant l'atmosphère de fin du monde dans laquelle le manoir paraissait avoir sombré. Pour un peu, Hermione aurait pu envisager qu'un véritable fantôme erre dans la demeure, tant le cadre semblait propice à une histoire d'horreur. Cela faisait belle lurette qu'il n'y avait plus d'électricité, aussi le manoir était-il plongé dans le noir. Guillaume avait sorti de la boîte à gant une lampe avant de revenir en courant, le tee-shirt humide collant à son torse. Ils avaient fini par dénicher quelques chandelles qui avaient trouvé leur place naturelle sur un candélabre doré. En habitué des chantiers, Guillaume gardait dans sa poche quelques bricoles toujours utiles, comme un couteau suisse et un briquet. Cela aurait pu être romantique sans le grondement continu du tonnerre et les claquements qui faisaient vibrer la vieille demeure. Hermione resserra les bras autour d'elle comme un éclair illuminait brièvement la pièce. Ils s'étaient réfugiés dans un salon, ôtant la housse qui recouvrait le canapé pour s'installer aussi confortablement que possible en attendant que l'orage passe.

— Astraphobie, lança Guillaume.

— Mot compte triple.

Hermione sourit malgré l'angoisse sourde qui la tenaillait. Elle savait qu'elle était en sécurité à l'intérieur du manoir, mais son expérience récente l'avait marquée et elle ne parvenait pas à se débarrasser de sa crainte.

— C'est quoi, l'astra machin-chose ?

— L'astraphobie, c'est la peur de l'orage.

— C'est joli, comme mot, astraphobie. Ça donnerait presque envie d'en souffrir.

— Alix avait très peur des orages étant gamine.

À la lueur des chandelles, Hermione ne pouvait

manquer la tendresse qui adoucissait son beau visage à la mention de sa sœur. Elle n'avait guère de mal à l'imaginer en grand frère attentionné. Il était du genre à prendre sa sœur dans ses bras pour la rassurer, elle en était certaine. En cet instant, Hermione n'aurait pas été contre l'idée de se couler contre son torse et de l'entendre lui assurer qu'elle ne craignait rien. On devait se sentir en sécurité entre ses bras solides. Un nouveau coup de tonnerre la fit sursauter et elle ne put réprimer un petit cri.

— Viens là.

À croire qu'il avait lu dans ses pensées ! À moins qu'elle rêve.

— Je ne suis pas ta petite sœur, protesta Hermione pour la forme, tout en se pressant contre lui, savourant le poids de son bras sur ses épaules crispées.

— Crois-moi, je n'ai jamais eu envie de l'embrasser comme ça.

Elle tourna la tête pour le regarder. Leurs visages étaient tout proches. Elle sentit son souffle effleurer sa peau. Il resta ainsi, suspendu à quelques millimètres de ses lèvres, comme pour lui laisser le temps de comprendre son intention de l'embrasser et lui donner la possibilité de refuser. Comme si cela risquait de se produire ! À la faveur d'un nouvel éclair, Hermione fut happée par le regard qu'il portait sur elle, dans lequel elle pouvait deviner un désir faisant écho au sien. Elle oublia l'orage et combla la distance entre eux. Ses bras vinrent se nouer derrière la nuque du jeune homme tandis que leurs lèvres se trouvaient.

— Tu ne le connais que depuis deux jours !

La voix de Caël, juste à côté de son oreille, faillit lui faire grincer des dents. Du coin de l'œil, elle vit Dalila tirer l'angelot sur le dossier du canapé, l'éloignant d'elle et leur laissant l'intimité dont elle avait besoin. Un comble, ces deux-là semblaient avoir échangé leurs rôles ! Hermione les oublia dans la seconde, absorbée par l'homme qui l'embrassait tout en la serrant étroitement contre lui. Elle se cramponna à sa nuque, sentant sa chaleur l'envelopper tandis que leurs bouches se dévoraient. Les mains de Guillaume glissèrent le long de ses bras, vinrent ensuite caresser son dos à travers le tissu de sa robe d'été. Hermione n'était pas en reste, plongeant les doigts dans les cheveux du jeune homme comme pour l'empêcher de s'écarter. Il ne semblait pas en avoir envie, cela dit. Lorsqu'il crocheta une bretelle pour la repousser, elle rejeta la tête en arrière, offrant à ses lèvres un meilleur accès à sa gorge, qu'il parsemait à présent de baisers, provoquant de délicieux frissons dans son sillage.

Une lueur intense illumina la pièce, un fracas fit trembler le manoir. D'instinct, Hermione se recroquevilla contre Guillaume, toute velléité de batifolage envolée. Le cœur battant à tout rompre, elle se cramponna à lui et elle dut prendre sur elle pour desserrer l'étreinte de ses doigts sur ses biceps. Elle devait lui faire mal, enfonçant ses ongles dans sa peau, pourtant, il n'émit pas une plainte. Dehors, la tempête faisait rage, à croire que l'orage avait encore gagné en intensité. Des craquements sinistres leur parvenaient et un instant, la jeune femme se demanda si Tina ne leur avait pas menti en prétendant que la demeure n'était pas hantée. Si les Debussy changeaient d'avis et décidaient de ne pas habiter le manoir, Hermione avait déjà des idées de décoration à leur soumettre pour transformer la demeure en attraction pour touristes en quête de sensations fortes !

De longues minutes s'écoulèrent, sans qu'ils prononcent un mot. Pelotonnée contre Guillaume, Hermione se sentait à l'abri. Peu à peu, elle se détendit et se laissa aller contre lui. L'orage s'éloigna. Seul le martèlement de la pluie troublait le silence. Les bougies se consumaient lentement, dispensant une lumière tamisée, repoussant juste assez les ombres pour que l'atmosphère de la pièce soit agréable. L'odeur de Guillaume, la chaleur de son corps contre le sien, le rythme régulier de sa respiration, la fermeté pleine de douceur avec laquelle il la tenait, tout contribuait à apaiser la jeune femme, tissant un cocon rassurant. Elle s'endormit.

Ce fut la sonnerie du téléphone qui la réveilla. Il faisait toujours nuit. La pluie avait cessé. Un coup d'œil à sa montre lui apprit qu'il était vingt et une heures. Avec un petit soupir de bien-être, elle referma les yeux.

— Le dépanneur devrait être là d'ici une vingtaine de minutes.

La voix grave de Guillaume suffit à la réveiller totalement. Le premier réflexe d'Hermione fut de se redresser, honteuse de s'être endormie lovée contre lui comme du lierre sur un chêne, lui interdisant tout mouvement. Ils étaient à demi allongés sur le canapé, elle reposant sur lui. Guillaume la retint.

— J'aime te tenir contre moi.

Hermione sourit, conquise. Quelle femme ne rêvait pas d'entendre ce genre de chose de la part d'un homme séduisant ? La part féminine en elle s'en trouvait flattée et exaltée. Dalila aurait fait une danse de la joie, si elle avait été là. Sans doute déployait-elle toute son énergie pour retenir Caël.

— J'aime quand tu me tiens contre toi.

La main de Guillaume traçait des arabesques sur son bras nu, faisant naître des frissons.

— Dis-moi que je ne rêve pas, soupira Hermione. C'est trop beau pour être vrai.

— Je peux te parler de modélisme, si tu veux.

La poitrine de Guillaume tressauta contre la joue d'Hermione, les soubresauts faisant écho au rire qu'elle percevait dans sa voix.

— Quel nom donne-t-on à la phobie du modélisme ?

— Aucune idée, il faudra chercher.

Elle releva la tête et croisa le regard du jeune homme. Ses yeux pétillaient et une petite fossette creusait sa joue. Il était vraiment canon et quelque chose chez lui, au-delà de son physique à damner une sainte, remuait Hermione. Le regard de la jeune femme dériva, se posa sur les lèvres de Guillaume. Une chaleur nouvelle l'envahit au souvenir de cette bouche sur la sienne. Le sourire de Guillaume s'effaça et il se tortilla légèrement sous elle.

— Si tu continues à me regarder comme ça, je ne réponds plus de rien.

Elle sourit, consciente de l'effet qu'elle avait sur lui. Elle en sentait la preuve contre sa cuisse.

— Le dépanneur va bientôt arriver.

Un instant, Hermione crut que c'était Dalila qui avait parlé. Elle fronça les sourcils. C'était bien une voix féminine qu'elle avait entendue.

— Elle mérite mieux, reprit la douce voix – trop douce pour appartenir à sa diablotine. Un dîner romantique et un lit confortable, pas un vieux canapé à moitié défoncé dans un manoir décrépi plein de poussière, à la va-vite.

Hermione se redressa lentement, sentant la chair de poule hérisser les petits poils sur ses bras, toute envie de badinage envolée. Elle remarqua à peine que Guillaume, libéré de son étreinte, s'était levé pour se poster à la fenêtre afin de guetter l'arrivée du dépanneur. Il ne s'était pas rendu compte de son changement d'attitude.

— Hum, Hermione... Nous avons un problème, fit-il.

Oui, elle avait un énorme problème : devant elle, tout

sourire, se tenait une adorable petite créature à la blondeur angélique. Et ce n'était pas Dalila.

Chapitre 9

Guillaume regardait la dépanneuse charger sa voiture, l'air morose. Il avait fallu d'abord extirper le véhicule de l'amas de branches qui le recouvrait : un arbre s'était abattu précisément dessus, mettant à mal le toit et le pare-brise. De ce fait, le jeune homme n'avait pas remarqué qu'Hermione était sous le choc. Non pas de leur baiser, quand bien même ce dernier l'avait chamboulée, mais de la découverte des conséquences de ce second orage : l'apparition de nouveaux Gardiens. Au pluriel ! La jolie blondinette avait été rejointe par un petit Gardien tout de cuir vêtu. Nell et Brennan, l'angelote et le diablotin de Guillaume. L'arrivée de la dépanneuse avait sonné le glas du maigre espoir que la jeune femme conservait : elle pouvait voir et entendre aussi les Gardiens du garagiste. Autrement dit, désormais, il semblait qu'elle puisse voir *tous* les

Gardiens ! Un mal de tête carabiné lui vrillait les tempes, et elle éprouvait le plus grand mal à ordonner ses idées avec les six créatures qui babillaient, commentant le chargement de la voiture avec volubilité.

Incapable d'aligner deux pensées cohérentes, Hermione glissa sa main dans celle de Guillaume pour lui manifester son soutien. Cependant, elle devait admettre que la voiture écrabouillée était le cadet de ses soucis ! Elle avait un problème autrement plus sérieux sur les bras...

Il était presque minuit lorsque la jeune femme s'affala sur son lit, épuisée et pourtant incapable de trouver le sommeil, comme elle s'en rendit vite compte. Zorro, lui, n'éprouvait pas autant de difficultés à sombrer dans les bras de Morphée. Hermione se surprit à envier son chat, à la vie simple et sans souci.

Initialement, elle avait prévu de passer la soirée à faire des recherches sur Internet. Bien sûr, ça, c'était avant l'orage, l'étourdissant baiser de Guillaume, la voiture écrabouillée et le retour en taxi une fois les formalités liées au dépannage réglées. À présent, il devenait encore plus urgent de chercher des informations sur son cas ! Deux Gardiens un brin envahissants, c'était gérable. Des dizaines, des centaines, des milliers de Gardiens... Elle en avait le vertige rien que d'y penser ! Avec un peu de chance, d'autres personnes vivaient ou avaient vécu des expériences similaires et pourraient l'aider. Encore fallait-il que son karma cesse de lui jouer de mauvais tours et de l'empêcher de lancer lesdites recherches.

Après de longues minutes à se tourner et retourner dans son lit, Hermione se redressa et alluma. Caël et Dalila n'étaient nulle part en vue. En comprenant que leur humaine pouvait désormais voir d'autres Gardiens, ils s'étaient faits discrets. Sans doute redoutaient-ils le moment où la jeune femme allait exploser. Hermione s'énervait rarement. Peu de choses la déstabilisaient au point de lui faire perdre son sang-froid. Ils la connaissaient trop bien pour ne pas sentir venir la tempête. En quarante-huit heures, elle avait vécu plus d'événements surprenants les uns que les autres que n'importe qui d'autre en toute une vie. Eux qui la connaissaient comme personne pouvaient prédire la crise et avaient préféré ne pas se trouver dans les parages au moment où elle éclaterait !

— Hep ! Les envahisseurs ! Venez voir.

Hermione avait conscience d'être un peu injuste : Dalila et Caël n'avaient aucune idée de ce qui se passait, ils étaient aussi impuissants qu'elle face aux événements. À qui pouvait-elle parler sans passer pour une hurluberlue, cependant ? Ils apparurent au pied du lit, circonspects. Même Dalila, pourtant si prompte à parler à tort et à travers ou à la pousser dans la direction la plus folle, n'en menait pas large.

— Quelle est la prochaine étape ? s'enquit Hermione. Expliquez-moi les choses, que je puisse me préparer psychologiquement en attendant le prochain orage !

Sa voix montait dans les aigus à mesure qu'elle parlait. Zorro, réveillé en sursaut, fila sous le lit sans demander son reste. Hermione continua à vitupérer pendant plusieurs minutes, posant des questions qui n'appelaient aucune réponse. Elle sauta du lit et se mit à faire les cent pas dans la chambre sans cesser d'extérioriser les émotions multiples qui l'agitaient. Rattrapée par la fatigue, elle finit par se laisser tomber sur le lit, découragée.

— Tout ira bien, osa enfin Caël avec un gentil sourire. Ce n'est qu'un mauvais moment à passer.

Un peu comme une visite chez le dentiste.

— Nous serons là pour t'aider, ajouta Dalila, pleine de bonne volonté.

— Ça, je ne suis pas sûr que ce soit la chose à lui dire.

L'angelot avait beau avoir parlé sur le ton de la confidence, Hermione l'entendit. Elle éclata soudain de rire. Elle riait tellement qu'elle dut se plier en deux, cherchant à reprendre son souffle. Elle s'essuya les yeux, se sentant plus légère après sa petite crise.

— L'une des comédies de Shakespeare s'intitule *Tout est bien qui finit bien*. Espérons que ce cher William a raison !

L'arrivée au bureau fut un soulagement pour

Hermione. Par mesure de précautions, elle avait décidé de prendre sa voiture aujourd'hui. Elle ne se sentait pas la force de côtoyer sans broncher les Gardiens de chaque personne croisée. Un frisson d'épouvante la secouait chaque fois qu'elle s'imaginait dans le métro aux heures de pointe. Le trajet en voiture n'avait pas été de tout repos, cela dit : outre les inévitables embouteillages parisiens, elle avait dû redoubler de vigilance dans sa conduite, distraite par moment par les Gardiens qu'elle apercevait dans les autres véhicules.

— Le travail va te changer les idées, fit gentiment Caël une fois qu'elle se fut installée dans son fauteuil.

— Un petit café, et c'est parti ! renchérit une Dalila pleine d'enthousiasme.

Hermione aurait été bien en peine de suivre la diablotine sur ce terrain, même si elle l'avait voulu : après une nuit trop courte, elle aspirait surtout au silence et à la solitude. Dalila était sociable, alors qu'Hermione se sentait plutôt d'une humeur d'ourse en hibernation.

— Un thé serait plus indiqué, dans ton état, tu es trop nerveuse, intervint Caël.

— Vous deux...

Hermione les toisa, pointant un index impérieux sur la diablotine puis sur l'angelot.

— La ferme !

Ils échangèrent un regard. D'un commun accord, ils se volatilisèrent, laissant la jeune femme seule avec elle-même. Enfin !

Se sentant un peu coupable de ne pas y avoir pensé plus tôt, elle envoya un SMS à Guillaume pour prendre de ses nouvelles. Ils s'étaient quittés sans avoir pu reparler de leur baiser, chacun obnubilé par ses préoccupations. Un soupir de soulagement échappa à Hermione quand la réponse arriva : il avait obtenu un prêt de véhicule en attendant que le sien soit réparé, ce qui lui avait permis d'arriver à l'heure sur le chantier où Jeanne et lui officiaient.

Le téléphone sonna à neuf heures précises. Il devait être écrit quelque part que sa journée serait tout, sauf calme. Subissait-elle le retour de bâton suite à des actes commis dans une vie antérieure ? Il faudrait poser la question à Coco, tiens !

— Monsieur Debussy souhaite te voir, fit la voix de Sarah, très cérémonieuse.

Hermione déglutit, inquiète. Sa réaction première fut de demander à la réceptionniste de prétendre qu'elle était occupée.

— Courage, fuyons ! approuva Dalila, qui venait de réapparaître.

— C'est reculer pour mieux sauter, rétorqua Caël.

— Euh... Fais-le monter.

Elle entendit la jeune femme inviter le client à emprunter l'ascenseur. Pourquoi n'avait-elle pas raccroché ?

— Il a l'air très en colère, chuchota Sarah.

Oups ! Le cœur battant à tout rompre, Hermione la

remercia et se prépara à affronter Alain Debussy. Il entra d'un pas martial et referma la porte avec force.

— Je croyais que cette agence était sérieuse et professionnelle, attaqua l'homme d'affaires, les traits durcis par la fureur. Le patron va entendre parler de ce que je pense de ses employés !

Hermione suffoqua une seconde, impressionnée. Exit le mari affable et attendri par les sottises de sa petite Barbie ; là, elle se trouvait face à l'homme d'affaires dur et sans pitié. Ses Gardiens affichaient une expression vindicative, l'un d'eux incitant même leur humain à retourner le bureau pour faire bonne mesure !

— C'est le cas, affirma Hermione d'une voix qui ne tremblait pas trop. *Arch'e'Tech* est ce qui se fait de mieux dans notre domaine.

Elle-même se rendait compte qu'elle n'était guère convaincante !

— Un fantôme ? Une voyante ? Un exorcisme ? Et pour couronner le tout, un arbre sur une voiture ! Vous appelez ça du professionnalisme ? Pour moi, c'est de l'arnaque pure et simple ! Ah, je vais en parler, d'*Arch'e'Tech*, vous pouvez me croire !

Dépassée, Hermione se sentit perdre pied. En un éclair, elle se vit remerciée par monsieur Dorbais pour avoir perdu un client important et terni la réputation de l'agence. Caël apparut sur le bureau, juste devant elle.

— Du calme !

Il en avait de bonnes, lui !

— Explique-lui ce que Tina vous a dit. Il connaît sa femme et comprendra que tu as agi dans le but de la rassurer tout en la protégeant.

— Ma femme est naïve, mais si vous croyez que vous pouvez exploiter sa crédulité, vous commettez une grave erreur ! tempêtait justement Alain Debussy.

— Monsieur Debussy, asseyez-vous, l'invita Hermione en désignant le fauteuil dans lequel Barbie avait pris place la veille. Je vais tout vous expliquer.

Les conseils de Caël lui avaient permis de se ressaisir : sa combativité retrouvée, la jeune femme comptait bien reprendre la situation en main. Le visage rouge de colère, l'homme d'affaires obtempéra, son regard noir promettant cependant mille morts si elle n'avait pas de solides raisons à lui fournir. Bras croisés, tels deux gardes du corps de la mafia, ses Gardiens se tenaient prêts à lui dispenser de judicieux conseils. Hermione nota avec soulagement que les traits de son interlocuteur se détendaient à mesure qu'elle s'expliquait.

— Barbie est si fragile, soupira-t-il, calmé. Et comme je suis plutôt à l'aise financièrement, j'ai peur que certains cherchent à en profiter. Elle ne voit pas le mal.

— Nous l'avons bien compris, d'où cette petite mascarade pour la tranquilliser. Cela dit, j'aurais dû vous en informer, convint Hermione, embarrassée.

À sa décharge, c'était bien la première fois qu'elle se retrouvait à gérer pareille situation ! Ce n'était pas tous les jours qu'on travaillait dans une maison hantée !

— Connaissant ma femme, elle n'a pas dû vous laisser le temps de vous retourner.

Ils échangèrent un sourire. Les Gardiens avaient décroisé leurs bras et semblaient nettement plus amicaux.

— Pour la voiture, reprit Alain-Chou en se levant, notre assurance prendra les frais en charge, bien sûr.

Il soupira, avec un petit sourire attendri.

— À présent, Barbie est persuadée qu'un esprit malin rôde dans le parc.

— Dites-lui que Tina l'aurait senti, si cela avait été le cas, suggéra Hermione.

— Elle m'a parlé d'un paysagiste, il me semble.

— En effet. Le parc aura besoin d'un bon nettoyage pour être à la hauteur de la demeure.

Non seulement le client repartait heureux, sa confiance en l'agence restaurée, mais en prime, elle lui avait donné la carte de son ami Arthur, qui était justement paysagiste. Hermione se laissa tomber dans son fauteuil, soulagée. Le téléphone sonna, comme pour lui rappeler de ne pas se reposer sur ses lauriers. C'était à nouveau Sarah.

— J'étais inquiète pour toi, avoua la réceptionniste. Tu as géré comme une chef, on dirait ! Il est reparti tout sourire, c'est tout juste s'il ne dansait pas !

Hermione éclata de rire. Elle se rembrunit néanmoins en repensant aux Gardiens d'Alain Debussy.

L'agressivité de l'un d'eux l'avait vraiment effrayée, au point de lui faire perdre ses moyens. Elle avait eu l'impression de se retrouver face non pas à un homme en colère, mais à trois personnes vindicatives. Sans le sang-froid de Caël, la rencontre ne se serait sans doute pas aussi bien terminée. Dans pareille situation, ce n'était pas Dalila, si drôle et gentille soit-elle, qui pourrait l'aider ! Au rythme où les choses allaient, elle allait finir agoraphobe, enfermée chez elle avec pour seule compagnie Zorro. Et ses Gardiens.

La porte s'ouvrit, livrant passage à une Coco préoccupée.

— Ça ne va pas du tout, ma petite Hermione. Ton aura est dans un état indescriptible, j'ai eu un mal fou à traverser le couloir tellement elle s'agite en tous sens !

— Il faut l'aider, la pauvre ! renchérit une petite Gardienne à la mine soucieuse.

Hermione laissa tomber sa tête sur son bureau avec un gémissement. Elle avait l'impression que chaque minute qui passait aggravait la situation. Une main compatissante vint se poser sur son épaule. Après tout, au point où elle en était, pourquoi ne pas demander un peu d'aide ? Coco semblait la mieux placée pour cela.

— Viens, sortons, décida sa collègue.

— J'ai du travail, balbutia Hermione en se redressant.

— Tu ne pourras pas travailler dans cet état. Nous allons nous occuper de ton aura. Ensuite, je t'emmènerai faire la tournée des enseignes et boutiques de décoration intéressantes. Je sais que Sarah t'a donné des adresses. Celles que j'ai en tête sont moins cotées, mais gagnent à être connues des initiés.

Elles quittèrent le bureau un instant plus tard, escortées par les Gardiens de Coco, qui se faisaient discrets. Dalila leur avait intimé de se faire tout petits, car Hermione se trouvait au bord de la rupture. La diablotine pensait sans doute chuchoter, cependant sa petite voix aiguë était parvenue distinctement aux oreilles d'Hermione. Le regard de la jeune femme l'avait incitée à se volatiliser à nouveau.

Dans le couloir, les deux femmes croisèrent monsieur Dorbais. La chemise du jour était d'une belle teinte framboise écrasée, agrémentée d'une cravate à motif écossais bleu et vert. L'association de couleurs avait de quoi laisser les décoratrices d'intérieur dubitatives.

— Nous sommes assortis ! gloussa néanmoins Coco en désignant les scottish-terriers noirs qui dansaient à ses oreilles.

— Vive l'Écosse ! approuva leur patron.

Ses deux Gardiens arboraient quant à eux un kilt pour l'une, tandis que l'autre s'escrimait à souffler dans une cornemuse. Hermione cligna des yeux, estomaquée. Pas étonnant que son patron soit aussi excentrique s'il était conseillé par ces deux oiseaux ! Et dire que l'un deux était censé incarner la voix de la raison !

— Où allons-nous ? demanda-t-elle en émergeant sur le trottoir.

L'orage de la veille n'avait pas rafraîchi l'atmosphère. La chaleur lourde leur tomba dessus sitôt sorties de l'agence.

— Nous allons d'abord aller voir Tina. Son cabinet se trouve à trois stations de métros d'ici.

Hermione se prépara à affronter la foule de petites créatures qui ne manqueraient pas de peupler les transports en commun. Un cauchemar. Sa vie tournait au cauchemar.

Chapitre 10

Tina les accueillit avec un gentil sourire de connivence. Un thé et une assiette de petits gâteaux plus tard, Hermione guettait avec anxiété le verdict de la voyante. Celle-ci n'avait manifesté aucune surprise à la mention des Gardiens. Coco, de son côté, se retenait de battre des mains.

— Pouvez-vous m'aider ? conclut la jeune femme.

Tina lui tapota la main.

— Pour ce qui est des Gardiens, non.

Les épaules d'Hermione s'affaissèrent.

— Est-ce que vous les voyez ?

— Je perçois la présence des vôtres, comme je perçois celle des esprits et de certaines forces énergétiques. En revanche, je ne les vois pas.

— Il n'y a rien à faire, alors, souffla la jeune femme, au bord des larmes.

— Bien sûr que si ! s'exclama Tina en lui prenant les mains, les pressant dans les siennes. Je peux déjà travailler sur votre aura, ce qui vous rendra la paix intérieure. Vous envisagerez les choses différemment, après. Quant aux Gardiens...

La voyante sourit.

— Voyez le verre d'eau à moitié plein.

— Comment ça ?

Hermione ne trouvait pas vraiment matière à se réjouir. Sept milliards d'humains peuplaient la planète, ce qui était déjà beaucoup, alors si on ajoutait quelque quatorze milliards de Gardiens, il y avait de quoi déprimer ! La jeune femme commençait à envisager de demander son internement. Ou de devenir agoraphobe pour de bon !

— D'après ce que vous me dites, les Gardiens reflètent la personnalité profonde de chacun. Vous pouvez en apprendre beaucoup sur vos interlocuteurs en observant leurs compagnons. Et vous pouvez aussi en apprendre beaucoup sur vous-même.

Hermione fronça les sourcils, déstabilisée. Elle devait reconnaître que, depuis sa rencontre avec Caël et Dalila mardi matin, elle s'était posé un certain nombre de questions, mais pas celle-ci : que révélaient-ils de son moi profond ? Son regard se porta sur l'angelot et la diablotine, qui étaient réapparus pendant son récit. Ils attendaient sagement, ouvrant les oreilles, fascinés eux aussi par les explications de Tina. Elle les avait comparés à « Raison » et « Sentiment », était-ce aussi simple ? L'excentricité exacerbée de Dalila incarnait-elle ses propres envies, bridées par son éducation, la bienséance, la bien-pensance ?

— Voyons voir cette aura ! conclut Tina.

Lorsque la voyante se tourna, un mètre-ruban entre les mains, Hermione ne put s'empêcher de hausser les sourcils.

— Nous allons déjà la mesurer !

Hermione hocha la tête. Au point où elle en était, plus rien ne pouvait l'étonner, pas même de voir deux femmes tendre un mètre-ruban pour mesurer son aura. Encore qu'un laser aurait sans doute été plus approprié, si son aura débordait jusque dans le couloir, chez *Arch'e'Tech* !

Hermione observa Coco par-dessus son verre. Sa collègue l'avait entraînée vers une petite brasserie en sortant de chez Tina. Effet placebo ou véritable magie, une chose était sûre : la jeune femme se sentait beaucoup mieux. La panique l'avait quittée et elle envisageait sa situation avec davantage de sérénité. D'après Tina et Coco, le rééquilibrage énergétique de son aura avait triplé l'étendue de celle-ci. Surtout, elle n'était plus au bord de l'implosion. Hermione voulait bien les croire sur parole. Les auras, comme les humains lorsqu'ils se croisaient, se frôlaient, parfois s'affrontaient et même se mélangeaient quand deux personnes étaient particulièrement proches, émotionnellement parlant. Toutes ces découvertes ouvraient Hermione à un monde inconnu et passionnant. Pourtant, cela ne l'inquiétait pas, au contraire. Elle se surprenait à éprouver une faim de loup alors que l'angoisse avait noué son estomac ces derniers jours.

— Coco, fit-elle d'un ton hésitant, j'aimerais que tout ceci reste entre nous.

— Bien sûr.

Le sourire bienveillant de sa collègue la rassura.

— À mon âge, passer pour une excentrique un peu perchée ne me dérange pas. Je conçois que tu préfères ne pas afficher ta petite particularité. Pas avant de bien la comprendre et d'en connaître tous les tenants et aboutissants, en tout cas.

Hermione sentait d'instinct qu'elle pouvait lui faire confiance, et pas seulement parce que ses Gardiens approuvaient les propos de leur humaine. Son intuition lui soufflait que Coco était une personne fiable, sans une once de méchanceté. Elle avait perçu sa détresse et l'avait aussitôt prise sous son aile, sans rien attendre en retour.

— Comment en es-tu arrivée à tout ça ? s'enquit la jeune femme, curieuse soudain d'en apprendre davantage.

— Figure-toi qu'à une époque, quand j'avais ton âge, je travaillais dans le domaine de la finance. Ma carrière occupait toute ma vie, l'ambition me dévorait.

Hermione haussa un sourcil : s'il y avait bien une personne qu'elle n'aurait pas taxée de carriériste, c'était bien Coco ! Celle-ci eut un petit rire en la voyant si dubitative.

— Je t'assure, mes dents rayaient le parquet ! Je ne sais pas lequel de mes Gardiens j'écoutais, mais le résultat n'était pas joli ! Et puis un jour, mon mari m'a plaquée. Je n'avais rien vu venir, préoccupée par de nouveaux dossiers, de nouveaux défis, de nouvelles perspectives de promotion. Tout a volé en éclats et je me suis effondrée.

Hermione peinait à imaginer cette ancienne Corinne Dubreuil, tellement éloignée de la femme sereine et heureuse qui lui faisait face. Même en observant ses Gardiens, qui lui semblaient si sympathiques, la jeune femme n'arrivait pas à se projeter sur cette version de Coco.

— Un jour, une voisine, apitoyée, m'a proposé de l'accompagner à son cours de yoga. Ça ne m'emballait pas, mais comme je n'avais rien d'autre à faire, j'ai accepté. À l'issue de la séance, je me suis sentie un peu mieux. J'y suis donc retournée, semaine après semaine. Peu à peu, j'ai révisé mes priorités. J'ai commencé par changer de voie professionnelle. J'avais envie d'harmonie, et la décoration d'intérieur me semblait tout indiquée. Puis, de fil en aiguille, je me suis intégrée à un groupe de méditation, où j'ai rencontré des personnes étonnantes, comme Tina.

— Tu ne voyais pas encore les auras, j'imagine.

— Non, et pour tout te dire, je les trouvais amusantes et un peu ridicules, même, avec leurs croyances, leurs histoires de chakras et j'en passe.

Elles rirent de conserve.

— Ça a commencé par des vibrations que je percevais autour de certaines personnes. Puis j'ai eu l'impression que ces vibrations se coloraient. Tina, qui détectait les auras, a deviné que je développais la même capacité. Elle m'a aidée à mieux la maîtriser et à vivre avec. Car voir les auras n'est pas de tout repos ! Surtout quand il y a foule.

Hermione était bien placée pour la comprendre !

Elles coururent les boutiques comme deux amies de longue date. Chaque fois que l'attention d'Hermione s'égarait, attirée par les agissements des Gardiens croisés au fil de leurs pérégrinations, sa collègue, compréhensive, la ramenait en douceur à la réalité. Sans elle, nul doute que la jeune femme se serait fait renverser deux ou trois fois !

— Ici, je ne risque rien, affirma Hermione en s'engageant dans une rue piétonne.

Coco avait entraîné sa jeune protégée jusqu'à une petite ville de banlieue. Hermione avait pris un certain plaisir à observer les Gardiens et leurs humains, tandis que le RER les emportait à leur destination. Tina avait raison : c'était instructif. La jeune femme pouvait déjà imaginer les avantages que cela lui apporterait dans son travail. Elle n'était même pas submergée par la panique à l'idée qu'il en soit ainsi jusqu'à la fin de ses jours, ce qui démontrait à quel point l'intervention de la voyante avait été efficace.

— Essaie de ne rien casser dans la boutique, sourit Coco en désignant une vitrine.

« *Thaïs et Jenny : antiquités* », lut la jeune femme.

— Le magasin est climatisé, promit Coco comme Hermione s'éventait de la main.

— J'imagine que tu ne m'as pas traînée jusqu'ici juste pour la clim.

— La Caverne est une de ces adresses à connaître. Et en plus, nous avons de la chance. Aujourd'hui, Thaïs est là. Elle s'est installée en Bretagne, mais revient de temps en temps ici.

— La Caverne ? releva Hermione en entrant à la suite de sa collègue.

Une clochette tintinnabula, signalant leur arrivée aux deux femmes et à l'homme qui déplaçaient un meuble massif au fond de la boutique.

— Un instant, nous arrivons ! promit d'une voix essoufflée la belle blonde plantureuse.

La rousse à ses côtés adressa un petit signe de la main à Coco. En vérité, en observant le trio, Hermione estima que l'aide des deux femmes était superflue. L'homme aurait été capable de se débrouiller tout seul. Grand et musclé, il semblait ne fournir aucun effort réel, alors que le meuble était vraiment lourd. Lorsqu'il se retourna enfin, Dalila poussa un petit sifflement admiratif. Hermione se retint de l'imiter. Son karma n'était pas si catastrophique que ça, tout compte fait, si elle pouvait croiser la route de deux hommes aussi canon que Guillaume et celui-ci en l'espace de quelques jours. Merci, Coco pour la balade !

— Thaïs considère que la caverne d'Ali Baba doit ressembler peu ou prou à cet endroit. Les clients ont donc pris l'habitude de désigner le magasin sous ce nom, expliqua Coco, nullement troublée par le séduisant spécimen qui achevait la mise en place du meuble selon les instructions des deux femmes.

Coco procéda aux présentations : la blonde, Jenny, arborait des escarpins sur lesquels Dalila louchait. Elle finit par troquer ses petites sandales dorées pour une paire de chaussures identique à celle de l'antiquaire. La rousse, Thaïs, passa un bras autour de la taille de l'homme, lequel n'était autre que son mari, Kieran, un Écossais à l'accent sexy. Il ne lui manquait que le kilt ! Hermione comprit vite pourquoi Coco l'avait amenée ici : la Caverne regorgeait d'objets fantastiques. Déjà, la décoratrice avait remarqué nombre d'éléments qui trouveraient une place de choix au manoir Debussy. Et peut-être un ou deux pour elle. Lorsque Jenny lui tendit sa carte de visite, la jeune femme était conquise.

— N'hésitez pas à consulter notre site Internet, ajouta Thaïs. Il y a beaucoup de très jolies petites choses aussi dans notre boutique en Bretagne, et nous pourrons vous les livrer très rapidement, si besoin.

Hermione et Coco quittèrent la fraîcheur de la Caverne, non sans un signe amical à Kermit, la mascotte de la boutique, une horrible grenouille en porcelaine. La jeune femme se sentait revigorée par cette ultime visite. Leur retour à *Arch'e'Tech* se fit dans un bavardage léger et complice.

— Merci, Coco. Merci pour tout.

Coco, qui s'apprêtait à entrer dans son bureau, lui sourit.

— De rien, très chère.

Sur un clin d'œil qui, cette fois-ci, parut volontaire à Hermione, elle tourna les talons, ses boucles d'oreilles dansant joyeusement.

Chapitre 11

Hermione éteignit l'ordinateur avec un soupir de satisfaction. Les plans en 3D d'un des projets abandonnés par Vladimir avançaient bien. Sa journée avait été fructueuse, contre toute attente. C'était à Coco qu'elle le devait, elle en avait conscience. Aura triplée ou pas, quoi qu'il en soit, Hermione se sentait forte et compétente, alors que sa vie était un tourbillon depuis lundi !

Comme elle tendait la main pour attraper sa veste, la porte s'ouvrit. Roland apparut, un large sourire aux lèvres.

— Je t'invite à prendre un verre, annonça-t-il d'un ton pompeux.

C'est tout juste s'il ne bombait pas le torse !

— Toc toc, j'attends qu'on m'autorise à entrer et je dis bonjour ! lança Dalila, agacée. Franchement, Dereck, tu pourrais l'inciter à se montrer poli !

— Il ne m'écoute pas, grommela l'angelot maussade planté derrière Roland.

— La politesse, c'est surfait, clama le diablotin qui avait quant à lui précédé son humain. Les filles aiment les hommes qui vont droit au but.

— Hermione ?

La jeune femme sursauta : occupée à suivre ce que disaient les Gardiens, elle en avait oublié de répondre au fan de modélisme.

— Pas ce soir.

— Tu travailles trop, Hermione. As-tu vu les cernes que tu as, en ce moment ? Bon, demain soir, pour fêter la fin de ta première semaine, alors.

— J'ai déjà quelque chose de prévu, demain, Re... Roland.

Elle se reprit à temps : à force de le surnommer Relou, sa langue avait tendance à fourcher. Dalila gloussa.

— La semaine prochaine, dans ce cas. De toute façon, tu es là pour un moment.

Il rit de sa propre remarque.

— Voilà, encourageait le diablotin du Relou, tu lui montres que tu es prête à te plier en quatre pour elle. Les filles adorent !

— Envoie-le promener une bonne fois pour toutes, Herm' ! s'exclama Dalila, excédée.

— Il n'est pas méchant, tempéra Caël. Une dispute

pourrait créer des tensions dans l'entreprise.

Hermione ferma les yeux, réprimant l'envie de se coller les mains sur les oreilles.

— Dereck, dis-lui qu'il est relou, à la fin ! explosa la diablotine.

— Roland, attention à ne pas te montrer trop insistant, ça risque de la faire fuir, fit sans grande conviction l'interpellé.

— Les filles adorent qu'on leur coure après, c'est bien connu. Elle se fait désirer, en vérité, elle craque pour toi, mon vieux, glissa aussitôt le diablotin.

— Bon, je te laisse. On décidera du jour lundi, pour ce verre.

Sur ce, Roland sortit sans attendre sa réponse.

Hermione secoua la tête, atterrée. Il était vraiment obtus ! Et le Gardien qui s'imaginait que ses méthodes rendaient son humain irrésistible !

— Un jour ou l'autre, ma chérie, il va falloir que tu l'envoies promener comme il faut, constata Dalila en lui tapotant la main d'un air amical, même si elle savait que la jeune femme ne sentirait rien. Je peux t'aider, si tu veux.

— L'aide de Dalila..., grimaça Caël.

— Quoi, mon aide ? Qu'est-ce qu'elle a, mon aide ? s'emporta la diablotine en le toisant, poings sur les hanches. Elle a suivi tes conseils « avisés », reprit-elle en mimant les guillemets avec les doigts, on ne peut pas dire que le résultat soit concluant ! Elle s'est retrouvée à déjeuner en l'écoutant parler de modélisme.

— « Patience et longueur de temps font plus que force ni que rage », cita Caël d'un ton sentencieux. La diplomatie, la finesse, il n'y a rien de mieux.

— Ça vous arrive de vous taire, parfois ? gémit Hermione, la tête dans les mains. J'ai déjà assez à faire avec Roland le Relou, alors quand il n'est pas là, ne prenez pas le relais, par pitié !

Ils se turent et pendant quelques secondes, Hermione put se concentrer. Roland était un peu envahissant, mais pas méchant. Elle ne se sentait pas menacée ou harcelée au sens sexuel du terme. Cependant, il avait jeté son dévolu sur elle et déployait des trésors de séduction, selon ses critères.

— Je ne peux pas me montrer impolie.

— Et voilà ! se lamenta Dalila en levant les bras au ciel. Ta satanée bonne éducation t'entrave encore.

— Il n'y a pas de mal à être bien élevée, protesta Hermione.

— C'est une qualité qui se perd, renchérit Caël avec un gentil sourire. Tu es quelqu'un de bien, Hermione, sois-en fière.

— Ça lui fait une belle jambe, en attendant.

Dalila esquissa un rictus narquois.

— Quand tu en auras assez, tu me feras signe et je t'aiderai à régler le problème une bonne fois pour toutes.

La diablotine souffla un baiser à une Hermione déconfite avant de se diriger en dansant vers la porte.

— Pense plutôt à ton dîner avec Guillaume, conseilla Caël, amusé par la sortie théâtrale de son insupportable coéquipière.

— Est-il encore d'actualité, après hier ? soupira la jeune femme.

— Plus que jamais.

Dalila reprochait à Caël d'être trop sérieux, ennuyeux. Face à l'exubérance de la diablotine, Hermione n'avait pas été loin de le croire aussi. Pourtant, à mesure qu'elle apprenait à le connaître, elle découvrait en Caël un être sage, raisonnable à l'excès, certes, mais aussi un ami prévenant et de bon conseil. Sans son aide, elle n'aurait pas réussi à gérer la « crise Debussy », ce matin. Si elle avait dû compter sur Dalila sur ce coup-là, elle en aurait été pour ses frais ! Hermione sourit à son angelot.

— Tu es le grand frère que je n'ai jamais eu, Caël.

— Et je t'accompagnerai toujours, quoiqu'il arrive.

— Et moi ?

Dalila réapparut.

— Toi ? Tu es la petite sœur agaçante qu'on adore. Un peu comme ma sœur, Ophelia !

— Pff ! fit la diablotine.

Mais elle avait le sourire : visiblement, elle le prenait pour un compliment !

Home sweet home. Hermione soupira de soulagement en refermant la porte. Le retour en voiture avait été aussi pénible qu'elle l'avait deviné, pourtant, il allait falloir envisager de prendre le véhicule plutôt que les transports en commun, si elle voulait honorer les rendez-vous hors de la capitale, comme avec les Debussy. Durant le trajet, ses pensées avaient vagabondé. Elle n'avait pas eu de nouvelles de Guillaume, ce qui était somme toute assez normal. Il n'avait pas de comptes à lui rendre, ils étaient tous deux très occupés, et rien ne justifiait qu'ils s'appellent aujourd'hui, puisque chacun travaillait sur ses propres projets. Pourtant, elle aurait aimé lui dire... quoi ? Elle l'ignorait, mais son absence lui avait pesé. Ils n'avaient pas pu revenir sur ce baiser. Sans ce coup de tonnerre pour les interrompre, jusqu'où seraient-ils allés ? Hermione n'était pas certaine qu'elle aurait songé à l'arrêter. Pour un peu, elle aurait envié Jeanne, qui passait tant de temps avec le jeune homme, puisqu'elle supervisait son stage dans l'entreprise ! Heureusement, ils pourraient parler demain soir. Alors qu'elle patientait dans les embouteillages, la jeune femme avait commencé à réfléchir à la tenue qu'elle porterait. Ce n'était pas à proprement parler un rendez-vous galant, mais elle tenait à être à son avantage ! Un instant, elle avait imaginé Caël et Dalila la conseillant sur le choix des vêtements. La perspective pouvait presque sembler amusante, tant elle pouvait entendre leurs commentaires !

Hermione se pencha pour prendre Zorro dans ses bras, savourant la douceur de son pelage et la vibration apaisante de ses ronronnements. Le chat lui faisait comprendre qu'elle lui avait manqué.

— Je sais, je n'ai pas été très présente ces derniers jours, mais je t'assure que j'ai de bonnes raisons, fit-elle en déposant un baiser entre ses deux oreilles.

Comme le fait de voir des créatures que personne d'autre ne voyait, par exemple. Son compagnon était au-dessus de ces considérations, cependant. Zorro sauta soudain de ses bras, poils hérissés, et se mit à feuler sur Dalila. Le chat bondit, manquant de peu de faucher la diablotine de sa patte. Dalila esquiva lestement, avant de sauter sur une chaise toute proche pour gagner la table. Zorro la suivit et une véritable course-poursuite s'engagea dans l'appartement. Les yeux écarquillés, Hermione observa la diablotine narguer le chat, lequel courait comme un dératé, glissant parfois sur le carrelage dans sa précipitation. Elle savait que Zorro ne pouvait pas attraper Dalila, ni même la blesser, aussi ne comprenait-elle pas pourquoi celle-ci cavalait dans tout l'appartement.

— C'est mieux que le laser ! cria Dalila en passant devant elle.

— Tu te demandais quel coup de folie frappait Zorro par moment, tu as l'explication.

Caël, perché sur l'accoudoir du canapé, souriait, amusé, et pas le moins du monde troublé par la cavalcade.

— Zorro peut donc vous voir ?

— Les animaux ont des sens aiguisés et beaucoup moins d'idées préconçues que les humains.

Un long miaulement se fit entendre, puis la course reprit.

— Certains enfants nous voient aussi. On leur attribue des amis imaginaires, mais en fait, nous sommes bien là.

— Et voilà le travail ! lança Dalila quelques minutes plus tard.

Zorro, épuisé par sa séance sportive, venait de s'écrouler en boule sur le canapé. Hermione sourit tout en mettant la table : mis à part leurs bavardages incessants et cette manie de se mêler de tout, elle trouvait les petits Gardiens amusants. Dalila se montrait espiègle et d'une franchise brutale, lui donnant l'envie de devenir sa meilleure amie, tandis que Caël, plus sage, mais non dénué de malice, évoquait pour elle un grand frère – en âge, pas en taille, bien sûr ! – vers lequel se tourner en cas de besoin.

— Des légumes, des légumes et encore et toujours des légumes, soupira la diablotine. Ça t'arrive de t'amuser, parfois ?

— Puisque tu me suis partout depuis ma naissance, je ne te ferai pas l'offense de te répondre.

— Elle fait attention à sa santé, c'est bien, intervint Caël. Si tu écoutais Dalila, tu te nourrirais de pizzas et burgers !

— Tu vis comme une grand-mère, et pas comme une

femme de vingt-neuf ans, insista Dalila. Et encore, je connais des grands-mères qui s'éclatent plus que toi ! Une pizza de temps en temps, ça ne te bouchera pas les artères, je te rassure.

Hermione posa son assiette d'un geste cérémonieux, bien décidée à ne pas saliver à la mention des pizzas. Pour les burgers, la question ne se posait pas, sauf s'ils étaient végétariens. Et puis, contrairement à ce qu'affirmait la diablotine, elle mangeait des pizzas, parfois, et cuisinait des choses gourmandes et appétissantes !

— Est-ce que vous mangez, vous aussi ? s'enquit-elle, curieuse.

À la réflexion, elle ne les avait jamais vu manger ou boire et ne s'était pas posé la question de leurs besoins éventuels.

— Non, et c'est bien dommage.

La mine affligée de Dalila en disait long : si elle avait pu se nourrir, elle se serait jetée sur les fameuses pizzas.

— Ah, c'est donc pour ça que tu voudrais me voir plonger dans la malbouffe ! taquina Hermione. Tu cherches à te goinfrer par procuration.

Dalila lui tira la langue.

— C'est très mature, remarqua Caël.

— Et dans le rôle du père la morale, je nomme Caël ! riposta la diablotine.

Hermione passa le reste de la soirée sur Internet, surfant de blogs en site spécialisés dans les phénomènes paranormaux. Elle finit par atterrir sur un forum prometteur qu'elle entreprit d'explorer. De toute façon, pour l'instant, elle n'avait rien trouvé qui ressemble de près ou de loin à ce qu'elle vivait. Quelques cas de personnes foudroyées avaient retenu son attention, mais aucun des miraculés n'avait développé la faculté de voir – et surtout d'entendre ! – les « voix de la raison » qui accompagnaient chaque humain.

C'est avec un soupir désabusé qu'elle éteignit l'ordinateur : les membres du forum paraissaient tous plus farfelus les uns que les autres. Se rappelant néanmoins que Coco voyait les auras et soutenait qu'un dragon était installé sur le capot de sa voiture, ce qui semblait passablement perché aussi, la jeune femme s'efforça de juguler les moqueries que lui inspiraient certains témoignages. Certains risquaient d'ailleurs de bien se gausser en découvrant le sien ! Sur les conseils de Dalila, Hermione avait tout de même posté un message expliquant son cas, sans se faire d'illusions.

— Ma vie est passionnante, maugréa la jeune femme en gagnant son lit. Je viens de passer ma soirée sur un forum à lire des expériences de mort imminente et de fantômes, alors que j'aurais pu me plonger dans un roman palpitant ou regarder une série.

— Admets que depuis que tu nous vois, ta vie ennuyeuse à mourir a pris une tournure inattendue, répondit Dalila, charmante dans une chemise de nuit en dentelle rose pâle. Tu es la personne la plus assommante et prévisible que le monde n'ait jamais connue.

— Merci.

— Je t'aime quand même. Je garde bon espoir que tu changes un jour, surtout maintenant que tu peux me voir et m'entendre.

Hermione cacha son sourire dans son oreiller. Ce fut le cœur étonnamment léger, compte tenu les circonstances, qu'elle éteignit la lampe.

Chapitre 12

Perchée sur l'épaule d'Hermione, Dalila commentait les réponses au post de la jeune femme sur le forum dédié aux phénomènes surnaturels. C'était étrange de savoir que la diablotine était là, de l'entendre et la voir, mais de passer la main à travers elle quand elle essayait de la toucher.

— Timbré.

— Bon pour l'asile.

— A trop fumé la moquette.

Caël, installé sur l'autre épaule, ne disait rien, son silence était cependant éloquent : il pensait la même chose que sa comparse !

— Bon, soupira la jeune femme en quittant le forum, ce n'est pas là que je trouverai les réponses à mes questions.

— Je te l'avais dit.

— Il adore avoir raison, ironisa Dalila en adressant un clin d'œil à l'angelot, lequel fit mine de n'avoir rien remarqué.

Hermione termina son café avant de se lever. Elle avait longuement réfléchi à sa tenue du jour, se gardant bien d'aborder le sujet avec ses Gardiens. Comme ils avaient l'interdiction absolue de la suivre dans la salle de bain, ils demeurèrent dans le séjour et ne prêtèrent pas attention à son passage dans la chambre pour y attraper les vêtements qu'elle avait choisis. Un petit applaudissement de Dalila salua son retour, un moment plus tard, dans le salon.

— Si tu savais comme cette jupe te va bien ! s'exclama la diablotine avant de jeter un regard narquois à Caël.

Hermione tourna sur elle-même pour faire virevolter la jupe bohème à imprimé fleuri. Elle avait failli la mettre pour son premier jour avant de renoncer, craignant que ce soit un peu trop exotique. Elle se sentait bien dans cette tenue, qu'elle comptait porter avec des sandales ornées d'une grosse fleur. Avec quelques bijoux ethniques et une simple queue de cheval, cela lui donnait une allure estivale et élégante à la fois. Le dîner n'était pas un rendez-vous galant à proprement parler, toutefois, la jeune femme voulait se présenter à son avantage. Sachant à présent qu'il n'y avait pas de *dresscode* particulier au sein d'*Arch'e'Tech,* elle pouvait se permettre de sortir certaines tenues de sa garde-robe.

— Pense à prendre une petite veste, pour ce soir, conseilla Caël, toujours soucieux de son bien-être.

Dalila ricana.

— C'est la canicule, mon vieux ! Il fait tellement chaud que même la nuit, les températures restent élevées. Et puis, si Hermione a froid, Guillaume, en galant chevalier servant, lui prêtera la sienne !

Hermione leva les yeux au ciel et enfila ses chaussures. Elle sourit cependant à la mention de « Guillaume, galant chevalier ». Dalila jouait sur les mots, puisque le nom de famille de Guillaume était justement Le Chevalier !

— S'il en a une, persifla Caël. Après tout, c'est la canicule.

Dalila apprécia moyennement qu'il lui retourne ses arguments pour la moucher. Occupés à se chamailler, ils ne remarquèrent pas qu'Hermione, ayant fini de s'apprêter, était sortie. Ce n'est qu'en entendant la clef tourner dans la serrure qu'ils s'arrêtèrent.

— Eh ! Attends-nous !

La journée passa à une vitesse folle. André Dorbais, arborant une chemise blanche imprimée de pattes de chat noires et une cravate noire ornée de petits chats blancs, salua Hermione avec sa bonhomie habituelle. Chaque matin, il prenait le temps de faire le tour des bureaux. Hermione se demandait encore pourquoi il l'avait choisie : plus elle apprenait à connaître ses collègues, plus elle découvrait des personnalités décalées et hautes en couleur. Ainsi, Carole, qu'elle croisa pendant la pause déjeuner dans la réserve, et avec laquelle elle pilla le lieu. Comme Sarah l'avait prédit, Carole avait décidé de changer la décoration de son bureau, lassée de la précédente. Hermione, qui avait décidé de mettre la touche finale à sa propre déco, s'autorisa quelques pièces originales pour compenser la sobriété des couleurs et des meubles, de quoi contenter ses deux Gardiens. Quoi qu'il en soit, la jeune femme était ravie d'avoir décroché la place : elle adorait travailler ici ! D'un autre côté, elle voyait les Gardiens, même si personne n'était au courant, et cela, c'était franchement peu commun ! Bien sûr, il y avait Jeanne, qui n'était pas à proprement parler une personnalité étincelante. L'exception qui confirmait la règle, sans doute.

— Tu rayonnes, fit remarquer Coco lorsqu'elles se retrouvèrent pour déjeuner ensemble.

— Au sens propre, je suppose.

Oui, Hermione se sentait bien, en dépit du tour surnaturel qu'avait pris sa vie. Depuis lundi, elle enchaînait les découvertes et les surprises, jamais son quotidien n'avait été aussi palpitant ! Heureuse d'avoir quelqu'un à qui se confier, elle raconta à sa collègue le fruit de ses recherches. L'idée de côtoyer les Gardiens sa vie durant ne la paniquait même plus, et c'était en grande partie à Coco qu'elle le devait.

Il faisait encore très chaud lorsque la jeune femme émergea de l'agence pour rejoindre Guillaume. Ils avaient convenu de se retrouver dans un bar du quartier avant de gagner le restaurant. Coco, qui connaissait les environs comme sa poche, avait fourni quelques adresses à Hermione. Resserrant sa queue de cheval, la jeune femme marcha d'un pas vif. La perspective de revoir Guillaume lui donnait des ailes, quelques palpitations, aussi. Ils ne s'étaient pas recroisés depuis leur mésaventure au manoir.

Le jeune homme l'attendait. Il lui sourit et son regard la parcourut rapidement, admiratif. Contrairement à Roland, cela ne la dérangeait pas. Une fois de plus, Hermione se félicita de son choix de tenue. Nell, l'angelote, chuchotait avec enthousiasme à l'oreille de son humain.

— Tu as la cote avec Nell, affirma Dalila avec malice. Reste à séduire Brennan !

— C'est Guillaume qu'elle veut séduire.

— Caël, le spécialiste de l'enfonçage de porte ouverte !

Heureusement, ils arrivaient à la petite table, ce qui mit fin à la dispute qui se profilait.

Hermione avait craint qu'une certaine gêne s'installe entre Guillaume et elle. Leur baiser flottait dans l'esprit de la jeune femme. Par chance, Guillaume la mit à l'aise et ils riaient de bon cœur lorsque leurs consommations furent apportées.

— Ta sœur a vraiment les cheveux bleus ?

— Elle est passée par toutes les couleurs de l'arc-en-ciel et ça ne s'est pas arrangé depuis qu'elle est devenue coiffeuse. Je crois que je ne la reconnaîtrais pas si un jour, elle décidait de sonner à ma porte sans ses tenues gothiques, son maquillage et ses coiffures extravagantes !

— On a tous fait notre crise d'adolescence, commenta Guillaume, amusé par le portrait qu'elle lui brossait d'Ophelia.

— En général, elle prend fin assez vite. Ophelia a vingt-deux ans.

— Et la tienne, de crise d'ado, qu'est-ce que ça a donné ?

Hermione se remit à rire.

— Je voulais changer de prénom. Au milieu des Aurélie, Vanessa et autres Océane, j'avais l'impression de détonner. Un beau jour, j'ai annoncé à mes parents que je ne répondrais plus à Hermione, qu'il fallait m'appeler Marie. Ça m'a valu aussi quelques heures de colle pour insolence, puisque je refusais de répondre aux profs.

— Comment tes parents ont-ils réagi ?

— Assez mal. Que je veuille m'appeler Marie était déjà un peu rude. J'ai essayé de louvoyer en leur faisant remarquer qu'il y a une Marie dans *Peines d'amours perdues*, et que c'était également le prénom de la mère de Shakespeare, mais ils n'ont pas été très réceptifs.

Cependant, le pire, pour eux, c'était mes ennuis au collège : que moi, fille de deux profs, je me fasse coller... ils étaient morts de honte, et donc furieux !

— Marie, quand même...

— C'est très joli, comme prénom !

— Je ne dis pas le contraire, mais il me semble que c'est le prénom le plus porté en France.

— C'était le but de la manœuvre : avoir un prénom courant, passe-partout. J'ai essayé de négocier encore un peu, en proposant Hélène, ou même Hermia, comme les héroïnes du *Songe d'une nuit d'été*. Tout sauf Hermione, alias la copine d'Harry Potter, qui était la seule référence de toutes les personnes que je croisais au collège. Au final, j'ai dû rentrer dans le rang.

Les yeux clairs de Guillaume pétillaient. Il avait cette adorable fossette au creux de la joue, et de minuscules rides au coin des yeux, signe qu'il devait rire souvent.

— Assez parlé de moi, décréta Hermione, redoutant de faire comme Roland au cours de leur déjeuner. À toi de me raconter ta crise d'adolescence.

— Vers quinze ans, j'ai adopté un look de *badboy*. Jeans déchirés, tee-shirts noirs, de préférence avec une tête de mort. Je portais des lunettes teintées, tout le temps, même à l'intérieur.

— Ça devait être d'un pratique... Pourquoi ?

— Je voulais cacher mes yeux.

Hermione haussa un sourcil, surprise. Elle adorait ses yeux si particuliers !

— Mes parents ne voulaient pas que je porte des lentilles, c'était donc la seule solution. Ça m'a valu quelques heures de colle aussi, puisque je refusais de les enlever en classe aussi. Pour ne pas avoir l'air ridicule, je jouais le rebelle, ça justifiait le port des lunettes et ça me donnait un air mystérieux. C'était ce que je pensais, en tout cas.

— Combien de temps cela a-t-il duré ?

— Quelques mois. Jusqu'à ce que j'en ai assez que mon frère, ce sale gosse, me surnomme Gilbert Montagné !

Hermione éclata de rire.

— Et à présent, fit-elle, une fois calmée. Tu le vis mieux, puisque tu ne portes pas de lentilles.

Il haussa les épaules.

— J'avoue qu'à partir du moment où j'ai compris que ça faisait craquer les filles, j'en ai usé et abusé. Maintenant, je n'y fais même plus attention quand je me regarde dans le miroir, alors qu'à l'époque, je ne voyais que ça. Et toi ? Tu acceptes mieux ton prénom, il me semble.

— En fac d'Histoire de l'art, j'ai rencontré un garçon adorable.

Était-ce une expression de jalousie, qu'elle crut déceler sur le beau visage de Guillaume ?

— Quand je me suis présentée, il n'a pas eu la réaction habituelle. Il s'est exclamé : « Comme la frégate ? » Ce jour-là, j'ai réalisé qu'il suffisait de choisir son entourage et que finalement, ce n'était pas si mal, comme prénom.

— Es-tu restée en contact avec lui ?

— Arthur est devenu mon meilleur ami. C'est lui, le paysagiste que j'ai recommandé aux Debussy.

Le quartier était très animé, une foule joyeuse et bigarrée s'acheminait vers les restaurants et salles de spectacles. Les deux jeunes gens remontèrent le trottoir d'un pas tranquille, sans cesser de bavarder à bâtons rompus. Hermione réalisa qu'elle n'avait prêté aucune attention aux Gardiens, que ce soit au bar ou à présent, dans la rue. Pourtant, il y en avait partout ! Focalisée sur le séduisant Guillaume, elle en oubliait les petites créatures qui peuplaient sa vie depuis quelques jours. À l'angle d'une rue, une jeune violoniste interprétait avec un certain talent quelques airs populaires. Hermione et Guillaume s'arrêtèrent pour l'écouter quelques minutes. La musicienne luttait contre sa timidité naturelle, encouragée par ses Gardiens. Hermione trouva cela attendrissant. Les Gardiens, si envahissants soient-ils, étaient aussi de fidèles alliés dans certaines situations. C'était rassurant de savoir que l'on n'était jamais seul. La jeune femme se sentait merveilleusement bien. Quoi de mieux qu'une balade en compagnie d'un homme séduisant et agréable ?

— Tu devrais te blottir dans ses bras, conseilla Dalila, comme la violoniste entamait *La Vie en rose*.

— Prends-lui la main, recommandait Nell à

Guillaume, au même moment.

Ces deux-là étaient décidément sur la même longueur d'onde ! Cela dit, Caël et Brennan ne se manifestant pas, on pouvait supposer qu'ils n'étaient pas contre l'initiative de leurs binômes.

Baissant les yeux, Hermione vit la main du jeune homme frémir. Le conseil de Dalila semblait quelque peu prématuré, celui de Nell pouvait en revanche constituer un bon début. L'air de rien, Hermione se rapprocha, ses doigts venant effleurer ceux de Guillaume. Leurs regards se rencontrèrent. Le souvenir de leur baiser resurgit dans l'esprit de la jeune femme.

La voix de Brennan brisa la magie de l'instant. Il se mit à fredonner la chanson de la *Petite Sirène*, « Embrasse-la », avec sur le visage une expression canaille. Nell prit une mine catastrophée qui devait faire écho à celle d'Hermione. Il avait gâché le romantisme du moment, cet enquiquineur ! Il faudrait qu'elle lui dise deux mots, à l'occasion.

— Tout va bien ?

Guillaume, surpris par son changement d'expression, la contemplait, vaguement inquiet.

— Oui.

Hermione pouffa.

— Je parie que c'est la préférée de Barbie, ajouta-t-elle en désignant la musicienne, qui égrenait les dernières notes de la chanson de Piaf.

Guillaume rit à son tour.

— Arrête de penser au boulot. C'est le week-end !

Il sortit quelques pièces qu'il déposa dans l'étui de la violoniste avant de saisir d'autorité la main d'Hermione. Ravie, la jeune femme noua ses doigts à ceux de son compagnon, et ils reprirent leur marche. Une sonnerie de téléphone la tira du petit nuage sur lequel elle flottait.

— Tu ne réponds pas ? demanda-t-elle.

— Je déteste les gens vissés à leur téléphone. J'ai prévu de passer la soirée avec toi, pas avec mon portable.

Guillaume baissa la tête, lui sourit.

— Je pense que ce sera bien plus agréable.

Cet homme était trop parfait pour être vrai, elle devait rêver ! Comme le téléphone sonnait à nouveau, Guillaume le sortit de sa poche pour le basculer en mode silencieux. Il fronça les sourcils en lisant le nom de celui qui cherchait à le joindre.

— C'est Armand.

— S'il rappelle ou te laisse un message, je t'autorise à passer quelques instants en tête à tête avec ton portable, fit Hermione d'un ton léger.

— Au temps pour mes beaux principes, grimaça le jeune homme. Dire que j'essaie de me comporter en parfait gentleman pour t'impressionner !

— Tu m'impressionnes, si ça peut te rassurer.

Ils arrivaient en vue du restaurant. Le jeune homme, qui s'était détendu durant leur échange, se crispa lorsque le portable vibra. Il lâcha la main d'Hermione avec un regard d'excuse. La jeune femme s'éloigna de quelques pas et fit mine de consulter le menu affiché à l'entrée de l'établissement. Sa bonne éducation n'empêchait pas sa curiosité naturelle d'être en alerte et elle ne put éviter de tendre l'oreille. Elle perçut une voix féminine qui montait dans les aigus, au débit rapide. Même si elle ne comprenait pas ce que disait la femme, Hermione devina que celle-ci était agitée.

— Alix, calme-toi. Où est-il ?

La voix de Guillaume, voilée par l'inquiétude, fit se retourner Hermione. Le visage grave, il écoutait la réponse de sa sœur.

— D'accord, j'y vais. Je t'appellerai dès que j'en saurai plus.

Une explosion de protestations lui fit écarter le portable de son oreille.

— Alix, tu n'es pas en état de conduire. Je n'ai pas envie que tu finisses aux urgences, toi aussi. Je te tiens au courant.

Hermione franchit la distance qui les séparait, inquiète.

— Armand est aux urgences. Un accident pendant une intervention, apparemment.

Guillaume ne cherchait pas à masquer son angoisse. Hermione posa une main sur son bras.

— Je t'emmène.

Guillaume secoua la tête.

— Ce que tu as dit à ta sœur est valable pour toi.

Il la dévisagea, perplexe, avant de baisser les yeux et de comprendre ce qu'elle voulait dire : ses mains tremblaient en dépit du mal qu'il se donnait pour ne pas céder à la panique. À ses pieds, Nell et Brennan parlaient en même temps, une vraie cacophonie aux oreilles d'Hermione, qui ne pouvait qu'imaginer le chaos que ce devait être dans l'esprit du jeune homme. L'angelote l'invitait au calme, lui assurant que son frère se trouvait entre des mains compétentes, tandis que le diablotin listait tous les risques encourus par le jeune pompier. Hermione aurait aimé pouvoir leur ordonner de se taire : ils ne faisaient qu'ajouter à la confusion de Guillaume.

— Je t'emmène, ce n'est pas négociable, trancha-t-elle d'une voix ferme, tout en balançant discrètement le pied en direction des trouble-fêtes.

Bien sûr, il passa à travers les Gardiens, mais la manœuvre fit effet : ils se turent.

— Qu'est-il arrivé ? s'enquit Hermione tandis qu'elle glissait la voiture dans la circulation parisienne, dense en ce vendredi soir estival.

— Alix n'avait que peu d'infos. Armand lui a juste dit qu'il était tombé et qu'il était en route pour les urgences.

— S'il a pu la prévenir lui-même, c'est bon signe. Il a essayé de te contacter en premier, souviens-toi.

— Oui.

Guillaume soupira et se laissa aller contre l'appui-tête. Il ferma les yeux un instant.

— Tant que je ne l'aurai pas vu, je ne pourrai pas me tranquilliser.

Il avait élevé son frère et sa sœur, se rappela Hermione, et à la façon dont il en parlait, ils étaient très proches. De ce fait, Guillaume se sentirait toujours responsable de ses cadets. Les souvenirs de l'accident qui avait fauché leurs parents devaient aussi hanter le jeune homme, tandis que la voiture avançait en mode escargot arthritique.

— Je suis désolé de gâcher la soirée.

— J'espère que tu plaisantes ! Il y a des priorités, dans la vie !

Guillaume esquissa un sourire, touché par sa véhémence.

— Je suis heureux que tu m'accompagnes, avoua-t-il.

Émue, Hermione tourna la tête. Profitant d'un énième feu rouge, elle posa la main sur la sienne.

— Je suis heureuse de pouvoir le faire.

Sagement assis sur la banquette arrière, les quatre Gardiens observaient un silence inhabituel. Apparemment, ils avaient décidé de laisser leurs humains gérer la situation à leur façon.

Chapitre 13

Il y avait foule aux urgences. Guillaume avait rongé son frein tandis qu'ils s'extirpaient des embouteillages parisiens pour gagner la banlieue. Par chance, les collègues d'Armand étaient demeurés sur place. On ne pouvait pas les manquer avec leurs lourdes tenues d'intervention.

— Il y en a un ou deux tout à fait comestibles, déclara Dalila en les reluquant. L'attrait de l'uniforme...

— Eh ! protesta Nell. Tu es censée orienter Hermione vers Guillaume, pas vers la concurrence.

Comme si un bête uniforme pouvait concurrencer Guillaume, songea la jeune femme. Elle recouvra son sérieux en arrivant à hauteur des soldats du feu.

— Ils lui font passer des radios, expliqua un pompier qui s'était présenté comme le supérieur d'Armand. *A priori*, il s'est cassé une jambe.

C'était un accident qui pouvait se produire lors des interventions, ajouta-t-il : avec l'eau déversée pour contenir l'incendie, les surfaces devenaient glissantes, en dépit des semelles antidérapantes. Le jeune homme avait glissé en redescendant l'échelle et avait chuté de trois ou quatre mètres.

— Cette tête de mule continuait à faire le malin pendant qu'on le prenait en charge, grommela le pompier. Il voulait appeler lui-même l'hôpital pour signaler son arrivée !

— Jeune coq lui conviendrait mieux, souligna en riant un collègue plus âgé. Bref, il a fait une entrée de star.

Hermione réprima un sourire : Armand semblait avoir un sacré caractère, et surtout être très différent de son frère, bien plus réservé et modeste !

— Il me fera vieillir avant l'âge, soupira Guillaume en s'asseyant, tandis que les pompiers, assurés que leur camarade n'était pas seul, repartaient.

— Ah, les cheveux blancs viennent donc de là !

Le jeune homme sourit.

— Je vais appeler Alix.

Alors qu'il reprenait son portable, un mouvement attira l'attention d'Hermione.

— Je crois que ce n'est pas nécessaire.

Elle lui désigna la jeune femme qui fonçait droit sur eux. En dépit du monde qui encombrait la salle et de sa petite taille, elle avançait sans peine, la foule semblant s'écarter spontanément à son passage. Alix Le Chevalier avait beau être toute menue, elle dégageait une énergie peu commune. Hermione était prête à parier que son aura était ample et colorée. La ressemblance avec Guillaume était frappante. Ses yeux étaient d'un bleu lagon intense.

— Je t'avais dit de rester chez toi !

— Et depuis quand est-ce que je t'obéis ? De toute façon, je n'ai pas conduit.

Guillaume avisa alors le jeune homme demeuré en retrait. Il fronça les sourcils devant sa tenue de motard et sa barbe fournie.

— Je te présente Hugo. Comment va Armand ?

La vie ne devait pas être de tout repos avec cette petite tornade. Guillaume n'eut ni le temps de répondre ni celui de présenter Hermione : un médecin appela leur nom. Avec un regard d'excuse, le jeune homme abandonna Hermione le temps de prendre connaissance du diagnostic. Sa sœur le suivit, non sans avoir jeté un coup d'œil empli de curiosité vers l'inconnue qui accompagnait son frère. Guillaume devait s'attendre à un interrogatoire en règle une fois qu'ils seraient rassurés sur l'état de santé du blessé !

Resté lui aussi en arrière, Hugo ne savait de toute évidence pas trop quelle contenance adopter.

— Je m'appelle Hermione. Je suis une collègue de Guillaume.

— Hugo. Je suis le petit ami secret d'Alix. Enfin, le

le petit ami plus si secret que ça d'Alix, devrais-je dire !

Il s'assit aux côtés de la jeune femme et ils échangèrent une poignée de main.

— Secret ?

— Ça ne fait que quelques semaines que nous sortons ensemble. Elle préférait attendre un peu avant les présentations officielles.

— Raté ! se moqua Hermione.

— Guillaume et Armand sont assez protecteurs, apparemment. Alix voulait me donner le temps de me préparer à les affronter.

Il dit cela avec un petit sourire amusé : lui ne craignait pas d'affronter les deux grands frères de sa petite amie, semblait-il.

— Alix me semble de taille à les terrasser en trois mots bien sentis.

— Oui, c'est une boule d'énergie.

Il tourna la tête pour contempler ladite boule d'énergie. Son regard était tendre. Hermione décida qu'elle l'aimait bien, impression renforcée par les Gardiens d'Hugo, très paisibles. Face à la volcanique Alix, il fallait un tempérament posé. Les Gardiens de la jeune femme arpentaient le couloir autour de leur humaine en gesticulant. Nell et Brennan, eux, scrutaient le médecin, buvant ses explications. Où se situait Armand, dans la fratrie ? Était-il calme comme Guillaume ou tout feu, tout flamme, comme sa sœur ? Hermione espérait qu'il ressemblait davantage à son frère, bien que les propos de ses collègues laissent entendre une autre histoire. Guillaume n'avait pas dû s'ennuyer durant toutes ces années à les élever et les lancer dans la vie, alors que lui-même sortait tout juste de l'adolescence ! L'admiration qu'elle éprouvait pour le jeune homme grandit encore : connaître sa situation était une chose. Constater de *visu* ce qu'il avait accompli en était une autre.

— Le bilan est rassurant : une jambe cassée, une côte fêlée. Ils le gardent en observation cette nuit, annonça Guillaume en revenant vers eux. Nous pourrons aller le voir dans quelques minutes, lorsqu'il sera installé dans une chambre.

— Il paraît qu'il a déjà commencé à faire du charme aux infirmières.

Alix leva les yeux au ciel.

— Puisque mon cher frère ne le fait pas, je vais devoir me présenter toute seul. Je suis Alix, reprit-elle en tendant la main à Hermione.

— Tu ne me laisses pas en placer une, riposta Guillaume.

— Et tu ne m'as toujours pas dit son prénom.

Hermione se retenait de rire devant la mine de Guillaume : lui qui était resté si calme face aux minauderies de Barbie semblait avoir envie d'étrangler sa sœur !

— Alix, je te présente Hermione Aubry. Hermione, voici ma sœur, Alix, alias la Purge.

— Ça fait longtemps que vous sortez ensemble ?

Au moins, c'était direct !

— Depuis environ dix ans, répondit Hermione. Nous avons déjà des triplés, deux chiens et quatre chats.

— Génial ! riposta Alix, entrant dans son jeu avec un sourire complice. Hugo, tu te rends compte, je suis tata !

— J'ai besoin d'un verre, grommela Guillaume, dépassé. Elles ont le même humour, c'est affreux.

Hermione le prit en pitié : la soirée était rude pour le jeune homme. Elle se tourna vers Alix.

— En fait, nous ne sortons pas ensemble, nous nous connaissons depuis lundi et nous travaillons au même endroit.

— Dans ce cas, que fais-tu là ?

— J'adore cette fille ! clama Dalila, aux anges.

Cela n'étonnait pas Hermione : comme sa diablotine, Alix semblait sans filtre. Elle disait ce qui lui passait par la tête sans se soucier de ménager son interlocuteur. Son angelot avait semble-t-il renoncé à lui conseiller la discrétion.

— C'est ma conception d'un vendredi soir réussi : un petit tour aux urgences. C'est tellement vivifiant !

Hermione ponctua sa réponse d'un clin d'œil complice. Caël se prit la tête dans les mains, dépité, tandis que Dalila approuvait. Il était temps de se reprendre, songea Hermione, amusée. C'était assez grisant de laisser son sens de l'humour s'exprimer, mais mieux valait s'arrêter avant de dépasser les bornes.

On appela à nouveau le frère et la sœur, coupant court à l'interrogatoire d'Alix. Hugo et Hermione se rassirent.

— Tu as bien conscience qu'Alix va te pressurer comme un citron ? s'enquit le jeune homme.

— Tu as bien conscience que Guillaume va aussi le faire ?

— On peut toujours s'enfuir ensemble. J'ai deux casques, pour la moto.

— C'est très tentant. Repose-moi la question dans cinq minutes.

Ils échangèrent un regard et éclatèrent de rire.

Il était près de minuit lorsque le quatuor, escorté par les Gardiens, émergea de l'hôpital. Armand avait été confortablement installé dans une chambre, la jambe dûment plâtrée.

— Étant donné la façon dont il fait le zouave, il n'a rien de grave, commenta Guillaume, soulagé.

— Ou alors, le traumatisme crânien a achevé de le rendre fou, susurra Alix.

— Et dire qu'elle travaille dans le milieu médical. Quelle compassion !

— Je réserve ma compassion à ceux qui la méritent. Et je suis la douceur incarnée avec mes petits bouts, à la maternité.

L'estomac d'Hermione se manifesta, à la grande gêne de la jeune femme.

— J'ai faim aussi, décréta Alix. Avec tout ça, nous

n'avons pas eu le temps de manger.

— Nous non plus, approuva Guillaume.

— On se retrouve à la maison pour un petit déjeuner de minuit improvisé ?

Un peu étourdie, Hermione se glissa au volant de sa voiture, suivant les indications de Guillaume. La moto avait disparu, emportant Hugo et Alix.

— C'est le vendredi soir le plus palpitant de toute ta vie, fit remarquer Dalila.

— Un peu trop palpitant, à mon goût, rebondit Caël.

— Mais c'est chouette, comme ça, tu fais connaissance avec la famille de Guillaume, ça évite les repas de présentations officielles. Un petit truc sur le pouce, c'est moins formel.

Hermione, déconcentrée par la conversation, faillit manquer l'embranchement indiqué par son copilote.

— Je suis désolé pour tout ce dérangement. Si tu préfères me déposer et rentrer chez toi, je ne t'en voudrai pas. Affronter la tornade Alix, c'est épuisant, et ta semaine n'a pas été de tout repos.

Il n'avait pas idée à quel point !

— Je devrais tenir le choc. Mais toi, sois gentil avec Hugo, alors. Il l'aime beaucoup et il résiste à la tornade.

Guillaume lui adressa un petit sourire ironique.

— Je ne serais pas un grand frère digne de ce nom si je ne jouais pas à l'Inquisiteur avec les petits amis de ma sœur.

— Je parie que tu attends ce moment avec

impatience, histoire de rendre à ta sœur la monnaie de sa pièce pour toutes les fois où elle t'en a fait voir.

— Elle est maligne : la plupart du temps, elle ne me présente pas ses flirts. Et puis, elle ne va pas se priver de son côté : rien ni personne ne lui résiste. Prépare-toi à lui livrer tous tes secrets !

Ah ! Non. Pas tous ! songea la jeune femme en jetant un coup d'œil aux occupants de la banquette arrière.

— Je lui ai suggéré d'entrer dans la police. Je suis persuadé qu'elle aurait fait merveille dans les salles d'interrogatoire.

— Elle ne m'effraie pas. J'ai été à bonne école avec Ophelia.

— Cette fille est une perle rare, ne la laisse pas s'enfuir, commenta Nell en venant se percher sur le tableau de bord. Les copines que tu as présentées à Armand et Alix n'ont jamais fait le poids.

— En même temps, aucune n'en valait vraiment la peine, laissa tomber Brennan, blasé.

— Oui, et bien Hermione, elle, en vaut la peine ! Et pas seulement parce qu'elle peut nous voir et nous entendre.

Qui ne dit mot consent, à ce qu'on prétend : Brennan n'ajoutant rien, Hermione en conclut qu'il était du même avis que l'angelote. C'était plutôt flatteur et surtout, encourageant ! Ayant constaté à quel point les désaccords entre Gardiens pouvaient rendre la vie difficile, la jeune femme préférait ne pas imaginer à quoi pouvait aboutir un conflit dans le cadre d'une relation amoureuse. Elle fronça les sourcils : n'allait-elle pas un peu vite en besogne, tout de même ? Elle n'eut cependant pas le temps de s'appesantir sur la question : ils étaient arrivés.

Le petit pavillon se trouvait dans un quartier coquet. De ce qu'elle pouvait apercevoir à la lumière des lampadaires, les jardins étaient entretenus avec soin. On pouvait imaginer en journée les enfants faisant de la balançoire ou jouant au ballon. Un environnement qui n'était pas sans rappeler à Hermione celui dans lequel elle-même avait grandi. Il n'était pas difficile de deviner qu'il s'agissait de la maison dont la fratrie avait hérité au décès de leurs parents. Pour Guillaume et Alix, le « on se retrouve à la maison » se passait de précision : dans leur tête, il était évident que c'était là qu'ils se retrouveraient, et non chez Alix, qui avait pourtant lancé l'idée.

— Waouh ! s'exclama la jeune femme en entrant.

Elle ne s'était pas attendue à ça ! Elle pensait découvrir une maison de famille traditionnelle, assez semblable à celle de ses parents, pas à un intérieur moderne.

— Nous ne voulions pas vendre la maison, expliqua Alix, en surgissant de l'espace cuisine. D'un autre côté, ça nous a semblé une bonne idée de tout refaire, pour ne pas la transformer en mausolée. Guillaume y vit, la moindre des choses est qu'il ait un intérieur à son goût.

Et du goût, il en avait.

— La décoratrice d'intérieur valide ? s'enquit le jeune homme avec un petit sourire.

— Totalement ! Je n'aurais pas fait mieux. En toute modestie.

Elle fut récompensée par un sourire éblouissant qui la mit dans tous ses états. Cet homme était trop séduisant pour sa santé mentale, déjà précaire ! À l'éclat qui traversa son regard vairon, elle comprit qu'il avait tout à fait conscience de l'effet qu'il avait sur elle. Et qu'il s'en réjouissait !

— À table ! claironna Alix.

La cuisine était à l'image du reste : moderne et fonctionnelle. Un rêve pour toute personne aimant passer du temps aux fourneaux. Debout devant le réfrigérateur, les poings sur les hanches, Alix en scrutait les entrailles d'un air critique.

— Un vrai frigo de célibataire ! s'exclama-t-elle en agitant un plat préparé. Quand je pense que tu nous faisais la leçon sur la malbouffe quand on vivait ici. Faites ce que je dis, pas ce que je fais.

— Tu connais mes talents de cuisinier.

La grimace d'Alix exprimait très bien ce qu'elle en pensait : Guillaume, l'homme aux multiples talents, avait un défaut. Il ne savait pas cuisiner. Voilà qui le rendait très humain, songea Hermione.

— Tu cuisines, Hermione ?

La jeune femme la voyait venir, avec ses gros sabots.

— Des pâtes. Du riz. Et je décongèle les pizzas comme personne.

— C'est pas beau, de mentir, lança Dalila, hilare.

En vérité, Hermione cuisinait plutôt bien, surtout depuis qu'elle était devenue végétarienne, mais la mine dépitée d'Alix valait son pesant d'or.

— Je savais, le jour où j'ai quitté la maison, que mon frère ne ferait plus un repas correct avant longtemps.

La jeune femme se mit à tourbillonner dans la pièce, ouvrant les placards, attrapant ustensiles et ingrédients, pour lancer plusieurs préparations en simultané. Guillaume prit place sur un tabouret devant l'îlot.

— Vous devriez vous asseoir, si vous ne voulez pas prendre un coup de poêle sur la tête.

— Le repas sera prêt dans dix minutes, annonça Alix en remuant avec énergie le contenu d'une casserole.

— Alix a une conception très spéciale d'« un petit dîner de minuit improvisé », expliqua Guillaume. Elle ne sortira pas du pain, du fromage et un peu de charcuterie, non, elle te prépare un dîner gastronomique.

— La bouffe, c'est la vie !

Quand on voyait le tour de taille de la demoiselle, il y avait de quoi douter. D'un autre côté, vu l'énergie qu'elle déployait pour découper une malheureuse courgette, elle devait brûler les calories plus vite qu'elle ne les ingérait.

— Et d'abord, comment se fait-il que tu aies des courgettes ? reprit Alix d'un ton accusateur.

— C'est le voisin qui me les a données.

— Dire que si je n'étais pas venue, tu les aurais laissées pourrir !

Hermione, abandonnant les hommes à table, s'empara d'un bol et commença à préparer une vinaigrette. Alix lui adressa un regard approbateur.

— Les femmes aux fourneaux, les hommes qui ne fichent rien. On devrait les laisser mourir de faim.

— Tu nous fais peur, avec ton couteau, lança Hugo.

— La belle excuse !

— On peut toujours sortir une pizza du congélo, proposa Guillaume d'un ton doucereux.

— Moi vivante, jamais !

Alix pointa son couteau en direction de son frère.

— Tu ne bouges pas de ce tabouret ou je te promets les pires représailles !

Elle reporta son attention sur sa courgette.

— Et arrête de ricaner dans mon dos. Je sais très bien que tu m'as manipulée.

Hermione acheva de préparer sa vinaigrette avec un immense sourire : c'était le meilleur dîner de minuit de toute sa vie !

Chapitre 14

L'ambiance était tout autre chez les Aubry. Hermione réprima un bâillement. Le traditionnel repas dominical lui donnait envie de s'endormir la tête dans son assiette. Chez les Aubry, les repas étaient civilisés. On ne se lançait pas des piques, on ne se menaçait pas avec un couteau, on ne critiquait pas le contenu du réfrigérateur. Ce dîner de minuit avait été très agréable, ponctué de rires et de plaisanteries. Guillaume, contrairement à ce qu'il avait annoncé, n'avait pas cuisiné Hugo. Les deux hommes s'étaient même découvert une passion commune pour la moto. Alix, de son côté, avait décidé qu'elle trouvait Hermione sympathique, et si elle lui avait posé beaucoup de questions, dont certaines assez indiscrètes, la jeune femme s'était sentie à l'aise. Elle était rentrée tard dans la nuit, ravie de sa soirée, même si rien ne s'était passé comme prévu. Cependant, après l'ambiance pleine de rires et de vivacité qui avait présidé au dîner improvisé chez les Le Chevalier, le déjeuner Aubry semblait faire pâle figure.

Ici, tout était courtois. Jamais d'éclats de voix ou de débats passionnés. Chacun parlait d'une voix calme, présentait ses arguments et écoutait avec attention ceux de l'autre. Véronique Aubry ne concevait pas non plus d'organiser un simple buffet ou apéritif déjeunatoire, de manger dans de la vaisselle jetable ou dans celle du quotidien. Et surtout, jamais elle n'aurait fait manger son petit monde dans la cuisine ! Elle sortait donc le service que ses parents lui avaient offert pour son mariage, trente-trois ans plus tôt, et le repas se composait d'une entrée, d'un plat et d'un dessert.

Hermione se redressa, se sentant un peu coupable : sa mère se donnait de la peine pour recevoir ses enfants et leur mitonner de délicieux petits plats. En plus de son métier de professeur de français, Véronique était une parfaite hôtesse. Elle avait également suivi de près l'éducation de ses trois filles. Hermione, qui avait déjà bien du mal à s'occuper de sa petite personne et de son indépendant de chat, se sentait bien inférieure à sa mère. Laquelle était en prime toujours tirée à quatre épingles.

— Le niveau ne cesse de baisser, expliquait Daniel Aubry à son gendre.

C'était un discours qu'il tenait depuis toujours, aussi Hermione ne l'écoutait-elle plus que d'une oreille. Les déboires d'un professeur d'anglais au collège Jean Moulin avaient cessé depuis longtemps de l'intéresser. Son beau-frère, en revanche, soutenait la conversation avec grand sérieux, même si le sujet revenait sur la table à peu près chaque dimanche. Rosaline avait mis la main sur le gendre idéal, cadre dans une banque qui plus est.

Tout l'inverse de Sam, le petit ami tatoueur d'Ophelia. Il s'exprimait peu, toujours sur le qui-vive, craignant sans doute de dire une ânerie ou de renverser quelque chose. En dépit de sa carrure de boxeur, de son crâne rasé, de ses tatouages et autres piercings, ce garçon était une crème, une sorte de gros nounours timide et maladroit. Sauf lorsqu'il se plongeait dans le dessin : il se transformait, devenait sûr de lui, parlait sans hésiter d'une voix ferme. Personne n'aurait alors songé à mettre ses compétences en doute. Hermione l'aimait bien. En vérité, elle le préférait à Thomas. Ses sœurs avaient chacune déniché la moitié parfaite : lisse, sérieux et policé pour Rosaline, hors norme – du moins, selon les normes de la famille Aubry – pour Ophelia.

Hermione jeta un discret coup d'œil à son portable. Si sa mère la surprenait en train de pianoter alors que le déjeuner n'était pas terminé, elle aurait droit à un sermon de dix minutes sur le respect et la nécessité de savoir se déconnecter. Elle ne pouvait même pas lui donner tort : elle-même détestait quand les gens faisaient ça ! La jeune femme esquissa un discret sourire en découvrant un message de Guillaume accompagné d'une photo du plâtre de son frère : apparemment, Alix et lui s'en donnaient à cœur joie, dessinant et écrivant partout sur le plâtre. Armand était sorti la veille de l'hôpital. Son frère était venu le chercher tandis que sa sœur s'était chargée de remplir son congélateur de petits plats afin que le jeune pompier ne risque pas de mourir d'inanition durant sa convalescence. Hermione répondit par un petit pouce en l'air avant de ranger le portable et de reporter son attention sur la tablée.

Ophelia, sa tête couronnée de boucles d'un bleu électrique, était inclinée vers Louise, leur nièce de quatre ans, à laquelle elle expliquait les détails de son dernier tatouage en date. Hermione se pencha à son tour pour admirer l'œuvre de Sam : un rosier épineux s'enroulait autour du mollet d'Ophelia, surmonté d'une éclatante rose rouge sang dont l'un des pétales s'envolait. La jeune femme se surprit à imaginer un dessin semblable – enfin, une rose, mais bien plus discrète – sur sa peau. L'idée lui plaisait. Daniel et Véronique pinceraient les lèvres d'un air réprobateur s'ils apprenaient que leur cadette envisageait une chose pareille. C'était sans doute ce qui avait poussé Ophé à se faire tatouer un dragon veillant sur une tête de mort le jour même de son dix-huitième anniversaire ! Ophelia, la rebelle de la fratrie, ne reculait devant rien pour contrarier ses parents, assumant son statut de *badgirl*. Rosaline était experte-comptable, Hermione, après ses études d'Histoire de l'art, s'était orientée vers la décoration d'intérieur. Ophelia, elle, avait attendu patiemment sa majorité pour abandonner le lycée, vers lequel ses parents l'avaient poussée, et s'inscrire dans une école de coiffure. Et très vite, elle s'était spécialisée dans les coiffures les plus excentriques et les couleurs les plus inattendues.

— Sam, penses-tu que tu pourrais me dessiner une petite rose sur l'épaule ? lança Hermione sur une inspiration subite.

Elle chercha aussitôt autour d'elle. Non, Dalila n'était pas dans le secteur, à lui souffler ses répliques.

— Bien sûr. Avec plaisir.

Un large sourire illumina le visage de son beau-frère. C'était la première fois qu'un membre de la famille faisait appel à lui. En constatant le plaisir et la fierté qui envahissaient le jeune homme, Hermione se sentit un peu honteuse. Elle avait toujours été aimable avec lui, mais elle n'avait jamais vraiment cherché à mieux le connaître. Il était le copain voyant de son excentrique petite sœur et il ne lui était pas venu à l'esprit de s'intéresser plus avant à son univers, tellement éloigné du sien.

Véronique pinça les lèvres, exactement comme Hermione l'avait deviné.

— Un tatouage, c'est pour la vie, Hermione. Réfléchis bien.

Sur son épaule, son Gardien avait croisé les bras sur son torse d'un air réprobateur. Hermione aurait presque pu l'imaginer brandissant une règle pour lui taper sur les doigts.

— Sans blague ! intervint Ophelia d'un ton acide. Herm' est tellement stupide qu'elle ne le sait pas !

Et voilà, c'était reparti. Hermione se mordit la lèvre, culpabilisant d'avoir amorcé une nouvelle prise de bec entre les deux femmes. Enfin, prise de bec... Ophé s'énervait, tempêtait, quittait parfois la pièce en claquant la porte. Véronique ne se départait jamais de son calme, assénant ses réponses de ce ton mesuré et condescendant qui avait l'art d'amener sa petite dernière au bord de la crise de nerfs. Chez Hermione, le résultat était de la faire se sentir immature et irréfléchie.

— Ce n'est pas encore fait, intervint-elle dans une vaine tentative d'apaiser la situation avant que cela ne dégénère.

— Ah non ! cria Ophelia en pointant l'index sur sa sœur. Tu ne vas pas encore renoncer à une chose qui te fait envie juste parce que maman désapprouve !

Ça, ça faisait mal. Hermione avait l'impression d'entendre Dalila lui reprocher de vivre comme une grand-mère et de ne pas profiter de la vie.

— Je peux faire quelque chose de temporaire, dans un premier temps, proposa Sam d'un ton timide qui cadrait mal avec son allure de malabar. Hermione, tu auras le temps de réfléchir et de voir si ça te plaît vraiment.

La jeune femme adressa un sourire reconnaissant à

son beau-frère, qui tentait de désamorcer la bombe.

— C'est gentil, mais je sais ce que je veux. Ça fait longtemps que j'en ai envie, je n'osais juste pas me lancer. J'ai confiance en toi, Sam. Le résultat sera formidable.

Et il n'y aurait aucun problème d'hygiène, de cela au moins, elle était assurée. C'était ce qui l'avait retenue toutes ces années, la peur de tomber dans un bouge et d'attraper une maladie. Après toutes ces années à tergiverser, Hermione était la première surprise de la rapidité avec laquelle elle avait pris sa décision. En vérité, elle n'avait même pas pris le temps de réfléchir, de peser le pour et le contre, comme elle aurait dû le faire pour un sujet qui, sa mère avait raison, l'engageait à vie. Mais ce n'était ni pour faire enrager sa mère ni pour remonter dans l'estime d'Ophelia que la jeune femme avait tranché. C'était pour elle-même. Un parfait compromis entre raison et fantaisie, entre Caël et Dalila. Ces derniers, d'ailleurs, n'intervinrent pas. Hermione avait compris que toutes les fois où elle éprouvait des difficultés à faire un choix, c'était à ses Gardiens qu'elle le devait. Prudents, ils se faisaient discrets.

Enthousiaste, Sam sortit un carnet et un crayon de sa poche. Toute réserve envolée, il écarta d'un geste son assiette et fit courir la mine sur le papier. En moins d'une minute, une fleur prit naissance sous les yeux émerveillés d'Hermione. Elle-même dessinait bien, mais elle n'avait pas la fibre artistique qui animait son beau-frère. C'était une rose, mais quelque chose dans le trait la rendait différente de celle qu'arborait sa sœur. Celle d'Ophelia était audacieuse, presque agressive, reflétant bien le caractère affirmé de celle-ci, alors que cette rose-là était plus douce, féminine, romantique. C'était exactement ce que voulait Hermione.

— Sam, tu as de l'or dans les doigts !

Voir ce grand gaillard rougir était un spectacle surprenant.

— On peut modifier des choses, ajuster la taille..., commença le jeune homme.

— Non. Je la veux comme ça. Ne change rien, surtout, elle est parfaite.

Les petits Gardiens qui avaient guidé Sam en lui rappelant les grands traits de caractère d'Hermione affichèrent une mine satisfaite. La diablotine d'Ophelia, quant à elle, leva les poings vers le ciel en criant « Victoire ! » tandis que l'angelot tempérait d'un « Attends, ce n'est pas encore fait, elle peut encore changer d'avis ». Son scepticisme affermit encore la résolution d'Hermione.

— Quand peux-tu me le faire ? reprit Hermione, bien décidée à battre le fer pendant qu'il était brûlant.

— Quand tu veux.

— Samedi prochain ?

Le cœur battant, la jeune femme sentit l'euphorie l'envahir lorsque Sam hocha la tête. Elle sortit son portable, surexcitée, et prit le dessin en photo.

— Au moins, tu choisis un motif facile à porter, commenta Rosaline, se mêlant pour la première fois à la conversation.

Hermione réprima un sourire : la diablotine de son aînée lui soufflait qu'un tatouage, ce serait sympathique... Pourquoi pas une rose, elle aussi, étant donné son prénom ? Sans compter qu'ainsi, les trois sœurs auraient quelque chose en commun...

— Quand on commence, on ne s'arrête plus, ricana Ophelia, forte de son expérience personnelle.

— Un seul, c'est déjà bien ! s'esclaffa Hermione.

— Ils disent tous ça, murmura Sam de sorte que ses beaux-parents ne l'entendirent pas.

Hermione se surprit à réfléchir au motif qu'elle choisirait si elle en venait à succomber à la fièvre du tatouage. Une fée ? Une licorne ? Un chat noir ?

— Tu vois, tu t'es lâchée, et tu ne t'es même pas fait mal.

Dalila se matérialisa à côté de son assiette. Hermione résista à la tentation de répondre à sa diablotine. Celle-ci continuait à pépier quand Hermione se trouvait en compagnie d'autres personnes, s'amusant de voir la jeune femme enrager de ne pouvoir lui dire ce qu'elle pensait. L'ignorant ostensiblement, ce qui ne manquerait pas d'agacer la diablotine, Hermione s'absorba dans la contemplation de Sam, sur les genoux duquel Louise avait pris place. Ils dessinaient sur le carnet, inconscients du babillage des Gardiens de la petite fille.

Lorsque Dalila et Caël lui avaient expliqué que les Gardiens apparaissaient et disparaissaient avec leur humain, Hermione n'avait pas compris ce que cela impliquait. En vérité, cela signifiait qu'ils évoluaient au rythme de leur protégé, tant physiquement que psychologiquement. Les Gardiens de sa nièce avaient ainsi l'apparence de deux adorables chérubins de quatre ans potelés et touchants de candeur. L'une était l'enfant terrible qui poussait Louise à tester les limites, aussi bien les siennes que les règles édictées par les adultes, l'autre incarnait l'enfant modèle. En grandissant, lequel prendrait-il le dessus ? Louise était une enfant plutôt calme, évoluant dans un environnement stable et pondéré, avec un modèle parental équilibré. Il lui arrivait cependant de faire quelques sottises, comme tout enfant, ce qui était presque un soulagement parfois, tant elle était sage ! Et si l'on prenait en compte tata Ophelia, on pouvait dire que rien n'était gagné.

Les Gardiens de Véronique et Daniel, eux, arboraient une petite soixantaine saine et élégante, et l'angelot avait chez chacun pris le dessus depuis longtemps. Pour Ophelia, c'était la diablotine qui menait la danse, même si Hermione prenait conscience que sa sœur, sous son allure excentrique et voyante, optait la plupart du temps pour des décisions raisonnables. Chez Rosaline, la lutte rappelait celle de Dalila et Caël. Sous ses airs de femme rangée, Roz était elle aussi souvent en proie à l'envie de tenter de folles aventures. Hermione, qui avait toujours pensé connaître ses sœurs par cœur, les redécouvrait sous un nouveau jour au regard de ce qu'elle percevait de leurs Gardiens. Contre toute attente, son coup de foudre aux conséquences surnaturelles présentait quelques avantages. Un petit sourire étira ses lèvres comme elle essayait d'imaginer Caël et Dalila enfants.

— Un fraisier ? s'exclama Ophelia avec la mine gourmande d'un chat devant un pot de crème.

Véronique, qui revenait de la cuisine avec le dessert, esquissa un sourire.

— Louise et toi adorez ça, et cela faisait longtemps que je n'en avais pas fait. J'y ai vu une occasion parfaite.

Ainsi, sa mère n'était peut-être pas aussi froide qu'Hermione le croyait. Elle avait cherché à faire plaisir à sa fille rebelle, sinon par des mots, du moins avec ce dessert qui apparaissait comme un rameau d'olivier gourmand. La plupart des gens étaient tout en nuances, se rappela la jeune femme, ils ne montraient pas la totalité des facettes qui composaient leur personnalité. C'était son cas, si on y réfléchissait. Qui aurait pu deviner qu'elle rêvait d'un tatouage ? Elle n'en avait parlé à personne, à part peut-être à Clara, des années plus tôt. Ou qu'elle voyait des petits lutins depuis qu'un éclair l'avait frappée ? D'ailleurs, personne ne savait qu'elle avait été foudroyée, à part Tina et Coco. Ou encore, qu'elle avait passé son samedi à rêvasser en pensant à Guillaume. Ça, c'était son petit secret à elle toute seule.

— Pourquoi m'avoir appelée Hermione ?

Sa mère, occupée à couper le fraisier, s'interrompit, surprise.

— À cause de Shakespeare, tu le sais bien. Vous portez toutes un prénom tiré de son œuvre.

— Je me suis mal exprimée. Ce que je veux dire, c'est que vous avez des goûts plutôt classiques et que même avant l'arrivée d'Harry Potter, Hermione était un prénom relativement rare et original. Rosaline, Ophelia sont des choix moins hors du commun. Vous auriez pu opter pour Juliette ou pour n'importe quelle autre héroïne shakespearienne. Pourquoi Hermione ?

— Un coup de folie, pourrait-on dire, fit Daniel avec un sourire. À l'origine, nous avions en effet choisi Juliette, mais au dernier moment, alors que nous étions dans la salle d'accouchement, Hermione s'est imposé, va savoir pourquoi.

Sa vie aurait sans doute été plus simple si elle s'était appelée Juliette, songea la jeune femme. Le succès d'*Harry Potter* avait fait de son adolescence un calvaire. Les gens n'avaient pas envie d'entendre des explications ennuyeuses sur l'héroïne d'une pièce de Shakespeare dont ils n'avaient jamais entendu parler. La seule héroïne shakespearienne que tous connaissaient, c'était Juliette ! Tout compte fait, Juliette n'aurait pas été un meilleur choix : on lui aurait certainement demandé où était son Roméo !

À en juger les petits sourires en coin des diablotins de ses parents, Hermione réalisa que pour une fois, c'étaient eux qui avaient eu gain de cause et que c'était donc sans doute à eux qu'elle devait son prénom peu commun. Ils avaient profité du chaos émotionnel qu'un accouchement provoquait pour glisser leurs petites idées dans l'esprit des jeunes parents.

— Au moins, moi, j'ai échappé à Ophélie en naissant après l'arrivée d'Ophélie Winter.

Sa cadette lui adressa un clin d'œil.

— Même si nous ne pouvions pas anticiper la déferlante du petit sorcier, l'expérience nous a enseigné la prudence, admit Véronique. Dans la version originale de *Hamlet*, c'est Ophelia, de toute façon.

— J'ai toujours regretté que vous n'ayez pas fait l'inverse, fit Ophelia en savourant sa part de fraisier. J'ai l'âme d'une Hermione, moi. Et je trouve que tu aurais fait une formidable Ophelia, toi.

— Je ne crois pas, en effet, que ce cher William se représentait son Ophelia avec les cheveux bleus et des tatouages partout quand il écrivit *Hamlet* ! taquina Rosaline.

Pour la première fois depuis longtemps, le déjeuner dominical s'acheva dans une ambiance joyeuse, sans le moindre conflit.

Chapitre 15

Chemise à carreaux écossais et nœud papillon. Dalila et Hermione avaient toutes les deux perdu leur pari concernant la tenue d'André Dorbais, en ce lundi matin.

— Il ne lui manque plus que le nez rouge et les savates trois fois trop grandes, et il peut aller postuler pour un rôle de clown au premier cirque qui passe, commenta la diablotine, déçue de s'être trompée.

La réunion se déroula suivant le même modèle que celle du lundi précédent. Guillaume était présent, cette fois-ci, à la grande joie d'Hermione. Il prit place à côté d'une Jeanne toujours aussi morose. Très vite cependant, l'attention d'Hermione fut détournée : il y avait une vingtaine de personnes dans la salle, soit le double de Gardiens ! Un véritable brouhaha s'élevait, chaque duo conseillant son humain, l'incitant à se mettre davantage en avant ou au contraire à se faire plus discret. Toutes ces voix formaient une sorte de bruit de fond qui empêchait la jeune femme de se concentrer sur ce que disaient ses collègues autour d'elle. Si les Gardiens de Jeanne étaient calmes, ce n'était pas le cas d'autres, qui s'agitaient.

— Hermione ?

Elle sursauta. Monsieur Dorbais la regardait, attendant visiblement une réponse à quelque chose qu'il venait de dire. Embarrassée, la jeune femme esquissa un sourire gêné.

— Excusez-moi, j'étais distraite.

Jeanne fronça les sourcils, l'air réprobateur. Patient, André Dorbais répéta sa demande. Hermione s'efforça de faire abstraction des lutins qui poursuivaient leur manège et ne tarda pas à sentir poindre une migraine. Il était difficile de ne pas fixer certains d'entre eux, ce qui devait donner l'impression qu'elle regardait dans le vide. Coco lui sauva la mise à plusieurs reprises en évoquant les auras des uns et des autres, attirant sur elle l'attention qui menaçait de se poser sur Hermione. Tout le monde connaissait l'excentricité de Coco, aussi personne ne se formalisait-il de ses remarques qui tombaient comme un cheveu sur la soupe. Hermione lui adressa un sourire reconnaissant et récolta un clin d'œil qui, elle l'aurait juré, était volontaire pour une fois.

Hermione hérita de deux nouveaux dossiers, des projets moins ambitieux que le manoir Debussy et qui ne nécessiteraient pas l'intervention d'un architecte.

Lorsque monsieur Dorbais annonça la fin de la réunion, la jeune femme s'éclipsa, s'arrangeant pour éviter Roland, qui tentait d'attirer son attention. Elle savait que tôt ou tard, il parviendrait à la trouver pour lui reparler de ce dîner, mais elle comptait bien repousser l'échéance autant que possible. C'était lâche, elle en avait conscience, et Caël ne se privait pas de le lui reprocher, l'invitant à faire face à la situation au lieu de la fuir. Dalila lui conseillait aussi d'affronter le Relou, mais d'une façon plus percutante que celle professée par l'angelot !

Les jours qui suivirent furent bien remplis. Guillaume et elle ne firent que se croiser en coup de vent, chacun occupé par ses rendez-vous. Néanmoins, ils échangeaient régulièrement des messages. Une sorte de routine s'était établie avec Caël et Dalila, également. Si la diablotine donnait encore son avis sur tout et n'importe quoi, elle n'insistait plus autant. Hermione avait la sensation que sa vie entière avait pris un nouveau tournant ces derniers jours. Elle n'avait jamais été aussi heureuse. Un peu plus de temps en compagnie de Guillaume – et plus, si affinités, comme dirait Dalila – et son bonheur serait parfait.

Le jeudi vit débarquer le Relou dans son bureau. Hermione avait fait en sorte de l'éviter et était la première surprise d'avoir réussi si longtemps.

— Un compliment, fais-lui un compliment, souffla l'angelot de Roland à son protégé.

— Tu es très en beauté, aujourd'hui, Hermione.

— Merci, répondit froidement la jeune femme.

— Maintenant que tu l'as flattée, invite-la ! ordonna le diablotin, toujours aussi romantique.

— Pour le dîner, que dirais-tu de demain soir ?

— Voilà, le vendredi, c'est bien, comme vous ne travaillez pas le lendemain, tu pourras l'emmener à l'hôtel si ça se passe bien, se rengorgea le diablotin.

Dalila leva les yeux au ciel et Hermione se retint de justesse de l'imiter. L'angelot de Roland afficha une expression de désespoir absolu qui aurait pu être comique si la jeune femme n'avait été aussi agacée.

— Pire qu'une sangsue, marmonna la diablotine.

— Diplomatie ! rappela Caël.

Hermione inspira, se préparant à servir au Relou l'un des prétextes qu'elle avait listés pour le tenir à distance jusqu'à ce qu'il comprenne. Soudain, une idée germa dans son esprit.

— D'accord. Mais plutôt ce soir. Dix-neuf heures, ça te va ?

Il n'avait pas besoin de savoir que le lendemain soir, elle avait à nouveau rendez-vous avec Guillaume pour remplacer leur dîner manqué. La mine effarée de ses Gardiens faillit la faire rire. Le visage de Roland s'illumina et c'est d'un pas conquérant qu'il sortit du bureau un instant plus tard, son diablotin frétillant le devançant.

— Toi, tu mijotes quelque chose, devina Dalila.

— Ne vous en faites pas : je gère ! répondit Hermione d'un ton léger.

Elle attrapa le dossier Debussy et son sac à main. Rendez-vous avait été pris pour la fin de matinée au manoir en compagnie du couple et d'Arthur.

— Tu ne veux rien nous dire ? supplia la diablotine en lui lançant un regard digne du Chat Potté.

— Vous me connaissez si bien... devinez !

Dalila passa le trajet à la questionner, émettant des hypothèses de plus en plus farfelues.

— Un relounapping.

— Un quoi ? demanda Hermione, concentrée sur sa conduite.

— Tu envisages de payer quelqu'un pour kidnapper le Relou.

— C'est une idée, répondit distraitement la jeune femme en évitant de justesse un cycliste imprudent.

Elle comprenait à présent d'où lui venaient, depuis toutes ces années, les pensées saugrenues qui lui traversaient l'esprit ! Elle avait toujours considéré être dotée d'une imagination fertile. En vérité, c'était Dalila qui ne manquait pas d'imagination ! Un coup d'œil à Caël lui apprit que l'angelot écoutait, amusé, les hypothèses de sa comparse, nullement inquiet quant au sort qu'Hermione réservait à Roland. Même s'il ignorait ce qu'elle mijotait et ne cachait pas sa curiosité, il faisait confiance à sa protégée pour gérer la situation.

— Tu peux toujours la jouer *Sixième sens*.

Dalila prit un air terrifié et mystérieux.

— « Je vois des gens qui sont morts. », cita-t-elle. Sauf que bien sûr, nous ne sommes pas morts !

— Je note, en dernier recours. Il faudra que je m'entraîne à afficher l'expression qui va avec.

Hermione coupa le contact. Plus elle venait au manoir, plus elle en appréciait l'environnement. Elle se tourna vers ses Gardiens.

— Je ne veux pas vous entendre, et ce pendant toute la durée du rendez-vous.

Elle avait l'impression d'être une mère avertissant ses enfants de ne pas faire de caprice dans le magasin. Un comble, puisque c'étaient les Gardiens qui étaient censés la guider et la conseiller !

— Si nous nous tenons bien, tu nous diras ce que tu prévois pour te débarrasser du Relou ? négocia Dalila, qui ne perdait pas le nord.

— Je vous donnerai un indice.

La diablotine fit mine de se coudre les lèvres. Hermione sortit de la voiture, rassurée.

L'arbre qui était tombé se trouvait encore là. On l'avait simplement poussé un peu afin qu'il ne barre plus le passage. Les dégâts sur le véhicule étaient moins importants que ce qu'ils avaient craint. Guillaume pourrait bientôt le récupérer. L'assurance lui prêtait toujours une voiture, laquelle était déjà garée à côté de celle d'Arthur. Les deux hommes n'étaient nulle part en vue. Sans doute avaient-ils commencé le tour de la demeure en attendant l'arrivée des propriétaires. Hermione repéra la fenêtre du salon où Guillaume et elle avaient trouvé refuge pendant l'orage. Le salon où ils s'étaient embrassés. Guillaume repensait-il à ce baiser, lui aussi ? Ils n'en avaient pas reparlé. Ils s'étaient tenus par la main avant que l'accident d'Armand donne un tour inattendu à leur soirée. Qui sait ce qui se serait passé si le dîner avait pu se dérouler normalement ? Hermione avait hâte d'être au lendemain soir. Elle n'eut pourtant pas le temps de s'appesantir davantage sur le sujet : la luxueuse voiture des Debussy venait de s'engager dans l'allée. Barbie en émergea, fraîche comme une rose, dans une envolée de froufrous pastel. Hermione grimaça en apercevant ses escarpins, qui devaient coûter les yeux de la tête. Quelle idée de choisir pareilles chaussures pour visiter un parc à l'abandon !

— Hermione, comme je suis heureuse de vous revoir !

Barbie lui plaqua deux bises sur les joues comme si elles étaient de vieilles amies.

— Je reviens, reprit-elle en se dirigeant vers le manoir. Je vais saluer Fantômette avant, c'est la moindre des choses !

Les deux petites créatures qui la suivaient en gloussant confortèrent la décoratrice dans ses impressions sur la jeune femme : Barbara Debussy vivait dans un monde à part, et elle ne faisait vraiment pas exprès d'être à côté de la plaque ! Avec des Gardiens comme les siens, elle n'avait aucune chance de changer !

Alain Debussy, un sourire indulgent aux lèvres, regarda son épouse disparaître dans la demeure avant de serrer la main d'Hermione.

Arthur et Guillaume se trouvaient dans le fond du parc. Ils avaient étalé une grande feuille sur un muret et se tenaient penchés au-dessus. Les rejoindre ne fut pas une mince affaire en raison des escarpins de Barbie. La jeune femme s'accrochait au bras de son mari comme une moule à son rocher, poussant de petits cris chaque fois que son talon s'enfonçait dans l'herbe ou qu'elle manquait se tordre la cheville.

— J'aurais dû faire comme vous, Hermione, gémit-elle en lorgnant les petites tennis que la décoratrice avait enfilées avant de s'engager dans la jungle qui entourait le manoir.

— Nous ferons goudronner les allées, tu pourras marcher sans crainte, promit Alain-Chou.

Hermione doutait qu'Arthur soit favorable à pareil sacrilège. Compromis, compromis, c'était le maître mot de ce projet, se rappela-t-elle. Elle était certaine que son ami saurait imposer son point de vue sans froisser les clients.

En arrivant à quelques pas des deux hommes, Barbie se redressa et battit des cils d'un air charmant. Hermione n'était pas sûre de valoir mieux que la cliente. Elle s'efforça de se montrer professionnelle en saluant Guillaume, évitant de le dévisager et résistant à l'envie de repousser cette éternelle mèche rebelle. Arthur la connaissait trop bien, cependant, pour ne pas remarquer que la présence de l'architecte ne la laissait pas indifférente. Ses yeux verts pétillèrent et un petit sourire coquin se dessina sur ses traits fins. Les joues de Barbie prirent une teinte rosée lorsque le paysagiste s'inclina en un baisemain impeccable. Hermione se mordit la lèvre. Recevoir les hommages d'un séduisant jeune homme ne manquait pas de faire palpiter le cœur de midinette de la romanesque Barbie. Si elle avait su que, s'il avait le choix, Arthur repartirait avec Guillaume plutôt qu'elle, sans doute aurait-elle déchanté ! Les Gardiens de son ami, malicieux, s'amusaient de la réaction de la jeune madame Debussy. Si Oscar, l'angelot, entreprit de ramener son humain à la discussion professionnelle pour laquelle ils étaient venus, le diablotin, Dan, poussait Arthur à en rajouter dans la flagornerie. Hermione intervint en procédant aux présentations.

— Je veux un jardin comme Marie-Antoinette, annonça Barbie. Nous organiserons des bals costumés, n'est-ce pas, Alain-Chou ?

Question purement rhétorique, puisque ce cher Alain-Chou semblait ne jamais s'opposer aux désirs de sa jeune épouse. Il en avait les moyens, de toute façon.

— Guillaume et moi discutions justement d'un projet de jardin à la française qui serait du plus bel effet, et dans la continuité de ce qui est prévu à l'intérieur du manoir.

Arthur désigna la feuille sur laquelle il avait esquissé un paysage où la symétrie régnait.

— Voilà la vue que vous aurez de la terrasse arrière du manoir.

Arthur détailla le projet, les arbres, haies et parterres de fleurs qu'il comptait installer. Lorsque Alain Debussy évoqua la folie et la fontaine dont rêvait Barbie, celle-ci lui jeta un regard éperdu qui incita Hermione à réviser son opinion quant à leur divorce probable avant la fin des travaux. Ces deux-là étaient peut-être faits pour rester ensemble, tout compte fait ! Habile, le paysagiste parvint à les faire renoncer au goudron afin de conserver le cachet d'un jardin digne d'un château. À l'issue de la réunion, Barbie, les yeux brillants, s'imaginait déjà parcourant son domaine à la lueur des chandelles, vêtue d'une robe que Scarlett O'Hara n'aurait pas reniée !

— Hermione, je t'en dois une, déclara Arthur en se frottant les mains, une fois les Debussy repartis. Des clients comme ça, c'est le rêve ! « L'argent n'est pas un problème », fit-il en imitant la voix d'Alain Debussy.

— Un labyrinthe, quand même, tu as fait fort.

Le diablotin d'Arthur avait pris la main pendant l'entretien, incitant le jeune homme à faire des suggestions coûteuses. Les Debussy avaient dit oui à tout, sans exception. Ils voulaient ce qui se faisait de mieux, de plus beau, de plus cher, et ne lésinaient pas à la dépense, poussés par la folie des grandeurs de leurs Gardiens.

— Ils auront du personnel pour entretenir tout ça, fit remarquer Arthur en haussant les épaules. Ce n'est pas Barbie qui va abîmer sa manucure pour tailler les haies. À mon avis, elle arriverait à tuer un cactus, si on lui en confiait un.

Il lança un regard moqueur vers son amie, dont il connaissait le talent de *serialkilleuse* d'innocents végétaux.

— Je ne pensais pas rencontrer un jour un autre spécimen dans ton genre. Quand elle a emménagé, je lui ai offert des plantes pour décorer sa terrasse, expliqua-t-il à Guillaume. Deux mois plus tard, tout était bon à jeter.

— Continue comme ça, et je t'offre un truc immonde pour ta crémaillère, menaça Hermione.

— Paroles, paroles, paroles, ricana son ami en imitant l'accent italien. C'est Herm' qui s'est occupée de la déco, jamais elle ne prendra le risque de gâcher son œuvre, ajouta-t-il avec un clin d'œil à destination de Guillaume.

Ce dernier semblait s'amuser comme un fou de leur échange. Ah, les hommes !

— Un cercueil en guise de table basse, grommela Hermione. Je suis sûre que Vincent adorerait ça.

— Vince a mauvais goût, contrairement à toi, ma chérie. Du moment qu'il a ses consoles de jeu, il se moque bien de son environnement. Ton cercueil lui servirait pour ranger ses manettes ou ses paquets de chips. Et à poser les pieds pendant qu'il joue.

Arthur se lança dans la description des travaux d'aménagement, ainsi que du travail de décoration accompli par la jeune femme dans la longère qu'il avait achetée avec son compagnon. Guillaume l'écoutait avec attention, intéressé par les travaux qui avaient transformé une longère en ruines en une véritable maison du bonheur. Apparemment, l'architecte qui avait conçu le projet n'était pas inconnu du jeune homme. C'était Hermione qui l'avait conseillé à ses amis. Ces derniers n'avaient pas les moyens de se payer les services d'*Arch'e'Tech*, mais elle leur avait trouvé un professionnel solide et compétent.

Tandis que le trio s'acheminait vers les voitures, Dalila chuchotait à l'oreille de Dan et Brennan. La diablotine avait été étonnamment discrète pendant la visite, au point que la jeune femme l'avait presque oubliée. Un coup d'œil à Caël apprit à Hermione que l'angelot gardait la tête tournée vers Nell et Oscar, sans jamais regarder du côté des diablotins. S'il avait voulu se faire complice de leurs projets, il ne s'y serait pas pris autrement. Étant apparemment tombés d'accord, les diablotins se rapprochèrent de leurs humains et entreprirent de leur murmurer quelque chose qu'Hermione n'entendit pas. Les angelots ne firent pas mine d'intervenir pour contrebalancer l'influence de leurs comparses. Ainsi, découvrait Hermione, effarée, plusieurs Gardiens pouvaient se mettre d'accord pour tenter de faire agir leurs humains dans le même sens. Dans ces conditions, ces derniers avaient-ils la moindre chance de résister ?

— Hermione te donnera l'adresse.

La voix d'Arthur tira la jeune femme de son observation.

— Quelle adresse ?

— La nôtre. Je viens d'inviter Guillaume à la crémaillère de samedi.

— J'ai hâte de voir ça, ajouta ce dernier.

L'expression satisfaite des Gardiens et la malice qui faisait pétiller les yeux verts d'Arthur en disaient long : tout le monde semblait décidé à jouer les entremetteurs entre Guillaume et Hermione ! Et Hermione pouvait difficilement leur en tenir rigueur, car elle se retenait à grand-peine de danser sur place à l'idée de passer du temps en compagnie du jeune homme. Dans ce cas précis, elle voulait bien laisser les Gardiens faire le nécessaire : elle était d'accord à cent pour cent !

Chapitre 16

Dalila, bras croisés, toisa Hermione, qui enregistrait des images sur son portable.

— Tu nous as promis un indice.

— Broderie.

— Tu vas l'embobiner ?

— Tu verras bien.

La diablotine souffla par le nez sans cacher sa frustration. Si tout se passait comme prévu, Hermione serait débarrassée de Roland à l'issue de ce dîner. Pour faire bonne mesure, elle ajouta encore quelques photos à son répertoire.

Elle rejoignit son collègue dans le hall et attaqua sans attendre.

— J'ai trouvé des pièces charmantes pour le manoir Debussy, dont un napperon brodé de toute beauté.

Elle babilla ainsi tout le long du chemin, évoquant sa

supposée passion pour la broderie, décrivant celles qu'elle prétendait avoir réalisées, dérivant un instant sur le tricot, le canevas et le crochet avant de revenir aux différents tambours à broder. Lorsqu'ils prirent place au restaurant, Hermione brandit son portable et entreprit de montrer à un Roland étourdi les photos de ses « œuvres ».

— Et la propriété intellectuelle ? demanda en riant Caël, perché sur l'épaule de la jeune femme pour regarder les images qu'elle avait enregistrées un peu plus tôt et qu'elle présentait comme les siennes.

— Je devrais créer un blog, poursuivit Hermione, impitoyable, comme ils revenaient à leur table après être allés se servir au buffet. Il y a des passionnés de broderie, je suis sûre que ça pourrait être sympa d'échanger avec des spécialistes. Sans compter que j'aimerais perfectionner mon point de bouclette. Les conseils de personnes s'y connaissant seraient les bienvenus.

Elle continua ainsi à parler, n'hésitant pas à répéter des choses déjà dites, infligeant à Roland un cours sur le point de croix, comme lui-même l'avait assommée avec son modélisme. Elle utilisa même les baguettes – Roland ayant opté pour un restaurant asiatique – pour lui expliquer comment tricoter le point de riz, remerciant silencieusement sa grand-mère pour le lui avoir appris enfant. Elle veillait à ne laisser aucun moment de flottement, enchaînant les remarques enthousiastes.

Même les Gardiens du Relou semblaient sur le point de sombrer dans la dépression, incapables d'aider leur humain à couper la parole à la pipelette.

— Parle-lui d'Ulysse et Pénélope, suggéra Caël. Il faut apporter une touche de culture à tout ça !

Hermione, enchantée par l'idée, s'exécuta, évoquant aussi le mythe d'Arachnée pour faire bonne mesure. Dereck poussa un gémissement de détresse lorsqu'elle disserta sur le tableau du peintre autrichien Franz Xaver Simm, *La Brodeuse,* digressant quelques instants sur la peinture avant de revenir au sujet principal... via les Bigoudaines et leurs incroyables coiffes !

— Pour la naissance de ma nièce, j'ai brodé le traditionnel alphabet, je l'ai fait encadrer et il est accroché dans sa chambre. Tu devrais voir comme il est chou !

Et hop ! Elle dégaina son portable pour lui montrer un alphabet enfantin censé être celui qu'elle avait réalisé, avant de poursuivre sur un modèle qu'elle comptait broder pour l'anniversaire de sa meilleure amie.

— Et du coup, je commence à initier Louise, acheva-t-elle au dessert. Je pense qu'elle sera bientôt assez grande pour m'accompagner au Festival de la Broderie de Compiègne.

Elle n'osa pas lui parler d'un livre qu'elle avait déniché au fil de ses recherches, *La Broderie pour les Nazes*, d'un certain Elwyn Wolf. Elle le gardait cependant en réserve au cas où il faudrait enfoncer encore le clou. Toutefois, la fébrilité avec laquelle Roland demanda l'addition semblait indiquer que son opération était un succès. Son collègue paraissait à présent pressé d'en finir avec ce dîner interminable. Son diablotin lui-même l'incitait à trouver un prétexte pour vite planter la « folle de l'aiguille », comme il surnommait Hermione. Quant à l'angelot, il s'efforçait juste de lui rappeler les règles basiques de bonne conduite. Roland prit sur lui pour raccompagner la jeune femme jusqu'à sa voiture, garée devant *Arch'e'Tech.* Impitoyable, elle passa à sa passion pour la dentelle et son supposé voyage à Venise, avec sa découverte émerveillée du musée de la dentelle à Burano. Lorsqu'elle s'inséra dans la circulation parisienne, un large sourire éclairait son visage. Dalila se tordait encore de rire sur le siège passager tandis que Caël applaudissait.

— Si avec ça, il ne te lâche pas la grappe ! s'esclaffa Dalila. Tu m'as bluffée, je ne t'imaginais pas si bonne menteuse ! Pour un peu, j'aurais vraiment pu croire que tu es une grande spécialiste de la broderie.

— Wikipédia est mon ami ! Heureusement que j'ai une bonne mémoire. Et si j'ai commis quelques erreurs, il ne s'est aperçu de rien tellement il était dépassé.

— Tu pourras toujours évoquer ta deuxième grande passion, s'il n'a pas bien compris la leçon, suggéra Caël.

— Laquelle ? demanda la jeune femme, amusée de

voir son angelot s'aventurer du côté obscur de la Force.

— Shakespeare ! s'exclamèrent ses Gardiens.

Le rire de Guillaume fit se retourner les autres clients du restaurant.

— J'aurais aimé assister à ça !

— Je suis assez fière de moi, en toute modestie, convint Hermione, ravie.

— Donc, si un jour tu te mets à parler sans discontinuer d'un sujet abracadabrantesque, je saurai à quoi m'en tenir.

— Je devrais me sentir honteuse de l'avoir mené en bateau comme ça.

Hermione se tut, fit mine de se concentrer.

— Non, même pas honte.

Guillaume la regardait, ses yeux formant de minces fentes dans lesquelles ses iris vairons scintillaient.

— Il faudra que tu expliques ta technique à Alix, elle manque de subtilité pour se débarrasser des indésirables.

— Même avec des cours intensifs, je ne suis pas sûre de pouvoir former Alix à la subtilité !

— Vrai. C'est un mot qu'elle a rayé de son vocabulaire depuis longtemps.

Il dit cela avec beaucoup de tendresse. Le franc-parler de sa sœur n'était pas un défaut insurmontable à ses yeux.

— Tu es redoutable, quand tu t'y mets, reprit-il. Je

n'aurais jamais imaginé ça en te voyant débarquer au manoir la première fois, si élégante et professionnelle.

Il l'avait donc trouvée élégante et professionnelle ? Et à présent, comment la percevait-il ? Amusante, sexy, séduisante ?

— J'espère que je ne t'effraie pas trop.

— Laisse-moi réfléchir.

Il fit mine, à son tour, de s'abîmer dans une profonde introspection. Sa main vint se poser en douceur sur celle d'Hermione.

— Non. Je trouve ça plutôt stimulant, en fait.

— Oh, oh ! chantonna Dalila. C'est chaud !

— Chut ! intima Caël.

Hermione plongea dans le regard lumineux du jeune homme. Quelque chose était en train de se passer, elle le percevait tandis que les doigts forts, légèrement calleux, de Guillaume, étreignaient les siens.

— Tu ne fais donc pas partie de ces hommes qui pensent que les femmes doivent être douces et soumises ?

Dalila émit un soupir excédé.

— Tu ne vas pas te saborder toute seule, quand même ?

— L'honnêteté est essentielle, dans une relation, intervint Caël.

— Avec Alix, j'ai été à bonne école, répondit Guillaume. Je crois que je m'ennuierais avec une femme trop douce.

Il fronça les sourcils en sentant la jeune femme se figer.

— Tout va bien ? Ai-je dit quelque chose qui t'a blessée ?

— Non. Oui. Tout va bien.

Hermione plaqua un sourire radieux sur son visage avant de resserrer ses doigts autour de ceux du jeune homme, détournant son attention du malaise qu'elle n'avait pas réussi à lui dissimuler. Malaise qui perdura en dépit du bras que Guillaume passa autour de ses épaules alors qu'ils quittaient le restaurant. Elle aurait dû être aux anges, ainsi serrée contre lui, mais fut incapable de se détendre pour apprécier sa chaleur. Tandis qu'il la raccompagnait à son véhicule, Hermione ne parvint pas à chasser de son esprit les questions que la remarque de Caël avait soulevées : « L'honnêteté est essentielle, dans une relation. » À quel point devait-elle être honnête avec Guillaume ? Certes, leur « relation » en était encore à ses balbutiements, ils avaient à peine échangé un baiser, des jours auparavant, cependant, Hermione se demandait combien de temps il faudrait au jeune homme pour s'apercevoir que quelque chose ne tournait pas tout à fait rond chez elle.

— On se voit demain, chez Arthur.

Hermione leva la tête et se sentit fondre devant le sourire de Guillaume. Toutes ses réticences s'envolèrent. *Carpe diem*. Elle n'avait pas envie de gâcher ce premier vrai rendez-vous. Il serait toujours temps de penser à cela plus tard.

— Oui, approuva-t-elle.

Sur une inspiration soudaine, elle se hissa sur la pointe des pieds et l'embrassa. Ses lèvres fermes répondirent aux siennes et elle sentit ses bras se refermer autour d'elle. Hermione cessa de réfléchir, flottant dans une bulle où seules comptaient la chaleur, l'odeur et les mains de Guillaume. Elle quitta sa bouche pour venir l'embrasser dans le cou, souriant de sentir le début d'une barbe sur ses joues. Il avait pris soin de se raser ce matin, lui qui arborait toujours une barbe de quelques jours depuis qu'elle le connaissait. Elle n'était donc pas la seule à avoir fait un effort en vue de ce rendez-vous. Les lèvres de Guillaume retrouvèrent les siennes et elle accueillit ses baisers avec une passion qui faisait écho à la sienne. Cela faisait un moment qu'elle n'avait eu personne dans sa vie, et si cela ne lui avait pas vraiment manqué jusqu'à présent, la jeune femme se découvrait soudain une soif incroyable. Pour lui. Sans bien comprendre comment, elle se retrouva adossée à sa voiture, le grand corps de Guillaume pressé contre le sien.

Hermione ignora royalement la soudaine agitation des Gardiens, dont les cris lui parvenaient de loin, comme à travers un épais brouillard. Il n'était pas question que ces trouble-fêtes viennent gâcher un moment parfait ! Elle redoubla d'ardeur, sa jambe venant s'enrouler autour de la hanche du jeune homme.

La main de Guillaume s'immisça sous sa jupe, caressant sa cuisse, tandis que de son côté, elle glissait des doigts fureteurs sous sa chemise pour partir en exploration sur les muscles qu'elle sentait jouer.

— Continuez comme ça et je vous arrête pour exhibitionnisme sur la voie publique.

Guillaume sursauta. Il recula, au grand dam d'Hermione. Elle mit quelques secondes à revenir sur terre. Deux policiers se tenaient, l'air goguenard, juste devant eux, bras croisés sur la poitrine. Hermione sentit ses joues flamber tandis que, d'un bref regard, elle s'assurait que sa tenue était décente. Par chance, sa jupe était revenue en place, couvrant la jambe qui, un instant plus tôt, était exposée.

— Circulez, reprit l'un des policiers, le plus âgé, sans masquer son amusement. On repasse dans cinq minutes. Si vous êtes encore là...

— Nous partons, assura Guillaume.

Les deux hommes les saluèrent d'un signe de tête avant de s'éloigner.

— La honte ! gémit Nell en se cachant les yeux, mortifiée.

— Ça me rappelle le bon vieux temps ! s'exclama Brennan, tout frétillant.

— Justement, je pensais qu'on avait laissé cette époque derrière nous, grommela l'angelote.

— J'ai pourtant crié très fort pour vous avertir, sourit Dalila.

— Je confirme, mes tympans ne s'en remettent pas, renchérit Caël.

Guillaume et Hermione échangèrent un regard. La jeune femme repoussa une mèche vagabonde derrière son oreille. Ils éclatèrent de rire, non sans jeter un coup d'œil dans la direction où les policiers avaient disparu.

— Crois-tu qu'un jour nous aurons un rendez-vous normal ?

— J'espère que non ! pouffa Hermione en s'essuyant les yeux. La normalité, c'est ennuyeux !

Elle le contempla et sentit son cœur cabrioler dans sa poitrine.

— J'adore nos soirées, avoua-t-elle. Non pas que nous en ayons eu beaucoup...

— Moi aussi.

Il combla la distance qu'ils avaient mise entre eux à l'arrivée des policiers. Sa main vint caresser la joue de la jeune femme. Il se pencha, déposa un chaste baiser sur ses lèvres.

— J'ai hâte d'être à demain soir, conclut-il.

Il recula, la regarda fouiller dans son sac à la recherche de ses clefs de voiture. Un instant, Hermione envisagea de l'inviter à monter avec elle. Un petit frisson d'excitation la parcourut.

— 22, v'là les flics ! clama Brennan, qui faisait le guet.

Hermione faillit pouffer à nouveau : Guillaume cachait bien son côté mauvais garçon, mais son diablotin le trahissait ! Le jeune homme tourna la tête, aperçut les deux silhouettes en uniforme. Les policiers revenaient d'un pas lent, leur laissant le temps de s'éclipser. Un nouveau rire secoua les jeunes gens.

Hermione s'engouffra dans sa voiture et démarra. Au passage, elle fit un petit signe aux policiers, qui lui répondirent avec un sourire complice. Elle se mit à chanter à tue-tête, euphorique.

— Épargne-nous le karaoké, supplia Caël.

— Tu rigoles ! contra Dalila. J'adorerais qu'on se fasse une soirée karaoké et qu'elle chante *All by myself*, comme dans le film *Bridget Jones* !

— C'est la meilleure soirée de toute ma vie, décréta Hermione.

— Je suis d'accord, approuva Caël.

— Qu'est-ce que ça sera quand vous passerez enfin la nuit ensemble !

Dalila fit mine de s'éventer de la main, avant de se raviser et de faire apparaître un éventail. L'imagination d'Hermione était assez fertile pour lui permettre d'anticiper, elle aussi...

Chapitre 17

Excitée comme une puce, Hermione s'avança jusqu'à la petite boutique où Sam officiait. La devanture ne payait pas de mine, avec le mot « Tatouage » à demi effacé, et il fallait vraiment connaître l'adresse pour la trouver. Cependant, l'agenda du jeune homme était plein pour les six mois à venir. Le bouche-à-oreille avait fait son effet. Ça, et la page Facebook créée et gérée par Ophelia pour promouvoir le travail et le talent de son chéri. Sam venait d'ailleurs de racheter le local qui jouxtait le sien afin d'agrandir son espace de travail et permettre à Ophelia d'ouvrir un salon de coiffure alternatif, autrement dit spécialisé dans les coupes et couleurs déjantées à l'image de la jeune femme. Qui aurait pu imaginer que ces deux-là étaient des entrepreneurs dans l'âme ? Et des entrepreneurs avisés, qui plus est !

Il était presque midi. En raison de son succès, Sam avait donné rendez-vous à Hermione après l'heure de fermeture officielle de la boutique. La jeune femme avait conscience d'être privilégiée, car elle était la sœur d'Ophelia. Elle s'en voulait d'ailleurs un peu de n'avoir pas réfléchi à ce petit détail. Tout à son enthousiasme, Hermione n'avait réalisé que bien après que pour Sam, la caser au débotté dans son emploi du temps impliquait des heures supplémentaires. Toutefois, lorsqu'elle avait proposé de reporter le rendez-vous à un créneau « normal », quitte à patienter quelques semaines, son beau-frère avait refusé. La jeune femme soupçonnait Ophelia de se cacher derrière cette intransigeance : sa sœur craignait sans doute encore qu'elle renonce si on lui laissait trop de temps pour réfléchir !

Ophelia devait guetter son arrivée, car la porte s'ouvrit avant même qu'Hermione ait eu à chercher la sonnette. La jeune femme nota que la chevelure bleue avait gagné quelques mèches violettes depuis dimanche.

— Salut, Rainbow girl.

— Salut Granger.

Hermione grimaça : objectivement, elle n'avait rien contre la copine d'Harry Potter. Cependant, la référence continuelle à celle-ci avait tendance à l'agacer. Message reçu : Ophelia, en dépit des couleurs extravagantes qu'elle mettait dans ses cheveux, refusait toute référence à un truc aussi mignon qu'un arc-en-ciel.

— Sam termine un tatoo.

Un bruit léger, provenant de derrière le paravent qui séparait la salle d'attente du reste de l'atelier, attira l'attention d'Hermione. Curieuse, elle observa les lieux. Elle comprenait que les jeunes gens aient besoin de s'agrandir : c'était minuscule ! La décoratrice en elle remarqua aussitôt tout ce qui n'allait pas et son cerveau commença à imaginer un environnement plus attractif. Les clients pouvaient patienter sur deux banquettes vieillottes tout en feuilletant des magazines spécialisés en tatouages et piercings. Des classeurs, sur le comptoir, proposaient des modèles tout prêts. Hermione jeta un coup d'œil sur l'un d'entre eux, grand ouvert : des motifs tribaux. Sam officiant seul, il ne devait pas y avoir beaucoup de monde en même temps, cependant, on se sentait à l'étroit.

— Viens, je te fais visiter le reste, suggéra Ophelia, visiblement heureuse de faire découvrir son univers à sa sœur.

C'était la première fois qu'elle mettait les pieds ici, alors que Sam et Ophé sortaient ensemble depuis plus de trois ans. Hermione se sentit gênée d'avoir montré si peu d'intérêt pour leur vie et leurs passions jusqu'à présent. Ils s'étaient rencontrés lorsque la jeune fille était venue se faire faire son premier tatouage. Elle était revenue pour d'autres motifs, et leur histoire avait commencé.

Ophelia était à l'aise, radieuse, dans son élément. La voie qu'elle avait choisie n'était peut-être pas celle, plus classique, du reste de la famille, mais elle lui convenait, de toute évidence.

— Mais... il y a quelqu'un, protesta Hermione.

— Il est décent, si c'est ce qui t'inquiète, s'amusa Ophelia. Ici, on ne fait pas de chichi : si le tatouage est fait sur une partie du corps qui n'est pas intime, on n'hésite pas à aller et venir, ça rassure les clients potentiels de voir comment ça se passe.

Hermione hocha la tête, un peu dépassée. Elle suivit sa sœur derrière le paravent. Un homme était assis sur une table qui rappelait celle d'un médecin, leur tournant le dos. Tout était ordonné, presque clinique, en contraste total avec les affiches qui couvraient les murs, présentant des tatouages et piercings complètement hors norme, et le fond de musique hard rock qui sortait des enceintes. Sam s'affairait, mains gantées, plongeant l'instrument qu'il tenait dans de minuscules godets emplis d'encres. La jeune femme resta bouche bée devant le magnifique phénix qui se déployait dans le dos de l'homme sur lequel son beau-frère travaillait. Il couvrait pratiquement toute la surface, et l'homme étant large d'épaules, de la surface, il y en avait !

— Salut, Herm' ! la héla le tatoueur. J'ai presque terminé.

Le client tourna la tête pour jeter un œil par-dessus son épaule et lui adressa un léger sourire. Hermione déglutit. Le type était un pur canon et il le savait, à en juger le regard de velours qu'il lui lança. Elle avait beau craquer pour Guillaume, elle n'en demeurait pas moins femme, et un bel homme torse nu ne pouvait manquer de lui faire un peu d'effet. Et quel torse ! En vérité, elle ne voyait que son dos, qui déjà suffisait à lui donner des chaleurs. C'était un dos musclé, hâlé, qui s'affinait au niveau de la taille en un V parfait.

— Ma sœur, Hermione. Elle vient se faire faire son premier tatouage. Loïc...

— Un habitué, acheva ce dernier.

Oui, c'était l'évidence même ! Ses bras étaient couverts de motifs. Guillaume aussi avait un tatouage, sur le biceps, se rappela-t-elle, mais elle ne l'avait jamais vu en entier. En avait-il d'autres, cachés sous ses vêtements ? Mieux valait éviter d'aborder la question avec Dalila !

— Tu peux t'approcher pour voir, proposa Sam qui continuait à remplir une petite zone du tatouage d'une encre orangée qui conférait un rendu flamboyant aux plumes de la mythique créature qu'il avait réalisée.

La jeune femme obéit.

— Ça doit prendre un temps fou, fit-elle.

— Des heures, confirma le tatoueur. C'est pour ça qu'on le fait en plusieurs fois.

Ses gestes étaient rapides et précis. Fascinée, Hermione regarda l'aiguille qui peu à peu donnait couleur et relief au dessin.

— Est-ce douloureux ? osa-t-elle demander.

— C'est supportable, répondit Loïc.

— Les hommes sont des chochottes, en général,

commenta Dalila. S'il dit que c'est supportable, c'est que ça doit l'être.

— Sauf quand ils veulent jouer les gros durs pour impressionner les filles, objecta Caël.

Étant donné la façon dont l'angelote susurrait des mots de réconfort à son humain, lui assurant que ce serait bientôt terminé, et dont le diablotin roulait des mécaniques, Hermione était tentée d'approuver la remarque de Caël.

Hermione détourna la tête. Ne surtout pas donner l'impression qu'elle regardait dans le vide avec insistance. Ne surtout pas répliquer ! Ses yeux s'écarquillèrent en découvrant, dans un coin de la pièce, un grand vivarium.

— Ne me dites pas que c'est un serpent, là-dedans ! fit-elle en pointant le rectangle de verre du doigt.

— Si. Je te présente Snake, répondit Ophelia.

— C'est... original pour un serpent[3], ironisa Loïc.

Les bras nus d'Hermione se hérissèrent de chair de poule à la vue de l'animal. Il ne bougeait pas, mais le peu qu'elle en apercevait était énorme. Quelle horreur ! Heureusement que les animaux n'avaient pas de Gardiens, eux aussi ! Autant elle aurait trouvé deux petits chats gambadant dans ses jambes à la maison trop mignons, autant imaginer deux minuscules reptiles serpentant partout lui donnait des sueurs froides ! Mais peut-être en avaient-ils ? Elle ne poserait pas la question

---

3 En anglais, serpent se dit *snake*.

aux siens : mieux valait demeurer dans l'ignorance. Cependant, elle frissonna, ayant soudain l'impression de sentir quelque chose glisser contre sa cheville. C'était ridicule, elle en avait conscience, puisqu'elle ne pouvait pas toucher les Gardiens. Hermione ressentait la même chose que lorsqu'elle se baignait dans la mer, à se demander si ce qui semblait frôler ses pieds était menaçant ou non... Maudits soient les films d'horreur, qui alimentaient des angoisses stupides comme la peur de se faire dévorer par un requin blanc à trois mètres du rivage !

— Sam, tu ne m'en voudras pas si je préfère lui tourner le dos pendant mon tatouage.

— Il est inoffensif, assura son beau-frère avec un petit sourire. Un vrai nounours, il adore les câlins.

— Je risque de sursauter chaque fois qu'il bougera, alors mieux vaut qu'il reste hors de ma vue.

— Vous êtes vraiment sœurs ? lança Loïc en regardant à nouveau par-dessus son épaule, amusé.

— Rosaline, notre grande sœur, a élaboré toute une théorie me concernant, répondit Ophelia. Pour faire court, elle pense qu'il y a eu un échange de bébés à la maternité.

— Et voilà, c'est fini pour aujourd'hui, annonça Sam en posant son matériel, sauvant Hermione d'un grand moment de solitude. Tu connais les consignes, pas besoin de te les répéter, j'imagine.

— Non.

Loïc descendit souplement de la table pour aller se poster devant un grand miroir. Il se tourna de façon à pouvoir observer le reflet de son dos. Le tatouage était magnifique, mais l'attention d'Hermione, quant à elle, fut attirée par le torse du jeune homme. À l'image du dos, il était parfait, bien dessiné. Un tatouage représentant une panthère noire en plein bond ornait son pectoral. Pourtant, en dépit de la séduction indéniable de Loïc, son cœur ne faisait pas des cabrioles comme lorsqu'elle se trouvait en présence de Guillaume. Elle admirait Loïc comme elle admirait une œuvre d'art, mais il ne lui faisait pas plus d'effet que cela.

— As-tu choisi ton motif ? s'enquit le jeune homme en reportant son attention sur elle après avoir pris quelques poses avantageuses, pendant que Sam s'employait à protéger le tatouage.

Encore une différence notable avec Guillaume : ce dernier ne cherchait jamais à se faire remarquer ou à se mettre en avant. Sa simple présence suffisait à attirer l'attention, il n'avait pas besoin d'en faire davantage.

— Une rose. Ce n'est pas très original, je sais, fit la jeune femme en balayant l'espace d'un petit geste de la main, gênée.

— Tout le monde ne fait pas aussi fort qu'Ophé, intervint Sam en désignant le dragon et sa tête de mort sur l'avant-bras de sa petite-amie.

— C'est déjà miraculeux qu'Hermione accepte de se faire tatouer, alors on ne va pas trop lui en demander pour son premier tatouage !

— Même pour un dixième tatouage, je ne choisirais pas un dragon sur une tête de mort, rétorqua l'intéressée.

— Non, toi, tu choisiras des chats, des licornes et des fées.

Présenté comme ça, Hermione avait l'impression d'être une bécasse rêveuse et sans envergure.

— Et ça t'ira parfaitement, conclut Loïc en attrapant son tee-shirt.

Hermione, privée du spectacle de son torse nu, eut un petit rire.

— Je vais déjà faire ce premier tatouage, et ensuite, on verra !

— J'ai une idée pour le prochain, lança Dalila. *Guillaume forever* !

Hermione dut prendre sur elle pour ne pas écraser la diablotine. À défaut d'être efficace, cela lui aurait fait le plus grand bien !

Une heure plus tard, sagement assise sur la table, Hermione observait Sam tandis que ce dernier travaillait sur sa peau. C'était fascinant. La jeune femme avait été surprise de constater qu'elle ne ressentait aucune douleur, en dépit de l'aiguille qui ne cessait de piquer. Certes, au bout de presque une heure de travail, la zone commençait à devenir sensible, mais c'était très supportable. Ils parlaient peu, le tatoueur se concentrant sur son œuvre. Sam avait cependant mis de la musique. Par égard pour sa belle-sœur, il avait renoncé au hard rock qu'il écoutait habituellement et avait choisi à la place de vieux morceaux de jazz. Il avait aussi recouvert le vivarium d'un drap, masquant ainsi Snake à la vue de la jeune femme. Autant de petits gestes qui révélaient à quel point son beau-frère était un homme observateur et attentionné. Ophelia était vraiment tombée sur quelqu'un de bien. L'adage selon lequel l'habit ne fait pas le moine se vérifiait.

En dépit de l'étroitesse du local, l'atmosphère était agréable et chaleureuse. Hermione s'y sentait bien. Tant qu'elle faisait abstraction de la présence d'un reptile à deux mètres d'elle !

— Avez-vous réfléchi à la disposition des lieux une fois les travaux terminés ?

— À part abattre la cloison entre les deux locaux, j'avoue que non. C'est du travail pour ton agence en perspective !

— J'ai déjà des idées pour votre future déco. Il faudra quand même garder les éléments qui font la personnalité de l'endroit, sinon ce ne serait plus... vous.

— Snake reste, c'est sûr !

Le sourire taquin du jeune homme prouvait qu'il se moquait d'elle et de la répulsion que le charmant reptile provoquait en elle. Hermione éclata de rire.

Sam avait presque terminé. La jeune femme ne regrettait pas sa décision. En vérité, elle regrettait d'avoir attendu si longtemps pour sauter le pas.

— Le rendu est super ! s'enthousiasma Ophelia en

venant admirer l'œuvre de son chéri.

— Il me plaît, approuva Hermione.

Dalila applaudit en observant le rendu, tandis que les Gardiens de Sam se tapaient dans la main, complices. Comme Loïc un peu plus tôt, Hermione sauta de la table pour venir regarder de plus près le résultat dans le miroir. Elle adressa un sourire chaleureux à Sam, qui attendait patiemment le verdict.

— Je l'adore !

Emportée par son enthousiasme, Hermione effectua une petite pirouette avant de sauter au cou de son beau-frère. Elle éclata de rire en voyant ce dernier rougir. Qui aurait pu imaginer qu'un type avec un physique pareil puisse être aussi émotif ! Décidément, ce coup de foudre s'avérait enrichissant. Elle avait hâte, à présent, de retrouver Guillaume. Pour lui montrer son tatouage. Et peut-être un peu plus...

Chapitre 18

Hermione inspira profondément.

— Donc, fit-elle d'un ton lent qui n'augurait rien de bon, c'est à cause de vous que mes histoires ont toutes été un fiasco, si je comprends bien.

Caël et Dalila, dans leurs petits souliers, échangèrent un regard. Ils avaient eu le malheur de trop parler, comparant Guillaume aux précédents petits amis de leur humaine. Il leur arrivait encore d'oublier qu'Hermione pouvait les entendre...

— Rien ne t'oblige à nous écouter, commença Caël d'un ton apaisant.

— Moi, j'aimais bien Adam, souligna Dalila, comme si cela pouvait calmer la colère qui sourdait de la jeune femme.

L'angelot lui lança un regard de reproche.

— J'aurais pu le deviner, grommela Hermione.

Sa relation avec Adam, à la fac, avait été ponctuée de fêtes en tous genres, si bien qu'elle avait failli rater son année. C'est en voyant les résultats des partiels du premier semestre qu'Hermione avait réalisé que son petit ami ne la tirait pas vers le haut, mais la détournait de ses études. Elle avait mis un terme à leur histoire et les bouchées doubles pour rattraper son retard, ce qui lui avait permis de valider son année malgré tout. Cela lui avait servi de leçon, cependant.

— Et je parie que toi, ajouta-t-elle en pointant Caël, tu adorais Jules.

— Quel bonnet de nuit, celui-là ! s'exclama la diablotine.

Jules était gentil, calme, sérieux, pondéré. Le gendre idéal. Il s'entendait très bien avec le mari de Rosaline, d'ailleurs. Ils étaient restés ensemble deux ans et avaient même partagé un appartement. Jusqu'au jour où Hermione s'était surprise à penser à sa liste de courses alors qu'ils étaient censés faire l'amour. Là encore, elle avait rompu, avec toute la délicatesse dont elle était capable. Jules, en homme raisonnable, n'avait pas fait d'esclandre et ils s'étaient séparés bons amis. C'était à l'issue de cette relation que la jeune femme avait acheté son appartement actuel. Depuis, elle avait bien eu quelques flirts, mais rien de sérieux. Guillaume était le premier homme qui fasse battre son cœur comme ça.

— Et Alexis ?

Les grimaces des Gardiens lui apprirent que son

histoire de lycée n'aurait jamais pu aller bien loin : pour une fois, les deux semblaient d'accord !

— Tu es restée avec lui bien trop longtemps, commenta Dalila.

— Ce n'est pas comme si les prétendants se bousculaient, à l'époque, grommela la jeune femme.

En effet, elle n'avait accepté de sortir avec Alexis que parce qu'elle voulait elle aussi un petit ami, comme ses copines. Dès le début, elle avait su qu'ils n'étaient pas faits l'un pour l'autre et qu'elle n'était pas amoureuse, mais au moins, elle avait un copain.

— La vraie beauté est intérieure, affirma Caël d'un ton sentencieux.

— C'est ce qu'il n'arrêtait pas de te seriner à l'époque, ricana la diablotine.

— Entre l'acné et l'appareil dentaire, j'étais au summum de ma beauté, extérieure comme intérieure.

— Mais aujourd'hui, tu es jolie comme un cœur, fit Dalila avec tendresse.

— Tu es aussi belle à l'intérieur qu'à l'extérieur, renchérit Caël.

— Et vous aimez bien Guillaume tous les deux, marmonna Hermione, touchée par leur gentillesse, mais encore un peu agacée de constater que son libre arbitre n'était qu'une illusion.

— C'est l'homme qu'il te faut, il est parfait, approuva Dalila. Et ses Gardiens sont très sympathiques également.

— Avoue que tu craques pour Brennan, susurra Hermione.

Elle n'aurait jamais imaginé voir ça, mais Dalila devint rouge comme une pivoine !

— Caël aime beaucoup Nell, aussi, s'empressa d'ajouter la diablotine.

C'était son mécanisme habituel de défense, avait compris la jeune femme : Dalila s'arrangeait toujours pour rejeter la faute ou détourner l'attention sur Caël. Cela dit, l'angelot ne s'insurgea pas, ce qui tendait à indiquer que sa comparse avait raison. Hermione trouvait cela attendrissant, pourtant, elle ne savait trop quoi penser de la situation. À quel point ses Gardiens la poussaient-ils dans les bras de Guillaume ? Avait-elle encore vraiment son mot à dire ? Non qu'elle ait envie de mettre fin à ce qui se passait entre le jeune homme et elle. Toutefois, cela soulevait bien trop de questions !

— Tu as toujours le choix, rappela Caël : tu as choisi de sortir avec Alexis alors qu'aucun de nous deux ne l'appréciait, tu as choisi de rompre avec Adam pour te consacrer à tes études, alors que tu aurais pu décider de suivre les conseils de Dalila et de ne pas t'en préoccuper, de continuer à faire la fête et à « profiter de la vie », conclut-il en mimant les guillemets, signe qu'il singeait sa camarade.

— Et tu aurais pu suivre les conseils de Caël et rester avec Jules, privilégier la tranquillité, quitte à t'ennuyer à mourir. Après tout, moi je t'avais dit de ne pas emménager avec lui, tu ne m'as pas écoutée, à ce moment-là.

— Quelle consolation !

Hermione se sentait cependant un tantinet rassurée à l'idée que le choix final lui appartenait.

— Clara ne va pas tarder à arriver, rappela Caël. Il est temps que tu te prépares pour la crémaillère de Vincent et Arthur.

— Je pense que tu devrais mettre la jupe...

— Stop !

La diablotine s'interrompit.

— Je vais choisir ma tenue seule, sans votre aide.

— Et voilà, tu recommences avec ta crise d'indépendance, soupira Dalila.

Cette fois-ci, cependant, elle ne semblait pas vexée. Elle haussa les épaules.

— Ne porte rien que Caël approuverait, conseilla-t-elle. Ce sera trop sage. Tu ne veux pas être sage.

Hermione éclata de rire. En effet, elle n'avait pas prévu d'être sage, c'était bien pour cette raison qu'elle avait demandé à Clara de venir la chercher, pour se donner la possibilité de rentrer avec Guillaume si les circonstances s'y prêtaient.

— Vous restez là, je vous interdis de poser les pieds dans la chambre ou la salle de bains.

— Chef, oui, Chef ! clama Dalila en se mettant au garde à vous.

— Je parie que c'est à vous que je dois le casse-tête

du choix de ma tenue pour mon premier jour à *Arch'e'Tech* !

Leur mine coupable parla pour eux.

« Ce soir je serai la plus belle pour aller danser... »

Dalila chantonnait sans relâche tandis qu'Hermione apportait la touche finale à sa tenue. Et dire que la jeune femme avait pensé être tranquille en les cantonnant au salon ! Tranquillité toute relative, puisque Dalila avait décidé d'entonner tout le répertoire de Sylvie Vartan. D'abord agacée, Hermione se surprit à reprendre le refrain tout en s'admirant dans le miroir. Elle avait mis un soin tout particulier dans le choix de ses sous-vêtements et n'avait plus qu'à enfiler la robe rouge fluide qu'elle avait décrochée de son cintre. Ses doigts effleurèrent la marque, sur sa hanche. Elle ne s'estompait pas. Parfois, Hermione se demandait si elle avait vraiment été foudroyée. Le temps passant, son aventure lui paraissait toujours aussi extraordinaire : il lui semblait même, bien souvent, que Caël et Dalila avaient toujours été à ses côtés. Ce qui était le cas, en vérité. De temps à autre, elle leur posait des questions, curieuse de comprendre leur existence, leur raison d'être. C'est ainsi qu'elle avait découvert que c'était à Dalila qu'elle devait son indigestion à la mousse au chocolat, à l'âge de six ans. Les Gardiens ne mangeaient pas, cependant, la petite Gardienne, frustrée de ne pouvoir goûter toutes les sucreries qui la faisaient saliver, avait encouragé une Hermione très réceptive à s'empiffrer. Ce jour-là, la petite fille avait fait la sourde oreille aux recommandations de Caël. Et que dire de ses relations amoureuses... C'était déstabilisant et un rien effrayant de songer qu'ils avaient une telle influence sur chaque aspect de sa vie, elle qui avait toujours pensé être une femme autonome. Même si le choix final lui appartenait, il était difficile de s'affranchir des voix de la raison et de la déraison. Ainsi, tout en sélectionnant sa robe et les accessoires, Hermione n'avait pu s'empêcher d'anticiper les remarques que Caël et Dalila ne manqueraient pas de faire. Comme pour la décoration de son bureau, où elle avait finalement opté pour un compromis entre l'élégance discrète prônée par l'angelot et la sexy attitude revendiquée par la diablotine.

Elle tournoya une dernière fois pour vérifier que la robe ne la boudinait pas avant de rejoindre ses conseillers pour leur montrer le résultat de ses cogitations.

— Que se passerait-il si quelqu'un décidait de n'écouter que la voix de la raison ? demanda-t-elle en mettant ses boucles d'oreille.

— Par pitié, ne commets pas une erreur pareille ! supplia Dalila.

— Si vraiment une personne étouffe l'un de ses Gardiens, il finit par disparaître.

La mine sombre de Caël indiquait que ce n'était pas une bonne chose.

— Ce serait si grave que ça ?

— Catastrophique, acquiesça Dalila, qui pour une fois semblait sérieuse. Si tu étouffes ta part de fantaisie, tu deviens une espèce de moralisatrice sans humour.

Voilà qui n'était guère attractif, mais de là à dire que c'était catastrophique...

— C'est ainsi que l'on se retrouve avec des prêcheurs qui suppriment toute activité supposée détourner les gens de la voie de la sagesse. Tu imagines, ne plus pouvoir danser, chanter, t'amuser ? C'est la mort de l'art, de la créativité, des émotions. Dans le meilleur des cas, la personne devient une sorte d'ermite qui passe sa vie à méditer au fond de sa grotte. Dans le pire, si cette personne décide que tout le monde devrait vivre selon ses préceptes, ça donne quelque chose de moins sympathique...

— Et si on décide de n'écouter que sa part extravagante ?

— Ce n'est pas mieux. C'est comme ça qu'on se retrouve avec des dictateurs et des tueurs en série, quand plus rien ne vient contrebalancer la tendance à la déraison.

Hermione ouvrit de grands yeux.

— Si un jour, tu croises la route d'une personne accompagnée d'un seul Gardien, éloigne-t'en le plus possible, conseilla Dalila. Les extrêmes, quels qu'ils soient, ne sont jamais bons.

— Il est dans notre nature d'essayer de prendre le

dessus, chacun estimant avoir raison, reprit Caël. Mais ce qui fait une personne équilibrée, c'est justement le fait qu'aucun des deux ne prend vraiment l'ascendant.

Il regarda Dalila.

— Et puis, conclut-il, nous nous aimons bien, même si nous nous chamaillons tout le temps. Quand deux Gardiens se haïssent, c'est plus compliqué. Un humain dont les deux moitiés se haïssent ne peut pas s'aimer et ne peut donc pas être équilibré.

— J'ai donc de la chance d'être tombée sur vous deux, même si vous êtes pénibles.

Hermione le pensait sincèrement.

— Pénibles, comme tu y vas ! protesta Dalila en riant.

L'atmosphère se détendit à nouveau, et les chamailleries habituelles, cette fois-ci, n'agacèrent pas la jeune femme. Oui, elle était chanceuse, décida-t-elle.

L'arrivée de Clara balaya toutes les questions et réflexions : son amie était une tornade, et quand elle débarquait quelque part, elle apportait avec elle joie et grain de folie. À voir ses Gardiens, on comprenait aisément d'où lui venait toute cette énergie. Elle commença par s'extasier sur le tatouage, qu'Hermione lui dévoila en retirant la compresse qui le protégeait des frottements du boléro qu'elle avait enfilé par-dessus sa robe.

— J'ai hâte de rencontrer enfin le beau Guillaume !

Clara se laissa tomber dans le canapé, provoquant des

miaulements de protestation de la part de Zorro, dérangé dans sa douzième sieste de la journée. Le chat fila se réfugier dans la chambre, non sans un regard de reproche à l'intruse qui osait bousculer sa petite tranquillité.

— Si tu pouvais tenir ta langue et éviter tes blagues pourries, ça m'arrangerait. Je n'aimerais pas le voir fuir, épouvanté par mes relations, avant même que quoi que ce soit ait eu lieu entre nous !

— J'espère que tu as prévu ce qu'il faut, lança son amie.

Devant le regard d'incompréhension d'Hermione, la jeune femme soupira.

— On appelle ça des préservatifs, ma chérie.

— Tu vois, c'est exactement à ce genre de remarques que je faisais allusion.

— Il n'est pas là, donc je peux encore parler à tort et à travers. Et tu n'as pas répondu.

— Je suis passée à la pharmacie après mon tatouage pour acheter une crème cicatrisante. Il est tout à fait possible que j'aie fait une ou deux autres emplettes, en passant...

— Deux boîtes, carrément ! s'esclaffa Clara.

— Il y avait une boîte de paracétamol pour lutter contre les maux de tête que ma soi-disant meilleure amie me provoque.

Clara sauta sur ses pieds.

— En route, mauvaise troupe ! lança-t-elle. Et je

t'autorise à boire autant que tu veux, puisque tu ne conduis pas.

— Sois raisonnable quand même, ce serait dommage d'être trop malade pour conclure avec Guillaume. Te tenir les cheveux pendant que tu vomis au-dessus de la cuvette des toilettes n'est pas ce que j'appelle un instant glamour.

Le pied d'Hermione passa à travers Dalila sans que la diablotine sourcille. Elle comprit néanmoins le message et n'évoqua plus les effets d'une éventuelle gueule de bois.

De nombreuses voitures occupaient déjà la grande allée menant à la longère d'Arthur et Vincent. Par chance, le terrain autour était immense et les voisins éloignés. Le bruit de la fête ne risquait pas de les déranger. Arthur et Vincent étaient sociables, ils adoraient réunir leurs nombreux amis. Voilà pourquoi leur choix s'était porté sur cette demeure à l'abandon. L'ampleur des travaux ne les avait pas rebutés, au contraire. Et naturellement, ils avaient demandé Hermione de s'occuper de la décoration, tâche dont elle s'était acquittée avec plaisir.

— Herm' ! s'exclama Arthur en venant l'enlacer. Tu es superbe.

Il se recula pour la jauger.

— Si je n'étais pas fou amoureux de Vincent, je crois que je pourrais renoncer aux hommes pour toi.

Hermione éclata de rire, un peu gênée et en même temps flattée.

— Pour qui as-tu revêtu tes habits de lumière ? reprit Arthur.

— Mais pour toi, mon chou, répondit-elle du tac au tac, entrant dans son jeu. Je ne désespère pas de te regagner à la cause féminine.

Dalila leva un pouce approbateur devant ce badinage amical.

— En fait, c'est ma maison que tu convoites, avoue-le.

— J'avoue.

— Et moi, je suis la copine moche ? intervint Clara, hilare.

— Même vêtue d'un sac à patates, tu serais rayonnante, Clara, rétorqua Arthur en l'enlaçant à son tour.

— Tu t'en tires bien, concéda la jeune femme.

Hermione regarda autour d'elle.

— C'est incroyable ce que vous avez fait de cet endroit.

— L'architecte a été extra. Sans lui, jamais nous n'aurions obtenu un tel résultat. C'est comme s'il avait su ce que nous voulions alors que nous n'en avions même pas conscience nous-mêmes. Et ta déco, c'est la cerise sur le gâteau. Je ne parle pas du paysagiste, bien sûr, ajouta-t-il en leur adressant un clin d'œil.

Ils arrivèrent sur la terrasse. De l'autre côté de la

large baie vitrée, Vincent allait d'un invité à l'autre. Il y avait foule, les canapés confortables du salon avaient été pris d'assaut et d'où elle était, Hermione put constater que le buffet rencontrait un grand succès.

— Je vous fais visiter ?

La jeune femme sourit devant l'enthousiasme juvénile de son ami. Elle connaissait la demeure mieux que ses occupants, pour avoir travaillé dessus pendant plusieurs semaines. Cependant, elle avait hâte de découvrir celle-ci à présent que les jeunes gens l'avaient investie. Une maison était faite pour être habitée, pas pour rester impeccable comme une photo dans un magazine.

— Je suis sûre que tu as déjà fait faire le tour du propriétaire à tous les arrivants.

— Je plaide coupable.

— Tu es trop mignon, susurra-t-elle en passant le bras sous celui du jeune homme.

Cela lui faisait plaisir de voir son ami si épanoui. Elle ne se rappelait que trop bien le garçon mal dans sa peau qu'elle avait rencontré à la fac. Au fil du temps, Arthur avait réussi à s'affirmer, à accepter de vivre au grand jour sa préférence pour les hommes. Et puis il avait fini par rencontrer Vincent. Jamais Hermione ne l'avait vu plus heureux. Il rayonnait littéralement. À en juger par les deux petites créatures qui les escortaient, s'extasiant sur les aménagements, ce n'était pas près de s'arrêter ! Les Gardiens de son ami semblaient bien partis pour entretenir la flamme.

— Vous êtes bien des mecs ! s'esclaffa Clara en découvrant une grande salle au milieu de laquelle trônait un billard.

C'était la seule pièce à laquelle Hermione n'avait pas apporté sa touche. Les garçons avaient tenu à se la réserver, refusant de lui dire ce qu'ils comptaient en faire. C'était d'ailleurs ce qui lui avait donné l'idée de laisser Barbie s'occuper de son boudoir. Un canapé faisait face à un écran géant et un assortiment de consoles de jeux. Dans un angle, un flipper clignotait. Il y avait même une table avec un jeu d'échecs. Hermione pointa le doigt sur l'échiquier.

— Ça, c'est juste pour épater la galerie.

— Tout à fait. Nous comptons organiser des soirées Poker autour de cette table. Tu ne te vexeras pas si nous ne t'y invitons pas, je suppose.

Hermione secoua la tête en riant.

— De toute façon, Vince et moi ne savons pas jouer aux échecs. Nous nous sommes dit que ça ferait bien d'avoir un bel échiquier en guise de décoration.

— Gamins.

— Eux au moins, ils savent s'amuser et profiter de la vie, lança Dalila, perchée sur le flipper.

Un petit frisson parcourut l'échine de la jeune femme.

— Ah, voilà Guillaume ! s'exclama Arthur en entraînant Hermione vers le jeune homme, qui venait d'entrer dans la salle de jeu, accompagné de Vincent.

Lui aussi, il pourrait presque me faire oublier mon chéri : il est canon !

— Je confirme, souffla Clara. Si tu n'avais pas posé une option sur lui, je tenterais ma chance !

Hermione ne pouvait pas leur donner tort ! Comme la veille au soir, le jeune architecte avait fait des efforts, troquant son jean et son tee-shirt pour un pantalon et une chemise à manches courtes.

Vincent déposa un baiser sur la joue d'Hermione avant de passer un bras autour de la taille de son compagnon.

— Si vous voulez utiliser le billard ou les consoles, faites comme chez vous, annonça le geek en jetant un regard brillant aux précieuses manettes.

— Et le jeu d'échecs, on a le droit ? se moqua Hermione.

— Espèce d'intello snobinarde, riposta Arthur.

— Je vote pour le billard, lança Dalila. Les boules, les trous, la queue... C'est idéal pour une conversation coquine et ambiguë !

Hermione faillit s'étrangler. Les Gardiens présents s'esclaffèrent et elle eut bien du mal à ne pas leur demander d'aller au diable. Elle nota toutefois le regard approbateur de Brennan sur sa diablotine.

— Herm', ça va ? s'enquit Arthur.

— Tu es toute rouge, ajouta Vincent.

— Il fait chaud. Je vais aller me chercher quelque chose à boire.

— Je t'accompagne, proposa Guillaume.

Le clin d'œil coquin d'Arthur acheva de convaincre Hermione de fuir au plus vite : son ami avait semble-t-il décidé que Guillaume et elle étaient assortis, et si elle était tout à fait d'accord, elle ne tenait pas à le laisser gérer la situation. Arthur était adorable, mais tout comme Clara, manquait de subtilité. Et ce n'étaient pas Dan et Oscar qui risquaient de lui mettre du plomb dans la cervelle : parce que leur humain filait le parfait amour, ils étaient déterminés à ce que tout l'entourage du jeune homme vive la même chose. Alors que Guillaume tournait les talons, Clara, les deux pouces levés, lui adressa un grand sourire d'encouragement. Hermione leva les yeux au ciel, blasée par le manque de discrétion de son amie.

Chapitre 19

Hermione masqua son amusement derrière son verre. Il fallait dire qu'elle assistait à un véritable spectacle depuis le début de la soirée : Guillaume attirait l'attention, comme toujours. Les amis de Vince et Arthur n'étaient pas insensibles à son charme. Il y avait l'habituelle cohorte féminine, mais à ces demoiselles s'ajoutaient quelques spécimens mâles. Brennan recommandait à son humain d'envoyer tout ce petit monde promener, quand Nell l'incitait à la pondération. Le jeune homme suivait les conseils de son angelote, se montrant aimable avec chacun. Hermione notait cependant avec quelle habileté il se débarrassait des séducteurs et séductrices qui lui tournaient autour. Probablement le fruit d'une longue pratique. Les regards se portaient souvent sur elle, à se demander ce qu'il pouvait bien leur raconter ! Hermione avait elle aussi eu un joli succès auprès de ces messieurs : l'effet robe rouge, sans doute. À moins que son aura la rende irrésistible. Quoi qu'il en soit, elle passait une excellente soirée. Ses amis étaient heureux, tout le monde s'amusait, elle-même battait machinalement la mesure tout en observant quelques danseurs se trémousser. Elle commençait même à élaborer une théorie concernant les Gardiens, théorie qui aiderait peut-être Roland à résoudre son problème de relouttitude. Elle pencha la tête pour scruter un homme un peu plus âgé que Guillaume et plutôt séduisant s'approcher du jeune homme pour engager la conversation, suivi de ses deux Gardiens. L'angelot et le diablotin paraissaient moins envahissants que bien d'autres duos, ce qui dénotait sans doute un tempérament calme chez leur humain. Hermione se mordit la lèvre inférieure pour ne pas ricaner. Le malheureux perdait son temps, car tout semblait indiquer que Guillaume n'était pas attiré par les hommes.

— Quel tombeur ! se moqua-t-elle lorsque le jeune homme la rejoignit.

— J'espère que tu ne m'en voudras pas : je me suis servi de toi comme alibi.

— C'est à dire ?

— À l'heure qu'il est, la rumeur court que nous sommes ensemble.

— Tiens donc...

— Je ne suis pas sûr, en revanche, que certains détails

aient convaincu : je leur ai resservi l'histoire que tu as racontée à Alix.

Son air penaud était feint. Elle s'en rendit compte à la façon dont ses yeux pétillaient.

— Une décennie d'amour, des triplés, une maison, deux chiens ?

— Bizarrement, on me regarde d'un drôle d'air quand je mentionne les triplés, du coup, j'ai préféré ne pas parler des chiens.

— Des jumeaux, ce serait plus crédible.

Une ravissante brune, ayant réussi à croiser le regard de Guillaume, lui adressa un sourire rayonnant avant de fendre la petite foule, droit sur eux. Enfin, sur lui. A priori, elle n'avait même pas remarqué la femme assise à côté. Hermione sortit son portable, qu'elle fit mine de consulter. Elle attendit que la jeune femme soit à portée de voix.

— J'ai un message de la baby-sitter.

— Les enfants vont bien ? rebondit aussitôt le jeune homme en se rapprochant d'elle comme pour voir l'écran.

— Ton fils a encore tiré la queue du chat.

Guillaume sourit et prit à témoin la jeune femme.

— Quand il fait des bêtises, c'est mon fils, jamais le sien.

— Il ne peut tenir que de toi, j'ai toujours été sage comme une image.

— Ah, les enfants ! soupira Guillaume d'un air

attendri tout en posant un bras autour des épaules d'Hermione, qui se pressa contre lui sans vergogne.

Gênée, l'inconnue passa son chemin. Le bras de Guillaume demeura en place. Hermione se sentait trop bien pour reprendre ses distances. Lui non plus ne semblait pas pressé de mettre fin à leur étreinte. Il sentait bon. Hermione se surprit à inspirer profondément. Elle aimait son eau de toilette, décida-t-elle. Les doigts de Guillaume effleurèrent sa joue. L'atmosphère changea soudain entre eux. De badine, elle se chargea d'une certaine intimité. Relevant les yeux, Hermione esquissa un sourire, avec une timidité qui ne lui ressemblait pas. Son visage était tout proche de celui du jeune homme. Elle pouvait se noyer dans son regard si particulier. Fascinée, elle nota que des paillettes dorées dansaient dans l'œil vert. Le bleu céruléen de l'autre était cerclé d'un bleu plus sombre. Il y avait aussi un petit grain de beauté au coin du sourcil droit. Autant de détails que l'on ne remarquait que lorsque l'on prenait le temps d'aller au-delà de la beauté évidente de ce visage. Sans réfléchir, la jeune femme repoussa la mèche rebelle, qui avait glissé une fois de plus, menaçant de masquer un œil. Ses doigts s'attardèrent, savourant la texture soyeuse des cheveux sombres. Guillaume ne chercha pas à échapper à son inspection, scrutant lui aussi ses traits comme pour en graver les détails dans sa mémoire. Ses yeux se voilèrent et se posèrent un instant sur les lèvres d'Hermione, avant de revenir soutenir son regard.

— J'aimerais beaucoup que mon alibi ne soit pas qu'imaginaire, murmura-t-il.

Le cœur d'Hermione cabriola dans sa poitrine.

— Ça me plairait beaucoup aussi.

Sans un mot, d'un commun accord, ils se levèrent. Clara, qui s'amusait de son côté, flirtant sans vergogne, aperçut son amie de loin. En voyant ses doigts noués à ceux de Guillaume, la jeune femme leva son verre comme pour porter un toast. Avec sa discrétion habituelle.

Le court trajet les séparant de l'appartement d'Hermione s'effectua dans une ambiance sereine, et pourtant chargée d'électricité, entre les deux jeunes gens. Sagement installés sur la banquette arrière, les Gardiens observaient un silence complice tellement inhabituel qu'Hermione ne put s'empêcher de jeter un coup d'œil inquiet par-dessus son épaule. Le spectacle qu'elle découvrit lui arracha un sourire attendri : Nell avait posé la tête sur l'épaule de Caël. Brennan tenait la main de Dalila dans la sienne. Le romantisme ambiant avait contaminé même les petits Gardiens. Tournant la tête, Hermione croisa le regard de Guillaume. Une chaleur nouvelle l'envahit face à ce regard sensuel chargé de promesses. Elle n'éprouvait aucun doute. Juste de l'impatience.

Dans l'ascenseur, Hermione prit l'initiative. Leur baiser fut bref, bien vite interrompu par l'arrivée au deuxième étage. Tandis qu'elle déverrouillait la porte, la jeune femme sentit un frémissement d'impatience la parcourir. Elle percevait avec une acuité étonnante la présence de Guillaume derrière elle. Était-ce ainsi que les auras fonctionnaient ? Les leurs s'étaient-elles reconnues, au point qu'Hermione avait l'impression de toujours savoir quand Guillaume approchait, ou quand il la regardait ? Elle n'eut pas le temps de s'appesantir sur ces questions. Il déposa un baiser dans le creux de son cou, faisant trembler sa main alors qu'elle tournait la clef dans la serrure. À peine la porte refermée, Hermione se retrouva plaquée contre le battant. Enfin ! Guillaume la tenait dans ses bras, la dévorant de ses lèvres chaudes, son corps athlétique épousant le sien, ne lui laissant rien ignorer de son impatience. La bouche du jeune homme l'enflammait, elle avait l'impression que son épiderme s'animait au passage de ses mains. Hermione passa les bras autour de son cou. Leurs vêtements les gênaient, formant un obstacle entre leurs peaux avides. Ils entreprirent de s'en débarrasser, avec des gestes maladroits, sans jamais rompre le contact entre eux. Hermione laissa échapper un petit gémissement lorsque la bouche de Guillaume trouva son chemin jusqu'à ses seins. S'il n'entendait pas les battements effrénés de son cœur, il devait en percevoir les cognements sourds, là, sous ses lèvres. Seuls leurs souffles saccadés et le bruissement des derniers tissus tombant au sol troublaient le silence. Hermione enroula une jambe autour du jeune homme, impatiente. Soudain, Guillaume sursauta, s'éloignant d'elle, à son grand désarroi. Il baissa la tête.

— Qu'est-ce que... ?

Un long miaulement l'interrompit. À son tour, Hermione sentit le doux poil de son chat frôler sa cheville. Un fou rire la gagna.

— Je te présente Zorro, *alias* Pot de colle.

Le rire de Guillaume se joignit au sien. Il se pencha, passa la main sur le dos du chat, qui sembla apprécier.

— J'ai été surpris en sentant quelque chose autour de ma cheville.

— Au moins, il ne t'a pas griffé !

— Dalila, tais-toi ! claironnèrent trois petites voix.

Un nouvel accès d'hilarité secoua Hermione, bien vite jugulé par les lèvres de Guillaume. Elle s'enroula autour de lui, telle une liane, et c'est en titubant qu'ils gagnèrent la chambre, où ils se laissèrent tomber sur le lit. Zorro voulut les rejoindre. Il protesta bruyamment quand ils roulèrent sur le matelas, manquant l'écraser. Comme le chat ne semblait pas décidé à céder facilement sa place habituelle, Hermione se redressa. Elle prit le félin dans ses bras, provoquant aussitôt un ronronnement qui se transforma en miaulement plaintif lorsqu'elle le déposa dans le couloir. Les Gardiens se tenaient sur le pas de la porte. La jeune femme les gratifia d'un regard d'avertissement.

— Interdiction d'entrer, fit-elle, autant à l'attention du chat que des quatre mêle-tout.

Ils se le tinrent pour dit. Lorsqu'elle referma la porte, elle entendit Dalila narguer Zorro, entraînant le chat dans une nouvelle course-poursuite à travers l'appartement. Remerciant silencieusement sa diablotine de leur épargner les coups de patte sur la porte, Hermione rejoignit Guillaume.

— Où en étions-nous ? demanda-t-elle.

Le jeune homme la fit basculer sur le lit. Étendue sur le dos, elle plongea dans les yeux lumineux de Guillaume, penché au-dessus d'elle. Dans la pénombre, elle distinguait à peine ses traits. Un léger sourire joua sur les lèvres d'Hermione : la mèche rebelle était de retour.

— J'étais en train de t'embrasser, murmura-t-il.

Joignant le geste à la parole, il reprit son exploration. Hermione soupira. Sous ses doigts, les muscles de Guillaume roulaient au gré de ses mouvements. La frénésie qui les avait jetés dans les bras l'un de l'autre à leur arrivée à l'appartement avait cédé la place à un tempo plus langoureux. Après tout, rien ne les pressait. Ils avaient la nuit devant eux...

Chapitre 20

Monsieur Dorbais, chemise bleu azur et cravate ornée de palmiers, présidait la traditionnelle réunion du lundi. La diversité de sa garde-robe laissait Hermione admirative. Elle attendait avec impatience le jour où elle le verrait porter la même cravate pour la deuxième fois !

— Je vous présente Sébastien Leclerc, annonça le patron en désignant un homme grand et mince qui devait approcher la quarantaine. Il remplacera Lucie, qui part en congé maternité et qui prendra ensuite un congé parental.

Chacun salua comme il se devait le nouveau venu. Hermione, attentive, pencha la tête, évaluant les Gardiens qui accompagnaient le décorateur d'intérieur. Intéressant, songea-t-elle, tandis que la réunion se poursuivait.

— Hermione, Guillaume, je vous mets sur le dossier,

conclut André Dorbais après examen d'un nouveau projet.

Hermione réprima tant bien que mal l'envie de sauter en tous sens en poussant des cris de joie. Dalila et Nell ne s'en privèrent pas, elles, exprimant bruyamment leur enthousiasme à grand renfort de piaillements aigus. Un regard en direction de Guillaume apprit à la jeune femme qu'il partageait sa jubilation, même si lui aussi s'efforçait de la masquer. Jeanne, en revanche, faisait grise mine : le patron avait décrété la semaine précédente que le stagiaire pouvait se débrouiller tout seul sur certains dossiers assez simples. Elle ne le supervisait donc plus que sur le projet Debussy. Voir le stagiaire voler de ses propres ailes ne plaisait pas à Miss Aimable, mais face à monsieur Dorbais, elle ne pouvait que se plier à ses décisions. C'était aussi la première fois qu'il associait à nouveau Hermione et Guillaume. Hermione adorait ses collègues et s'était réjouie lorsque le patron l'avait désignée pour former un binôme avec Coco sur un autre projet, mais travailler avec Guillaume, c'était le rêve absolu !

Depuis trois semaines, la relation d'Hermione et Guillaume était placée sous le signe de l'idylle parfaite. Après leur première nuit ensemble, ils avaient passé la journée du dimanche au lit. Hermione n'avait ressenti aucun scrupule à appeler ses parents pour se décommander, en dépit des remontrances de Caël. L'angelot avait protesté par principe. Son ton manquait de conviction, avait-elle remarqué. Entre le repas dominical en famille et les bras de Guillaume, le choix avait été vite fait ! Le jeune homme était reparti tard dans la soirée, sur un dernier baiser torride qui avait failli les ramener au lit. Il leur avait fallu beaucoup de volonté pour se séparer, même pour quelques heures. D'un commun accord, ils avaient décidé de garder leur relation secrète pour le moment et ils prenaient garde à ne pas trahir le désir qui couvait en permanence entre eux lorsqu'ils étaient à *Arch'e'Tech*. Guillaume, en dépit de la confiance d'André Dorbais, n'était encore que stagiaire. Hermione ne voulait pas que leur relation lui nuise. Par ailleurs, ils éprouvaient l'envie de garder pour eux ce lien tout neuf.

La réunion prit fin quelques minutes plus tard. Hermione vit Roland filer en rasant les murs, effectuant un grand détour pour ne pas croiser sa route. Apparemment, il était encore traumatisé par leur dîner. Au moins, il n'avait plus cherché à l'inviter depuis. Il allait falloir qu'elle élabore une astuce pour mettre en œuvre le plan qui prenait forme dans son esprit. Son collègue ne trouverait jamais l'amour de sa vie s'il continuait à suivre les conseils malavisés de son diablotin. La jeune femme se sentait l'âme d'une entremetteuse, grâce à ses connaissances toutes neuves et à l'observation des Gardiens. Elle avait peut-être déniché la personne parfaite pour Roland... Elle demanderait un petit coup de main à Coco, dont la science des auras pouvait s'avérer utile.

— Vos auras sont tellement bien assorties, souffla justement Coco en entrant dans l'ascenseur.

Sa collègue n'était pas dupe une seconde de l'apparente indifférence des deux jeunes gens.

— Elles sont en parfaite harmonie. Tu vas faire des jalouses, quand ça se saura, conclut-elle avec un petit rire qui agita les papillons ornant ses lobes.

Si André Dorbais avait ses cravates, Coco, elle, possédait une impressionnante collection de boucles d'oreilles.

— J'aimerais tellement voir les auras. Je t'envie, lui confia Hermione.

— Et moi, j'adorerais voir les Gardiens. Nous sommes condamnées à la frustration, que veux-tu.

La jeune femme gagna son bureau d'un pas léger. Elle flottait sur un petit nuage et ce n'était pas Dalila qui risquait de l'en faire redescendre ! La diablotine valsait seule, vêtue d'une robe digne de Sissi impératrice, en fredonnant les chansons les plus romantiques des six dernières décennies. Brennan lui faisait beaucoup d'effet ! Lorsqu'elle se surprit à dessiner des petits cœurs sur un post-it au lieu de plancher sur ses dossiers, Hermione faillit glousser. Elle chercha Caël du regard.

— Allez, au travail ! lui lança l'angelot d'un ton faussement sévère.

Elle pouvait toujours compter sur lui pour la ramener dans le droit chemin ! Sans lui, il y avait fort à parier qu'elle n'aurait pas été très efficace, ces dernières semaines, trop occupée à rêvasser.

Deux coups rapides à la porte la tirèrent de sa béatitude. Vite, elle arracha le post-it, qu'elle cacha dans un tiroir. Elle savait déjà qui se tenait dans le couloir. Question d'aura, tout ça, tout ça. Guillaume n'eut que le temps de refermer le battant : elle se jeta à son cou. Pas traumatisé le moins du monde par cet assaut, le jeune homme répondit à son baiser avec enthousiasme.

— Béni soit monsieur Dorbais pour ne pas avoir cédé à la mode des *open spaces* ! souffla-t-il contre ses lèvres.

— Je visualise la tête de Jeanne si elle nous voyait nous embrasser au milieu d'une salle pleine de monde.

— Sous les acclamations des collègues émus qui jetteraient leurs dossiers en l'air.

Hermione éclata de rire.

— Je ne t'imaginais pas adepte des comédies romantiques au point de connaître les clichés du genre !

— Crois-le ou non, Alix nous en a imposé un certain nombre, à Armand et moi. Elle prétendait qu'elle devait nous éduquer en matière de romantisme et que ses futures belles-sœurs la remercieraient pour ça.

— J'adore ta sœur !

Guillaume reprit ses lèvres, et elle oublia tout ce qui n'était pas lui. Un petit coup à la porte les fit sursauter. Ils remirent un peu de distance entre eux. Une Coco aux joues roses passa la tête dans l'embrasure.

— Un peu de tenue, jeunes gens, ou je vais entrer en

combustion spontanée ! Vos auras sont brûlantes, j'ai failli ne pas pouvoir sortir de mon bureau.

Elle s'éventa d'une main, ses yeux pétillants de malice.

— Oups ! fit Hermione.

— On ne peut rien lui cacher, constata Guillaume lorsque leur collègue, sur un clin d'œil complice, referma la porte.

— J'ai bien peur que non.

— Je vais essayer de penser à quelque chose de moins séduisant que toi.

— Jeanne ?

— Roland, pour toi, alors.

— Coco va revenir se plaindre que cette fois-ci, il fait un froid polaire !

Leur fou rire fut interrompu par la sonnerie du téléphone. Quelque part dans l'univers, il était écrit que quelqu'un refusait de les laisser en tête à tête plus longtemps. Ce qui était sans doute plus sage, car Hermione se sentait tout à fait prête à tester la solidité de son bureau...

— La Barbie, je vais la noyer dans son bassin.

Arthur semblait agacé. Hermione masqua son amusement.

— Quelle est sa nouvelle lubie ? s'enquit-elle en soufflant un baiser à Guillaume, qui s'éclipsa.

— Après la piscine façon lagon tropical – est-ce que j'ai une tête de piscinaire, hein ? – la semaine dernière, elle veut maintenant un jardin japonais ! J'ai essayé de lui expliquer gentiment que ça ne correspond pas du tout au style du manoir ni au projet de base, mais elle ne veut rien entendre.

Chaque semaine voyait arriver un nouvel épisode de ce que Dalila avait baptisé « les lubies de Barbie ». Après le boudoir et le fantôme, la jeune femme avait été animée d'un soudain élan écologique, et elle avait réclamé des panneaux solaires partout sur le toit, avant de décréter qu'elle rêvait d'une piscine évoquant un lagon tropical – le problème de pénurie d'eau ne l'ayant pas effleurée le moins du monde. Et donc, à présent, elle avait envie d'un jardin japonais... Elle se concentrait sur l'extérieur du manoir, mais Hermione redoutait le jour où Barbie allait s'intéresser à nouveau à l'agencement intérieur !

— Ce qui est surprenant, c'est qu'elle n'ait pas encore quitté Alain-Chou, vu son instabilité, fit remarquer Dalila.

— Ma parole, le sujet t'obsède ! s'exclama Caël. Pourquoi tiens-tu tellement à ce qu'ils divorcent ?

— Les statistiques, mon cher, les statistiques. Leur mariage n'a aucune chance de durer.

Hermione boucha le micro de son téléphone pour qu'Arthur ne l'entende pas.

— Surtout si Alain-Chou finit veuf à cause d'Arthur ! Elle revint à son ami.

— Propose-lui de faire un petit quelque chose de

japonisant du côté de sa folie, puisque ce sera son domaine dans le parc.

— Ce jardin va être affreux, avec tous ces mélanges de styles, grommela Arthur.

— Ils paient bien, rappela la décoratrice, et ils ont un carnet d'adresses long comme le bras.

— C'est bien parce que c'est toi, capitula le paysagiste, calmé.

Après avoir raccroché, Hermione se laissa aller dans son fauteuil.

— Je crois que j'ai raté ma vocation. J'aurais dû devenir diplomate. Ou négociatrice de la police, pour convaincre les vilains preneurs d'otages de ne rien faire de regrettable.

— Tu parles toute seule ?

La voix amusée de Guillaume la fit sursauter. Le jeune homme entra et vint déposer un dossier devant elle. Apparemment, la porte était restée entrouverte.

— Euh... Oui, ça m'arrive, balbutia la jeune femme en se redressant.

— Ce n'est pas la première fois que je m'en aperçois.

Elle se sentit blêmir. Elle oubliait parfois qu'elle seule pouvait voir et entendre les Gardiens. Guillaume l'avait déjà surprise à plusieurs reprises en train d'enguirlander les diablotins ou de faire les gros yeux à l'un ou l'autre. Sans compter la façon dont elle balançait de temps à autre le pied, l'air de rien. Il devait commencer à la trouver bizarre.

— Je sais, c'est un peu étrange, convint la jeune femme. Je parle à Zorro, aussi. Et à mes plantes, ajouta-t-elle en montrant celles que Coco venait entretenir avec amour et qui, pour le moment, semblaient résister à leur cohabitation avec Hermione.

— Un peu étrange, oui ! s'esclaffa Guillaume. Tu as encore évité une guerre mondiale déclenchée par une lubie de Barbie, je suppose.

— On pourrait construire un nouveau *Cluedo*, approuva Hermione, soulagée de faire oublier l'épineux sujet de ses « conversations avec elle-même ».

— Quel est le nouveau scénario ?

— Barbie, noyée dans le bassin par le paysagiste.

Guillaume haussa un sourcil amusé.

— Barbie, grillée sur les panneaux solaires par l'architecte, c'était plus original, je trouve, lança Brennan.

Hermione s'efforça de ne pas loucher en direction du diablotin, perché sur son bureau, et qui prenait un malin plaisir à émettre des suggestions de morts hors du commun.

— La nuque rompue à cause d'une chute dans l'escalier, provoquée par la décoratrice qui refusait de mettre des statues égyptiennes dans le couloir, c'est bien, aussi, serina-t-il.

Hermione prit le dossier, fit mine d'y jeter un coup d'œil avant de le reposer d'un coup sec. Bien sûr, Brennan ne finit pas écrasé comme une crêpe, mais il comprit le message. Dalila, elle, était en extase devant les facéties du diablotin.

— Laissons Hermione travailler, suggéra Nell de sa voix douce.

— Bon, je te laisse travailler. À tout à l'heure !

Guillaume se pencha par-dessus le bureau pour déposer un baiser sur les lèvres de la jeune femme avant de sortir.

— Il y a des jours où je vous hais, marmonna-t-elle après avoir vérifié que la porte était bien fermée cette fois-ci.

La situation commençait à devenir pesante. Guillaume et elle passaient beaucoup de temps ensemble, en dehors d'*Arch'e'Tech*. Si, dans le cadre du travail, la jeune femme était prudente, elle avait encore trop souvent tendance à oublier de se surveiller, notamment lorsqu'elle se trouvait chez elle. La question de l'honnêteté au sein du couple recommençait à la tarauder. Cependant, la réaction de Guillaume l'effrayait. Au mieux, il la prendrait pour une farfelue et la classerait dans la même catégorie que Barbie – l'horreur ! –, au pire, il la quitterait. Cela dit, s'il continuait à la surprendre en train de parler dans le vide, le résultat risquait d'être le même.

— Nell et Brennan ne le laisseront pas te quitter, fit Dalila.

— Mais je ne veux pas qu'il reste avec moi sous la pression de ses Gardiens ! Je veux qu'il le fasse parce qu'il en a envie, sans influence extérieure.

Malheureusement, parler à Nell et Brennan était compliqué : liés à leur humain, ils ne s'en éloignaient jamais beaucoup, aussi Guillaume était-il toujours dans les parages, ce qui ne favorisait pas une explication claire et franche avec ses Gardiens. Caël lui assurait qu'en règle générale, ils n'étaient pas aussi envahissants, et que c'était l'excitation de pouvoir communiquer directement avec elle qui amenait les quatre Gardiens à se montrer tellement présents – même lui, de son propre aveu, encore que Nell et lui étaient beaucoup moins bavards que les diablotins !

— Tu devrais lui parler, conseilla encore l'angelot.

— Surtout pas ! intervint Dalila.

Et voilà, c'était reparti, songea la jeune femme, désabusée.

— Et si vous preniez des vacances ? suggéra-t-elle. Vous pourriez même partir avec Nell et Brennan, ajouta-t-elle, pleine d'espoir. En amoureux.

Son idée ne lui paraissait pas si mauvaise que ça. Elle s'imaginait très bien en tête à tête avec Guillaume, sans petites voix pour venir parasiter l'instant.

— On ne partirait pas bien loin, rappela Caël.

Hermione soupira, déçue.

— Mais nous ferons un effort, promit l'angelot.

Il jeta un regard d'avertissement à la diablotine.

— Un gros effort, confirma celle-ci d'un ton qui ne semblait guère convaincu.

Hermione voulait croire en leur bonne foi, cependant, elle commençait à bien les connaître et doutait que cela dure.

Chapitre 21

L'odeur de peinture fraîche qui flottait dans le couloir rappelait des souvenirs à Hermione. Elle jeta un regard complice à Guillaume, qui se tenait à ses côtés.

— Je pense que ça vient du bureau de Sébastien, commenta le jeune homme.

— Je le comprends ! Lucie aime les couleurs flashy.

Ce n'était rien de le dire ! Un mur jaune soleil, un autre orange sanguine, un troisième d'un beau framboise écrasée, et le dernier d'un très sobre vert pistache. Hermione n'osait imaginer à quoi ressemblerait la chambre du futur bébé de sa collègue. Sébastien avait sauté de joie en découvrant l'existence de la réserve. C'est à ce moment-là qu'Hermione avait réalisé qu'elle avait l'impression de travailler pour *Arch'e'Tech* depuis des années ! Plus rien, ou presque, ne pouvait l'étonner dans l'entreprise. L'émerveillement presque enfantin de son collègue l'avait fait rire.

Un attroupement s'était formé devant la porte du nouveau décorateur. Hermione fronça les sourcils en remarquant les mines crispées, voire catastrophées, des personnes qui encombraient le couloir.

— Que se passe-t-il ? demanda Guillaume.

— Regarde ! se lamenta Agnès, la comptable.

Glissant la tête dans la pièce, Hermione écarquilla les yeux. Sébastien avait opté pour du blanc sur trois murs, ce qui était sans doute le choix le plus judicieux. Quant au dernier mur...

— Je t'ai dit, pourtant, de ne pas utiliser cette couleur, fit Sarah, préoccupée.

— S'il n'aime pas le bleu, il n'a qu'à se tenir loin de mon bureau, claironna Sébastien, bras croisés sur la poitrine en un geste de défi. J'aime le bleu, je trouve ça apaisant.

Il avait beau fanfaronner, Hermione remarqua à l'attitude de ses Gardiens que le jeune homme n'était pas aussi sûr de lui qu'il voulait bien le faire croire. Un murmure parcourut la foule. Hermione aperçut André Dorbais qui, comme chaque matin, faisait sa tournée des bureaux. Chacun se figea, dans l'attente de sa réaction.

— Eh bien ! lança le patron avec jovialité, que se passe-t-il donc ? Vous en faites, des têtes ! Ne me dites pas que Sébastien a tout repeint en noir, du sol au plafond !

Il rit de sa petite allusion à Vladimir. Personne ne l'accompagna.

— Je devrais inscrire dans le règlement intérieur que le noir est interdit. Au moins au plafond !

Il s'avança, la foule s'écartant devant lui comme la mer devant Moïse. Lorsqu'il entra dans la pièce, tous retinrent leur souffle. Sauf Hermione. Un regard aux Gardiens de son patron lui apprit que monsieur Dorbais était un excellent comédien. L'angelote et le diablotin riaient aux éclats, pourtant, le visage du patron ne trahissait rien de son amusement. Un long silence s'ensuivit.

— Allons, le pressa son angelote, reprenant son sérieux, la blague a fait long feu. Regarde-les, les pauvres, ils sont en transe !

— Et si tu piquais une crise ? suggéra le diablotin, qui ne partageait pas l'avis de sa petite camarade.

— Non, ça suffit ! Les plaisanteries les meilleures sont les plus courtes. Celle-ci dure depuis déjà dix ans ! Tu les as assez menés en bateau.

André Dorbais prit sa décision. Un léger sourire étira ses lèvres.

— Très jolie nuance. Bleu givré, c'est cela ?

— Euh... oui, balbutia Sébastien, qui n'en menait pas large.

— Bien, bien, bien. Ça change. Cela fait des années que personne n'a mis de bleu dans sa décoration. Je me demande bien pourquoi.

Sur ce, monsieur Dorbais tourna les talons, abandonnant ses employés ébahis. Hermione suivit du regard ses Gardiens qui commentaient la scène avec volubilité, enchantés.

— Donc, cette histoire de bleu... C'était une espèce de légende urbaine ? conclut Sarah, estomaquée.

— On dirait bien, souffla Agnès. La rumeur court depuis des années, et tu penses bien que personne n'a osé vérifier si c'était vrai !

— Il a un sens de l'humour douteux, le patron. Aussi douteux que ses cravates.

Sur ces mots, Sébastien leur ferma la porte au nez, sonnant le signal de la dispersion. Il y avait fort à parier que l'événement allait alimenter les conversations pendant un bon moment. Ce n'est qu'à ce moment-là qu'Hermione réalisa une autre chose : ce jour-là, André Dorbais arborait une cravate qu'elle lui avait déjà vue. Comme quoi, tout arrivait !

— Tu n'as pas eu l'air surprise par la réaction du patron, fit remarquer Guillaume, tandis qu'ils prenaient place dans le bureau de la jeune femme pour travailler sur leurs projets communs.

— Une intuition, répondit Hermione, après une petite hésitation. Cela dit, je n'aurais pas pris le risque de la mettre à l'épreuve !

— Des fois, je me demande si tu ne vois pas les auras, toi aussi. Tu as le même regard que Coco, par moment, quand tu observes les gens.

— Non, je ne vois pas les auras.

Hermione, mal à l'aise, voulut attraper un stylo. Fébrile, elle renversa le pot.

— C'est le moment de lui révéler ton petit secret.

Caël la contemplait avec un mélange de compréhension et de réprobation.

— N'importe quoi ! s'exclama Dalila. Tu la vois, là, annoncer de but en blanc : « Au fait chéri, j'ai un truc à te dire. Je vois les Gardiens des gens. Tu préfères blanc ou blanc cassé, pour le salon des Debussy ? »

Hermione aurait voulu leur crier de se taire. Impuissante, elle tâcha d'oublier la vive discussion qui s'engageait entre son angelot et sa diablotine, prenant un soin maniaque à rassembler les crayons et stylos épars pour les remettre dans le pot.

— Les objets ont-ils une aura ? demanda Guillaume.

— Quoi ?

Décontenancée, la jeune femme leva la tête. Il paraissait amusé.

— Tu as ce fameux regard vague, et tu sembles totalement absorbée par ce pot à crayons. Ou alors, il te parle, car il garde en mémoire tous les événements auxquels il assiste. Ce doit être passionnant, la vie d'un pot à crayons.

— Il te tend la perche. Saisis-la ! la pressa Caël.

— Sa vie était plutôt morne, jusqu'à dernièrement. Mais depuis quelque temps, il attend avec impatience qu'on se retrouve tous les deux dans ce bureau, se força à plaisanter Hermione. Je crois que nous l'avons choqué une ou deux fois.

En dépit de Caël, elle ne se sentait pas le courage de lui avouer sa petite particularité. Hermione était lâche, elle en avait conscience.

— Comment faites-vous ? demanda-t-elle, quelques jours plus tard, à Tina et Coco.

En ce samedi matin d'août, les trois femmes avaient convenu de se retrouver chez la voyante.

— J'ai annoncé à mon mari que je voyais son aura, et je la lui ai décrite, ainsi que tout ce que cela m'apprenait sur lui, expliqua Tina.

— Comment a-t-il réagi ?

Hermione se doutait de la réponse : l'appartement de la voyante était résolument féminin, rien ne trahissait la présence d'un homme.

— Pas très bien, je le crains.

Tina esquissa un sourire ironique.

— Ce n'est pas tant le fait que je voie les auras, qui l'a dérangé, que la conclusion à laquelle j'étais arrivée en observant la sienne. Je lui ai annoncé que j'allais demander le divorce, pour qu'il puisse continuer à roucouler avec la voisine. Leurs auras étaient proches. Très proches. Trop proches.

Hermione soupira, déçue. Elle plongea le nez dans sa tasse de thé.

— Mes Gardiens et ceux de Guillaume ont fait des efforts, ces derniers temps. Ils ont compris que nous avons besoin de construire notre histoire seuls, de commettre nos propres erreurs, éventuellement.

D'ailleurs, Caël et Dalila n'étaient nulle part en vue, en cet instant. Ils avaient cessé de lui conseiller de parler ou de se taire. Cependant, le dilemme demeurait.

— Mais il y a tous les autres, reprit-elle. C'est difficile de faire comme s'ils n'existaient pas. Guillaume commence à se douter de quelque chose.

— Il est ouvert d'esprit, fit Coco en lui tapotant la main. Ça ne se passera peut-être pas aussi mal que tu le redoutes.

— J'ai peur. Je l'aime.

La crainte de perdre Guillaume avait amené Hermione à réaliser la profondeur de ses sentiments pour le jeune homme. Au-delà de son apparence physique plus que séduisante et de leur complicité immédiate, Hermione appréciait chaque instant passé en sa compagnie. Même ses petits défauts la faisaient craquer. Il se passionnait pour le football, elle qui détestait ça ! Les soirs de match, Guillaume aimait retrouver son frère devant une de ces infâmes pizzas surgelées. Elle les soupçonnait d'accompagner lesdites pizzas de bières, se rappelant en avoir vu un certain nombre dans le frigo du jeune homme, lors de ce fameux déjeuner de minuit. Il ne rangeait jamais les affaires au même endroit. Hermione devait ouvrir plusieurs placards pour trouver la boîte de céréales ou la spatule dont elle avait besoin pour cuisiner. Il se montrait bougon, le matin, tant qu'il n'avait pas pris sa douche et bu son café. Deux fois par semaine, il se levait plus tôt pour aller courir, chose inconcevable pour Hermione. Cependant, elle devait admettre que le résultat en valait la peine, car il avait un corps à damner une sainte qu'elle prenait grand plaisir à explorer. Oui, Hermione était follement amoureuse de Guillaume, et l'idée de le perdre à cause de son étrange particularité la terrifiait.

— On ne peut jamais prédire comment les gens vont réagir, reprit Coco.

— Tina, toi qui es voyante...

Hermione se tourna vers celle-ci, pleine d'espoir.

— Je perçois les forces surnaturelles, j'entre parfois en contact avec elles, mais je ne lis pas l'avenir.

Tina la regarda d'un air navré.

— Vos auras sont si étroitement mêlées que, même lorsque vous vous éloignez, elles restent en contact, intervint Coco, qui se voulait optimiste. C'est fascinant à observer, d'ailleurs. Ce qui existe entre vous est très fort. Fais-lui confiance.

— Tu n'aurais pas discuté avec Caël, par hasard ? Il me tient à peu près le même discours, à l'exception des auras.

Coco eut un petit rire.

— Je n'ai pas la joie de l'avoir rencontré, hélas ! Mais je pense que nous nous entendrions bien, tous les deux.

— Écoute les voix de la sagesse, conclut Tina.

Chapitre 22

Hermione attendit que la porte de l'appartement se referme sur Guillaume. Aller courir un dimanche matin – ou n'importe quel autre jour, d'ailleurs –, c'était une chose qui dépassait l'entendement de la jeune femme. Même si elle en bénéficiait, puisqu'en général, le jeune homme revenait avec des croissants.

C'était le moment ou jamais.

— Réunion de crise !

Caël et Dalila se matérialisèrent. Hermione attendit quelques secondes. Nell et Brennan apparurent à leur tour.

— Nous n'avons pas beaucoup de temps devant nous, rappela l'angelote.

Hermione ignorait la distance précise que les Gardiens pouvaient maintenir avec leur humain. Elle avait conscience qu'il fallait agir vite. Une fois hors de l'immeuble, Guillaume entamerait son footing et s'éloignerait rapidement. Cependant, parler aux quatre Gardiens était impossible lorsque le jeune homme se trouvait dans l'appartement. Elle avait encore essayé la veille, enfermée dans la salle de bain. Elle avait eu beau chuchoter, Guillaume était venu frapper à la porte, inquiet. Par chance, Hermione avait pris son portable avec elle et avait pu lui faire croire qu'elle discutait avec Clara. Mentir lui devenait insupportable.

— Je vais parler à Guillaume, annonça la jeune femme en fixant tour à tour les quatre Gardiens.

— Nous t'aiderons, promit aussitôt Nell.

Brennan opina.

— Je ne veux pas de votre aide. Au contraire.

Nell et Brennan la regardèrent comme s'il venait de lui pousser un troisième œil au milieu du front.

— Tu ne veux tout de même pas...

—... qu'on encourage Guillaume à te quitter !

Brennan avait terminé la phrase commencée par l'angelote d'un ton de vertueuse indignation.

— Non.

Ils poussèrent un soupir de soulagement.

— Je sais que vous m'aimez bien.

— Je rappellerai à Guillaume que tu cuisines bien, promit Nell.

— Même si tu es végétarienne, approuva Brennan. Ce n'est pas un défaut insurmontable !

— C'est très généreux de votre part, mais je préfère que vous ne disiez rien.

— Je lui dirai juste que tu es excentrique, qu'il ne te prenne pas pour une folle, insista Brennan, plein de bonne volonté. Et que tu es très jolie !

— Non. Je veux que vous laissiez Guillaume choisir seul.

— Mais... c'est notre rôle de le guider, protesta l'angelote, déconcertée. Dans les moments cruciaux, nous sommes là pour l'aider en lui rappelant les différentes options.

— J'ai besoin de savoir qu'il prendra sa décision librement. S'il vous plaît.

Les deux Gardiens frémirent, leur image devenant floue quelques secondes.

— Il s'éloigne, expliqua Brennan.

— J'ai besoin de votre aide, même si c'est pour faire le contraire de ce que vous faites d'habitude, supplia Hermione.

L'angelote et le diablotin échangèrent un regard pour se concerter. Ils acquiescèrent.

— Merci, souffla Hermione, soulagée.

Nell devint translucide.

— Je n'aime quand même pas ça, grommela Brennan en devenant lui aussi de plus en plus pâle.

— Et ne vous avisez pas de lui en parler pendant qu'il court ! cria Hermione en les voyant disparaître.

Dalila émit un petit rire.

— Nell était dépitée ! s'esclaffa la diablotine. Tu commences à trop bien connaître notre mode de fonctionnement.

— Tu as pris la bonne décision, Herm', fit Caël.

Il jeta un regard d'avertissement à sa comparse, qui s'apprêtait à protester. La diablotine referma la bouche, non sans lui renvoyer un coup d'œil explicite avant qu'ils se volatilisent à leur tour : lui non plus ne devait plus rien dire susceptible d'influencer leur humaine. Hermione avait encore le droit de changer d'avis. Cependant, la jeune femme, au fond d'elle-même, savait qu'elle irait jusqu'au bout. Mentir, prétendre parler à Zorro, aux plantes, au téléphone, s'enfermer dans une pièce pour chuchoter, ce n'était pas vivable. Guillaume et elle ne vivaient pas encore ensemble, pourtant, elle ne cessait de se trahir. Quant à ignorer les Gardiens, c'était tout bonnement impossible. Il était temps de prendre des risques. Et de croiser les doigts pour que cela ne se termine pas dans les larmes.

Hermione se surprit à tourner en rond dans l'appartement. Elle hésita longuement devant son armoire avant d'opter pour sa tenue décontractée habituelle du week-end : un pantacourt et un tee-shirt. Inutile de jouer les vamps pour convaincre Guillaume, ce serait ridicule. Pathétique, même. Cela fait, elle parcourut les pièces, désœuvrée, déplaçant un objet de quelques centimètres pour le remettre un instant plus tard exactement à l'endroit où il se trouvait. Elle plia et déplia trois fois le même vêtement, se concentrant afin d'obtenir un rendu parfait. C'était inutile, là encore, car Zorro, qui élisait régulièrement domicile dans son armoire pour ses siestes, aurait tôt fait de le froisser. Finalement, la jeune femme s'attaqua avec un peu trop d'énergie au nettoyage en règle des vitres. Tout était bon pour éviter de réfléchir à la manière d'annoncer la vérité à Guillaume. Après les fenêtres, elle enchaîna avec les miroirs. Dans la salle de bain, Hermione interrompit son astiquage frénétique pour contempler son reflet. Elle était un peu pâle, en dépit de son agitation.

— Miroir, mon beau miroir, comment dois-je le lui dire ?

Bien sûr, elle n'obtint aucune réponse. Si Dalila avait été là, nul doute que la diablotine aurait trouvé une réplique irrévérencieuse à faire. Même si Hermione était persuadée d'avoir eu raison de demander aux Gardiens de s'éclipser, ils lui manquaient. Elle s'était habituée à leur présence un tantinet envahissante, à leurs remarques intempestives, mais aussi à les entendre énoncer à voix haute ce qu'elle pensait elle-même. Ils la connaissaient si bien !

— J'ai quelque chose à te dire...

Non, ça faisait trop dramatique.

— Crois-tu au surnaturel ?

Ça, c'était déjà un peu mieux.

— Crois-tu au libre arbitre ?

Trop philosophique.

— Je vois les angelots et les diablotins de chaque humain. Oui, même les tiens. Tu veux du café avec les croissants ?

Non, ce n'était pas un sujet qu'elle pouvait aborder avec légèreté, au détour d'une conversation banale. Mieux valait s'en tenir au surnaturel. Après tout, Guillaume connaissait Coco et semblait accorder un certain crédit aux histoires d'auras de leur collègue. Alors des petites créatures chargées de veiller et guider chaque humain tout au long de leur vie...

Lorsque la clef tourna dans la serrure, Hermione sentit une vague de lâcheté l'envahir. L'adrénaline déferla, faisant bondir son cœur d'une façon assez désagréable dans sa poitrine. Elle avait chaud et froid en même temps.

— Du ménage le dimanche matin ! s'exclama Guillaume en la voyant plantée devant lui, chiffon dans une main et produit à vitre dans l'autre.

Une fine couche de sueur recouvrait sa peau, son tee-shirt humide épousait son torse de près. Comme souvent, il tenait un sachet duquel émanait la délicieuse odeur des viennoiseries. Il était beau, plein d'allant, charmant. Et elle risquait de le perdre. Sans prendre la peine de réfléchir, Hermione lui sauta au cou et l'embrassa avec une avidité teintée de désespoir. Le sachet de viennoiseries tomba, les bras de Guillaume se refermèrent autour d'elle.

— Je suis tout collant, souffla-t-il entre deux baisers.

— On s'en fiche !

Il capitula sans opposer davantage de résistance et émit un grognement lorsque la jeune femme, revenant à la raison, mit fin à leur étreinte.

— J'ai quelque chose à te dire.

— Ça ne peut pas attendre ? demanda le jeune homme en se penchant pour lui dérober un nouveau baiser, ses yeux clairs brillants de désir.

La tentation de s'accorder un ultime délai, de savourer une dernière étreinte était forte, mais Hermione la repoussa. Le temps des mensonges et des faux-semblants était révolu. Elle secoua la tête en reculant d'un pas. Une sensation de froid remplaça la douce chaleur que chaque caresse ou baiser de Guillaume diffusait en elle.

— J'ai le temps de prendre une douche ?

Le jeune homme n'avait pas encore pris la mesure de la gravité de ce qu'elle comptait lui révéler. Il ôta son tee-shirt, dévoilant son torse sculpté. Hermione hésita, secoua la tête. Si elle retardait davantage son aveu, elle risquait de perdre tout courage. Ou de le rejoindre sous la douche.

À présent intrigué, Guillaume l'observait avec une expression inquiète peinte sur son beau visage.

— Tu devrais peut-être t'asseoir.

— Herm', tu commences à me faire peur, là.

— Ce n'est pas si grave ! Juste... un peu bizarre, sans doute.

Hermione attendit qu'il ait pris place sur le canapé pour se lancer. La posture du jeune homme montrait qu'il était attentif, un rien sur la défensive, peut-être, aussi. Il devait s'imaginer le pire.

— Le soir de mon arrivée chez *Arch'e'Tech*, il y a eu un orage...

Elle lui raconta tout par le menu, allant et venant dans la pièce en se tordant les mains, osant à peine le regarder. Elle préférait ne pas savoir comment il réagissait à son récit abracadabrantesque. Parler à Tina et Coco de sa mésaventure ne l'avait pas préparée à l'évoquer devant Guillaume ! Les deux femmes croyaient au surnaturel et n'avaient pas envisagé une seule seconde qu'elle puisse les mener en bateau. Son discours achevé sans que le jeune homme ait cherché à l'interrompre, Hermione s'immobilisa, attendant avec anxiété sa réaction.

— Donc... Nous avons tous deux créatures qui nous accompagnent et nous conseillent, l'une raisonnable à l'excès, l'autre qui nous pousse à faire des folies, résuma Guillaume d'un ton neutre.

Hermione opina, dans ses petits souliers. Elle attendit qu'il dise quelque chose, mais il paraissait plongé dans ses pensées. Au moins n'avait-il pas pris la poudre d'escampette en la traitant de folle furieuse bonne à enfermer ! La jeune femme voulait croire que c'était bon signe.

Le silence s'éternisait. La nervosité gagna Hermione.

Stressée, se sentant ridicule de rester plantée là, les bras ballants, elle alla ramasser le sachet de viennoiseries et entreprit de préparer le café, même si son estomac se rebellait à l'idée qu'elle ingère quoi que ce soit.

— Quand j'étais petit, j'avais un copain.

La voix de Guillaume, pourtant basse, la fit sursauter.

— Il était tout ce que je n'osais pas être. Il m'encourageait à faire des bêtises, à mentir aux adultes pour voir si ça marchait. Il me disait aussi de ne pas me laisser faire dans la cour, quand les petites brutes venaient me bousculer. C'était mon meilleur copain.

Guillaume releva la tête et fixa Hermione.

— Bien sûr, la plupart du temps, je me faisais attraper par les adultes. Je leur expliquais alors que c'était mon copain qui m'avait dit de faire telle ou telle chose. Ils ne me croyaient jamais.

Guillaume esquissa un sourire.

— Mes parents m'ont même emmené voir un psy, inquiets que je parle d'un ami imaginaire.

Le souffla coupé, Hermione se contentait de le contempler.

— Parce que j'étais le seul à le voir. Et devine comment il s'appelait ?

— Brennan ? murmura-t-elle.

Hermione dut prendre appui sur le comptoir, ses jambes menaçant de se dérober sous elle.

— J'avais oublié cette période de mon enfance.

Guillaume secoua la tête, un peu surpris.

— Alors, ce Brennan imaginaire, il existe, en fait ? C'est mon Gardien ?

— Ton diablotin, oui.

Un petit reniflement attira l'attention de la jeune femme. Brennan venait de se matérialiser, le visage bouleversé. Bien sûr, songea-t-elle, attendrie, les Gardiens n'avaient pu s'empêcher de rester à proximité pour les espionner.

— Il se souvient de moi ! Tu te rends compte, Nell ?

— Comment t'oublier ? le taquina l'angelote en lui tapotant gentiment l'épaule.

Brennan, le petit dur, renifla une nouvelle fois.

— Il ne te voyait pas, Nell ? fit remarquer Caël, avec sa logique habituelle.

— C'était un petit garçon très sage, sauf quand il écoutait Brennan. J'imagine qu'il n'avait pas besoin de me voir.

— Alors... Tu me crois ? s'enquit Hermione d'une petite voix.

— Ça paraît dingue, mais... oui.

— Tu vois Hermione, je te l'avais dit ! lança Caël, satisfait de lui-même. Tu t'es fait une montagne d'une taupinière !

Dalila le bâillonna avant d'adresser un clin d'œil à la jeune femme. Guillaume se leva et vint l'enlacer.

— Ils sont là ?

Incapable de parler, tant elle était émue, Hermione acquiesça. Oui. Oui, ils étaient là, comme à chaque fois qu'une chose importante avait lieu dans leur vie. Fidèles au poste, parfois pénibles, mais toujours bienveillants.

— Bon, les lutins, on fera connaissance plus tard. Dégagez ! Hermione et moi avons besoin d'intimité !

Des hourras retentirent, arrachant un petit rire à Hermione. Pour faire bonne mesure, Dalila fit apparaître des documents qu'elle distribua aux autres avant de les jeter en l'air.

— C'est bon ? Ils sont partis ?

— Amusez-vous bien ! lança la diablotine.

Ils disparurent tous les quatre, commentant la scène à laquelle ils venaient d'assister et traçant déjà des plans d'avenir.

— Oui !

Hermione éclata de rire lorsque Guillaume la souleva dans ses bras.

Chapitre 23

Hermione admira un instant ses ongles joliment colorés. Allongée dans le transat, elle avait l'impression d'être partie en vacances sur une île lointaine. Le jardin de Guillaume était très agréable, quand bien même la voisine, madame Cresson, passait son temps à les lorgner de derrière ses rideaux. En dehors de cette voisine un peu trop *vigilante*, le quartier était plaisant et la jeune femme se sentait bien dans cette maison.

— C'est bientôt prêt, annonça Guillaume.

Il ne savait pas cuisiner, mais il était le roi du barbecue ! Il avait tenu à en faire un, ce soir-là, pour que la jeune femme n'ait pas à préparer à manger pour une fois. Hermione sourit en se remémorant sa tête lorsqu'elle lui avait rappelé qu'il était hors de question pour elle de manger de la viande. Oui, il avait quelques défauts, son homme. Ses nombreuses qualités compensaient cependant largement ! La première d'entre elles étant de l'avoir crue. Depuis, curieux, il lui posait des questions sur les Gardiens.

La fin du mois d'août approchait. La rentrée prochaine s'annonçait bien remplie, avec quantité de nouveaux projets à concrétiser. Les travaux au manoir Debussy allaient commencer. Les dernières lubies de Barbie avaient quelque peu mis les nerfs de la décoratrice d'intérieur en pelote, mais Hermione n'était pas peu fière de la façon dont elle avait géré chacune d'elles. Guillaume et elle s'octroyaient donc un week-end de détente bien mérité.

— Il va pleuvoir, constata la jeune femme en abaissant ses lunettes de soleil pour observer les nuages gris qui s'amoncelaient à l'horizon.

— On devrait avoir le temps de manger.

— J'en doute, commenta Caël.

— Mais arrête ! protesta Dalila. Tu vas nous porter la poisse !

Même si elle n'était pas sensible à la météo, la diablotine arborait un bikini rouge très sexy qui semblait mettre Brennan dans tous ses états. L'influence du diablotin sur son humain était perceptible dans la façon dont le jeune homme regardait Hermione par-dessus son épaule à intervalles réguliers. Elle pouvait deviner qu'il résistait à l'envie de l'emporter jusqu'au lit. La jeune femme sourit, amusée. Ce n'était pas une, ni deux, mais bel et bien trois histoires d'amour qui étaient nées !

— On devrait peut-être rapatrier la vaisselle dans la cuisine, suggéra Hermione quelques minutes plus tard en observant le ciel qui s'obscurcissait.

Le vent poussait les nuages au-dessus de la ville.

— Mais non, répondit Guillaume, optimiste.

Il leva la tête, fronça les sourcils lorsqu'une goutte atterrit sur son front. Hermione s'extirpa de son transat, frissonnant sous les petites bourrasques chargées d'humidité qui balayaient à présent le jardin. Elle entreprit de débarrasser la table. De nouvelles gouttes s'écrasèrent, d'abord éparses, puis de plus en plus drues. Le temps que la jeune femme atteigne la porte-fenêtre, il pleuvait à verse.

— *I'm singing in the rain*, chantonna Guillaume en tentant de sauvegarder son barbecue.

— Dis-lui de se taire, Herm', ou ça va être pire ! grommela Dalila, déçue de ne plus pouvoir prendre son bain de soleil.

Comme pour lui donner raison, un lointain grondement leur parvint.

— Orage en approche ! cria Hermione, peu rassurée.

— J'arrive !

Guillaume la rejoignit quelques minutes plus tard, trempé. Joueur, il fit mine de s'ébrouer, provoquant les protestations de la jeune femme, qui lui jeta une serviette à la figure.

— C'est un temps à boire un chocolat chaud et à faire griller des marshmallows, fit remarquer Nell, rêveuse.

Au lieu de quoi, les jeunes gens prirent place dans la cuisine pour savourer le dîner en silence, écoutant la pluie qui martelait le toit et les vitres et les roulements de tonnerre sporadiques.

— J'ai découvert qu'on ne parle pas que d'astraphobie, fit Hermione en savourant une gorgée de vin. On parle aussi de brontophobie et de cheimophobie. Pour ma part, je trouve qu'astraphobie, c'est plus joli.

— Si tu as trop peur, mes bras sont grands ouverts, répondit Guillaume.

Avec un petit rire, la jeune femme se leva et vint s'asseoir sur ses genoux. Les bras de Guillaume se refermèrent autour d'elle et elle se pelotonna contre lui. Elle se sentait si bien, avec lui ! Et à présent qu'il partageait son secret, elle pouvait se montrer totalement libre en sa présence. Enguirlander les Gardiens sans avoir à se cacher dans la salle de bain, par exemple.

— Que dirais-tu d'un chocolat chaud ? proposa-t-il un long moment plus tard, alors qu'ils étaient confortablement installés sur le canapé, l'un contre l'autre.

— Mince, en plein mois d'août, j'aurais préféré un cocktail, sourit-elle en se relevant.

— Je n'ai pas de cheminée, dommage, on aurait fait griller des marshmallows, remarqua-t-il en se levant.

Il s'interrompit.

— C'est une idée des lutins, n'est-ce pas ?

— Nell a évoqué quelque chose comme ça, opina la

jeune femme.

Les lutins. C'est ainsi qu'il les surnommait, au grand dam de Caël, qui revendiquait un rôle inversement proportionnel à sa taille. Cela dit, les quatre Gardiens avaient poursuivi leurs efforts et ne s'ingéraient plus dans la relation des jeunes gens. Certes, Dalila ne pouvait s'empêcher de conseiller tel ou tel vêtement à sa protégée, et Nell rappelait souvent au jeune homme de se montrer attentionné et romantique, toutefois, ils n'envahissaient plus chaque minute de la vie d'Hermione. C'était réconfortant de savoir qu'elle était capable de prendre des décisions sans leur influence constante !

— Tu n'as rien à craindre, la rassura Caël, qui avait perçu la sourde angoisse d'Hermione. Tu es en sécurité ici.

— Se faire frapper deux fois par un éclair, c'est rarissime, ajouta Dalila. Bon, j'imagine que ça peut arriver quand même...

— Pas à Hermione, la coupa l'angelot en lui lançant un regard sévère.

— Tu devrais en profiter pour te jeter au cou de Guillaume et te serrer très fort contre lui, susurra la diablotine avec un sourire coquin. Je suis sûre qu'il ne demande pas mieux que de te protéger de son corps de dieu grec.

Hermione pouffa de rire. De la cuisine lui parvenaient les babillements de Nell et Brennan tandis que leur humain s'activait à la préparation des chocolats chauds. La jeune femme s'aperçut qu'elle se sentait plutôt sereine en dépit des éléments qui se déchaînaient dehors. Elle ne risquait rien, dans cette belle maison, en compagnie de l'homme qu'elle aimait. Et de leurs lutins bavards !

Une lueur intense illumina la pièce. Le claquement du tonnerre fit vibrer les vitres. Les lumières s'éteignirent.

— Celui-ci n'est pas tombé loin ! s'exclama Guillaume depuis la cuisine. Tout a disjoncté !

Hermione, figée sur le canapé, ne répondit pas. Un instant plus tard, Guillaume l'enlaçait.

— Il faudra que tu m'expliques la différence entre astraphobie, cheimophobie et brontophobie, souffla-t-il.

— Là, tout de suite, je ne me rappelle plus.

— L'éclair a grillé tes neurones ?

— C'est comme ça que tu espères me rassurer ? fit mine de s'indigner Hermione.

Un petit rire nerveux lui échappa. Elle se détendit. Guillaume s'en rendit compte.

— Il faut que j'aille au compteur. Ça ira ?

Dans la pénombre, la jeune femme distinguait à peine ses traits. Elle le sentait cependant encore soucieux pour elle.

— Ça ira, affirma-t-elle en lui caressant la joue. Je ne suis pas vraiment seule, en plus.

— L'entrée n'est pas loin, de toute façon.

Le jeune homme déposa un baiser sur sa tempe avant

de se redresser. L'orage s'éloignait, remarqua Hermione. Un bruit sourd, suivi d'un grognement, lui apprit que Guillaume venait de se cogner contre un meuble, lui arrachant un petit rire.

— Vous croyez qu'un jour, je surmonterai ma peur ? demanda-t-elle aux Gardiens.

N'obtenant pas de réponse, elle fronça les sourcils.

— Pour une fois que je vous demande votre avis..., grommela-t-elle.

Le plafonnier illumina la pièce. Caël et Dalila n'étaient visibles nulle part. Lorsque Guillaume la rejoignit, Hermione constata que Nell et Brennan n'étaient pas à ses côtés non plus. Elle se leva pour mieux voir, s'attendant à les trouver un peu en arrière. Le jeune homme se méprit sur son expression.

— Eh ! Tout va bien !

Il la prit dans ses bras. Hermione ne lui rendit pas son étreinte.

— Je ne vois plus les Gardiens.

— Comment ça ?

— Ils étaient là il y a deux minutes. Caël et Dalila se chamaillaient, comme d'habitude. Il y a eu l'éclair et...

Fébrile, Hermione souleva son tee-shirt pour dénuder sa hanche. La marque avait disparu ! Stupéfaits, les jeunes gens échangèrent un regard. Hermione se laissa tomber sur le canapé, sonnée par le flot de pensées qui l'assaillait.

— Ils sont partis, murmura-t-elle, au bord des larmes.

Guillaume prit place à ses côtés et passa un bras autour de ses épaules. Elle s'abandonna contre lui, heureuse de sentir sa chaleur et sa présence solide.

— À mon avis, ils ne sont pas bien loin. Les Gardiens accompagnent leur humain de la naissance à la mort, ne l'oublie pas, et tels que je connais Caël et Dalila, ils ne te laisseront pas tomber. Nell et Brennan non plus, ajouta-t-il après une seconde de réflexion.

Un sentiment de soulagement envahit Hermione à ce rappel. Elle repoussa les pensées affolées qui menaçaient de la faire sombrer dans la panique.

— Dalila, tais-toi ! ordonna-t-elle soudain, comprenant ce qui se passait.

L'effet fut immédiat. Une sensation d'amusement remplaça le chaos. Ça, c'était Caël, la jeune femme en était sûre ! Elle poussa un soupir de soulagement : oui, ils étaient toujours là. Ils le seraient toujours. Il suffisait d'être attentive.

I'm a Barbie girl in a Barbie world...[4] Hermione se força à demeurer concentrée sur son interlocutrice, en dépit de la petite chanson qui lui trottait dans la tête. Merci Dalila ! Dire qu'elle ne pouvait même pas lui ordonner de se taire... La diablotine le faisait certainement exprès et devait s'amuser comme une

---

4 Vous aurez reconnu l'entêtant *Barbie Girl*, du groupe Aqua, succès mondial des années 90 !

petite folle. Hermione n'avait aucun mal à visualiser la scène.

— Je ne pense pas que des boules à facettes en guise de suspensions soient un choix judicieux pour le hall d'entrée du manoir.

— Moi, je suis sûre que si ! s'exclama Barbie. C'est vous la spécialiste, bien sûr, mais je suis certaine que cela ferait un « effet waouh ! », comme on dit. Imaginez comme les visiteurs seront surpris devant cet élément inattendu, sans compter les lumières lorsqu'elles seront allumées et tourneront.

Des boules à facettes... Hermione gémit intérieurement.

— Je vais y réfléchir, fit-elle mine de capituler.

Avec un peu de chance, cette nouvelle lubie de Barbie serait vite oubliée, comme toutes celles qui avaient précédé. Surtout si la décoratrice lui donnait un autre os à ronger.

— J'ai eu une nouvelle idée pour votre boudoir.

Les yeux de la jeune madame Debussy s'écarquillèrent d'excitation. Hermione gardait en réserve quelques propositions pour détourner la jeune femme de ses idées saugrenues. Merci, Caël, de lui avoir soufflé cette astuce !

— Il existe des peintures pailletées. J'en ai trouvé une rose poudré qui serait du plus bel effet sur le mur nord de la pièce.

Sur une nouvelle inspiration – qui devait-elle

remercier pour cette idée soudaine ? –, la décoratrice exhuma un catalogue pendant que Barbie s'extasiait sur l'échantillon de peinture à paillettes.

— Voyez comme cette lampe à pied est originale ! Je la verrais bien sur le guéridon.

La lampe en question avait la forme d'une petite boule à facettes. Compromis, compromis.

— C'est parfait ! Hermione, vous êtes merveilleuse ! On croirait que vous êtes dans ma tête, vous me comprenez si bien !

C'est une cliente sautillante qui quitta le bureau d'Hermione quelques minutes plus tard.

— Mission accomplie, murmura la jeune femme.

Elle attrapa son sac à main avant de rejoindre d'un pas guilleret l'ascenseur. Deux semaines après l'orage, il lui arrivait encore de chercher du regard les Gardiens, surtout les siens. Ils lui manquaient plus qu'elle n'aurait pu l'imaginer ! Dire qu'au début, Hermione aurait tout donné pour s'en débarrasser ! Cependant, elle avait l'impression d'entendre leurs petites voix dans son esprit, lors des moments importants. Ce que l'on appelait l'instinct, ou l'inspiration, n'était autre que l'intervention de l'angelot et du diablotin qui accompagnaient chaque humain, elle le savait à présent. Souvent, la jeune femme se surprenait à vouloir se tourner vers Caël pour avoir son avis sur un sujet, ou à chercher Dalila, certaine de la trouver en train de parader dans une des imitations comiques dont elle avait le secret. Alors, elle leur parlait. Ils lui répondaient à leur façon.

Guillaume n'était pas encore dans le hall. Hermione en profita pour s'arrêter au comptoir, où Sarah s'apprêtait elle aussi à partir déjeuner. Elles tournèrent simultanément la tête en entendant la petite sonnerie de l'ascenseur. Sarah haussa un sourcil en voyant Roland en émerger, discutant à bâtons rompus avec Sébastien. Les deux hommes, pris par leur conversation, ne prêtèrent même pas attention aux jeunes femmes.

— Je crois que nous assistons aux débuts d'une belle histoire, souffla Hermione.

— Relou et Seb ? s'esclaffa la réceptionniste. On parle de Roland, le dragueur tous azimuts. Il a essayé de séduire toutes les femmes de l'agence. Même Jeanne !

L'image de Miss Aimable en train d'écouter leur collègue disserter sur le modélisme s'imposa dans l'esprit d'Hermione. C'était assez réjouissant !

— On en reparlera, promit Hermione en faisant un petit signe à Guillaume, qui les rejoignait.

— Hermione l'entremetteuse, s'amusa le jeune homme tandis qu'ils remontaient la rue en direction du restaurant.

Il avait été surpris, lui aussi, quand elle lui avait exposé sa théorie, née de ses observations lors de la pendaison de crémaillère de Vincent et Arthur. Tous les amis gay du couple étaient accompagnés de deux Gardiens mâles, avait remarqué la jeune femme. Et une femme escortée de deux Gardiennes avait tenté d'attirer l'attention d'Hermione, avant de renoncer en voyant que seul Guillaume l'intéressait. La décoratrice avait alors repensé au Relou, à son attitude avec les femmes, la façon dont son diablotin cherchait à le pousser dans les bras de l'une d'elles, le peu de réactions de son angelot, censé le raisonner, pourtant. En constatant que Sébastien était lui aussi conseillé par deux petits Gardiens, elle avait décidé de sonder le terrain. Seb n'avait pas fait mystère de sa préférence pour les hommes. Et il aimait le modélisme... Elle avait eu du mal à croire à sa chance ! Du coup, elle avait mentionné que Roland avait la même passion. Il ne restait plus qu'à attendre pour voir comment les choses allaient évoluer entre ces deux-là, mais Hermione avait bon espoir.

— Alors, que voulait monsieur Dorbais ?

Le lundi matin, à l'issue de la réunion, le patron avait annoncé à Guillaume qu'il voulait le rencontrer le vendredi à onze heures, sans expliquer pourquoi. Depuis, Hermione et Guillaume avaient passé en revue toutes les raisons pour lesquelles André Dorbais pouvait souhaiter le voir. Ils avaient attendu ce vendredi avec impatience et une pointe d'anxiété. Le travail de Guillaume était irréprochable, André Dorbais n'avait donc pas l'intention de lui faire des reproches, n'est-ce pas ? Avait-il eu vent de leur relation ? Et quand bien même, n'aurait-il pas convoqué également la jeune femme ? Hermione avait regretté de ne plus voir les

Gardiens : elle aurait pu en apprendre davantage en observant ceux du patron ! Le retour à la vie normale d'humaine livrée à elle-même (ou presque) était difficile.

— Me proposer du travail. Il veut que je rejoigne l'équipe d'*Arch'e'Tech* dès mon diplôme en poche.

— C'est génial !

Hermione lui sauta au cou, ravie.

— Monsieur Dorbais est excentrique, mais c'est un homme d'affaires avisé, remarqua-t-elle un peu plus tard, tandis qu'ils avançaient main dans la main.

— Il n'embauche que les meilleurs, approuva Guillaume en la regardant.

— Nous n'avons plus qu'à venir à bout du château de Barbie pour le prouver !

Avec l'aide de leurs auxiliaires de choc, ce serait une formalité !

Épilogue

Dalila se rapprocha d'Hermione.

— Tu as le droit de l'insulter ou de lui dire que tu le détestes.

— N'importe quoi ! s'insurgea Caël. Tu l'aimes, c'est l'évidence même. C'est ça que tu devrais lui dire !

— Guillaume, souffla Hermione, là, maintenant, immédiatement, tout de suite, je ne sais pas si je t'aime ou si je te déteste !

— Rassure-la ! ordonna Nell à son humain.

— Courage, fuyons ! fit Brennan, qui était un peu pâle.

Guillaume, qui n'en menait pas large en dépit des encouragements de son angelote, prit la main de sa femme. Il n'émit pas une protestation lorsqu'elle la lui broya.

— Autrefois, les hommes attendaient dehors, insista Brennan.

— Eh bien dans ce cas, dégage ! tempêta Nell. Elle a besoin de toi, ajouta-t-elle d'un ton plus doux à l'attention de Guillaume.

— Respire. Lentement. Profondément, conseillait Caël au même moment.

— On devrait sortir.

Nell fit apparaître un magazine et l'utilisa pour frapper le diablotin sur la tête.

— Plus un mot !

Dalila ouvrit de grands yeux : jamais elle n'aurait imaginé que l'angelote puisse devenir violente ! Caël arborait un sourire empli de fierté. Lui, visiblement, n'était pas surpris par l'éclat de sa douce moitié. Enfin, douce... Au bout de trois ans, ils en apprenaient encore les uns sur les autres ! En dépit de plusieurs orages, les Gardiens n'étaient pas réapparus, mais ils ne désespéraient pas que le miracle se reproduise ! En attendant, ils poursuivaient leur mission avec conscience et assiduité, quitte à se chamailler parfois.

— Ça va mon chéri ? s'enquit la diablotine.

— Aïe, bougonna Brennan, vexé, en frottant son crâne malmené.

La sage-femme prit la parole, attirant l'attention des quatre Gardiens.

— L'anesthésiste ne va plus tarder. La péridurale vous soulagera. Courage, madame Le Chevalier, vous gérez très bien !

Quelques heures plus tard, Nell, Caël, Dalila et Brennan étaient penchés au-dessus du berceau, comme quatre bonnes fées s'apprêtant à distribuer leurs bienfaits. Ils admiraient les bébés dans un silence presque religieux, émus par les événements.

— Je suis si heureuse que Guillaume et Hermione nous aient écoutés, confia Nell, pelotonnée contre Caël. Gabriel, c'est tellement mignon, comme prénom !

— Il va falloir baptiser les nôtres à présent, se réjouit Dalila.

Pensifs, les Gardiens observèrent la minuscule angelote et le petit diablotin qui dormaient aux côtés de Gabriel.

— Charlotte, proposa Nell.

— Aragorn, fit Brennan au même moment.

C'était le prénom que le diablotin avait essayé de souffler à Guillaume, sans succès. Charlotte avait été envisagé un temps par le jeune couple, mais vite écarté lorsque l'échographie avait révélé le sexe du futur bébé. Caël et Dalila approuvèrent. Les petits Gardiens avaient reçu leurs prénoms sans déchaîner de nouvelles discussions animées. Ce n'était pas toujours le cas. Leur quatuor fonctionnait à merveille, cependant.

Gabriel ouvrit les yeux, son petit visage se tordit.

— Il va pleurer, devina Dalila.

Charlotte posa son minuscule poing sur son humain en un geste de réconfort. Un instant, les Gardiens crurent que la crise allait être évitée, mais c'était sans compter Aragorn, qui se mit à brailler à pleins poumons, aussitôt imité par le bébé.

— Charlotte va avoir du travail, soupira Caël.

Guillaume vint prendre son fils et revint s'asseoir sur le lit où Hermione se remettait de ses émotions. Les Gardiens, attendris, regardèrent les jeunes parents bercer leur nouveau-né, une expression d'émerveillement sur leurs visages.

— Nous avons fait du bon travail, résuma Brennan.

Les autres approuvèrent. D'un commun accord, les Gardiens s'éclipsèrent. Oh ! Ils ne seraient pas bien loin, bien sûr ! Mais Hermione et Guillaume n'avaient pas besoin d'eux pour savourer leur bonheur tout neuf.

Bonus

La foudre

Ce texte a été écrit pour un site de défis littéraire en 2015. Si l'ambiance n'a rien à voir avec celle d'*Hermione*, c'est pourtant sur ce texte que j'ai pris appui pour l'idée de base du roman : une jeune femme foudroyée qui entend des voix.

***

Le silence. Enfin. Ayana ferma les yeux et laissa le bien-être l'envahir. L'eau la libérait des voix qui saturaient son esprit. Doucement, elle se laissait flotter, ses cheveux bruns ondulant doucement autour de sa tête au gré des mouvements de l'eau. Elle se sentait bien, apaisée. Il n'y avait que cela pour faire taire les voix qui la hantaient depuis un an.

Un an d'enfer. Comment un petit orage d'été pouvait-il bouleverser une vie ainsi ? Il avait suffi d'un éclair pour tout changer. La foudre l'avait frappée, et depuis lors, Ayana entendait ces voix. Cinq voix, très exactement, deux femmes, trois hommes. Des inconnus qui pourtant étaient omniprésents, qui faisaient partie d'elle. D'eux, elle ne savait rien. Qui étaient-ils ? D'où venaient-ils ? Pouvaient-ils, eux aussi, percevoir ses pensées ? Existaient-ils seulement, ou s'agissait-il d'une quelconque hallucination ? Ayana avait tellement craint que sa santé mentale vacille qu'elle avait gardé le silence, endurant seule cet enfer quotidien.

Quelques semaines à subir cette cacophonie insupportable l'avaient amenée à un tel désespoir qu'elle avait cherché à mettre fin à ses jours. Le petit lac isolé, à quelques kilomètres de chez elle, lui avait semblé tout indiqué. Elle s'était lentement immergée dans l'eau, jusqu'à perdre pied, et s'était laissée couler. À peine avait-elle mis la tête sous l'eau que les voix s'étaient tues. Surprise, la jeune femme était remontée à la surface. Les voix avaient murmuré dans son esprit, mais tellement affaiblies qu'elle avait pu, pour la première fois depuis qu'elles s'étaient manifestées, les ignorer, un peu comme le bruit de fond de la télévision quand on vaque à ses occupations. Plusieurs fois, Ayana s'était laissée couler, plusieurs fois, elle était remontée, émerveillée. Tout espoir n'était donc pas perdu.

Elle revenait, soir après soir, tenaillée par une migraine abominable qui disparaissait immédiatement. Elle en avait bien souvent pleuré de soulagement.

Ayana rouvrit les yeux et contempla le ciel au-dessus d'elle. Le crépuscule envahissait peu à peu le paysage. C'était l'heure où les voix se faisaient plus discrètes en elle. Quand elle sortirait du lac, elle pourrait mener une vie à peu près normale. Dormir. Penser. Elle serait à nouveau presque seule dans sa tête. Un soupir lui échappa et ses yeux se fermèrent à nouveau. Si cela avait été possible, la jeune femme serait restée là éternellement.

Quelque chose vint troubler l'harmonie de cet instant parfait. Une petite vague la submergea, la faisant tousser lorsque l'eau s'infiltra dans son nez et sa gorge. Des mains la saisirent brusquement, la redressant de force.

— Vous êtes fou ! cria la jeune femme en tentant de repousser celui qui la tenait étroitement serrée contre lui. Lâchez-moi !

— Vous n'avez rien ? J'ai cru que...

L'homme s'interrompit.

— Vous avez cru que… ? s'enquit Ayana, qui parvint enfin à se libérer.

— Comment voulez-vous que je réagisse en apercevant un corps flotter au milieu du lac ?

Ayana en resta sans voix quelques secondes. Il avait donc plongé pour... la sauver ? Elle, une inconnue ? Radoucie, la jeune femme le regarda plus attentivement. Il était difficile de distinguer ses traits dans la pénombre, mais elle eut l'impression que la foudre la frappait une seconde fois. Tétanisée, elle écarquilla les yeux : dans son esprit, les cinq voix frémirent.

— *C'est lui.*

— *C'est lui.*

— *C'est lui.*

— *C'est lui.*

— *C'est lui.*

La dernière s'éteignit dans un murmure joyeux. Pour la première fois depuis son accident, Ayana était seule, parfaitement seule, elle ne percevait plus aucune présence étrangère dans son esprit. Un large sourire s'épanouit sur ses lèvres.

— Dites-moi, demanda-t-elle, croyez-vous au coup de foudre ?

Dialogue de sourds

Dalila tendit la main à Caël.

— Nous sommes bien d'accord : pour une fois, on essaie d'aller dans le même sens au lieu de toujours dire exactement le contraire de l'autre.

— Nous sommes d'accord.

La diablotine afficha une mine ravie : que ce serait agréable de guider leur humaine sans avoir à se battre pour imposer son point de vue ! Caël et elle étaient nés en même temps qu'Hermione, ils avaient grandi et évolué avec elle, invisibles, inaudibles, mais bien présents, la guidant dans les choix qui jalonnaient sa vie en murmurant à son oreille chaque fois que cela leur semblait nécessaire. Il en était ainsi pour chaque humain, qui était accompagné de deux Gardiens, de sa naissance à sa mort. Le problème était que Caël était trop sage, trop posé, incitant Hermione à prendre des décisions raisonnables, ce qui rendait sa vie ennuyeuse à mourir. Dalila devait lutter pour y insuffler un peu de fantaisie, l'angelot ayant une forte influence sur leur humaine.

— C'est important, pour Hermione, rappela Caël bien inutilement. Nous devons l'aider au lieu de nous disputer.

— Oui, approuva Dalila. Elle est si fière que sa candidature ait été retenue par *Arch'e'Tech* ! Elle veut faire bonne impression pour son premier jour à l'agence et notre devoir est de l'y aider.

Hermione avait décroché cet emploi dans la plus prestigieuse agence parisienne de décoration et architecture d'intérieur, un peu grâce à elle d'ailleurs, estimait la diablotine. Elle l'avait incitée à mettre en avant sa créativité. Bref, Hermione commençait le lendemain, et le choix de sa tenue lui tenait à cœur : la jeune femme voulait renvoyer une image de professionnalisme et de compétence.

Perchés sur le lit, Caël et Dalila regardèrent la jeune femme fouiller dans son armoire, passant en revue avec elle sa garde-robe.

— Une jupe, décréta Dalila.

— Va pour une jupe.

C'était dit sur un ton las qui laissait entendre que l'angelot aurait opté pour autre chose, mais qu'il lui concédait ce point en vertu de leur accord. Hermione, influencée par ses Gardiens, décrocha une jupe de son cintre.

— Non ! grommela Dalila, pas une bête jupe noire. Tu vas travailler dans une agence réputée pour sa créativité, il faut de la couleur, du volume, de l'originalité.

— Le noir, ça va avec tout. C'est un classique intemporel, elle ne risque aucune faute de goût.

La remarque de Caël la fit grincer des dents. Dire qu'elle avait cru qu'ils pourraient être d'accord !

— Dans ce cas, la jupe crayon, s'entêta la diablotine. Ça mettra ses fesses en valeur.

À sa grande satisfaction, Hermione replaça l'autre jupe.

— Mais celle à fleurs est très jolie, susurra la diablotine, incapable de résister à l'envie d'imposer son point de vue.

— La noire, trancha Caël.

La main d'Hermione, qui avait effleuré la jupe bohème à fleurs, revint sur l'autre, au grand dam de Dalila. Parfois, elle avait envie d'étrangler l'angelot. Mais la bataille était loin d'être terminée, la jupe n'était qu'une escarmouche et elle avait obtenu que la jeune femme choisisse la plus sexy, à défaut de la plus colorée.

— On passe au chemisier, reprit Caël.

— Il lui faut de la couleur, avec ce bas noir. Le rouge serait parfait.

— Le blanc aussi. C'est chic.

Et voilà, le dialogue de sourds recommençait ! Dalila serra les poings, tendit toute sa volonté dans son argumentaire, bien décidée à influencer Hermione.

— Le blanc flatte ton teint, fit Caël, qui imperturbable, ne lâchait pas l'affaire.

— Le rouge fait ressortir les reflets dorés et auburn de tes cheveux !

Dalila tira la langue à son rival : elle aussi pouvait jouer sur ce terrain.

— C'est la canicule : le tissu du blanc est plus léger, à mon avis, ce sera plus confortable pour endurer la chaleur.

Le hurlement de rage de la diablotine ne fit même pas sourciller Caël lorsque Hermione reposa le chemisier rouge.

— Tu me laisses les chaussures, tenta de négocier Dalila, prête à se battre pour remporter cette dernière victoire, à défaut de remporter la guerre.

— D'accord.

Ah ! Enfin, ils étaient sur la même longueur d'onde ! Dalila visualisa les différentes paires de chaussures que possédait la jeune femme.

— Mais seulement si ton choix est dans l'intérêt d'Hermione.

Grrr !!!!

— L'intérêt d'Hermione *selon toi*, riposta la diablotine.

Le dialogue de sourds reprenait de plus belle...

Hermione poussa un soupir de soulagement en se contemplant dans le miroir. Elle était attendue à neuf heures précises dans les locaux d'*Arch'e'Tech*. Le choix de sa tenue avait été ardu, même sa coiffure avait donné lieu à de longues tergiversations. Que c'était fatigant d'hésiter autant sur des choses pourtant simples, *a priori* ! Si la jeune femme avait su à quel point ses Gardiens s'étaient affrontés sur chaque élément, elle aurait compris l'origine du mal de tête qui la tenaillait.

— Souhaite-moi bonne chance, Zorro ! lança-t-elle au chat noir qui la contemplait de ses yeux verts.

Elle vérifia qu'aucun poil ne s'était accroché à ses vêtements.

— Bonne chance, Hermione, souffla Caël avec un gentil sourire.

— Bonne chance, ma belle, fit tendrement Dalila. Demain, tu pourras porter quelque chose de plus *fun*, compte sur moi pour t'aider !

— Ça me rappelle son entrée à l'école, soupira Caël. Tu te souviens comme elle était mignonne, avec ses couettes ?

— Bien sûr, je m'étais fait les mêmes ! Toi, en revanche, tu avais refusé. Tu étais déjà un vrai rabat-joie, à l'époque !

Caël pouffa de rire avant d'emboîter le pas à Hermione. Dalila et lui avaient toujours été à couteaux tirés, mais au fond, ils s'aimaient bien !

Le château de Barbie

— Tourne !

Le cri de Dalila fit sursauter Caël. L'angelot jeta un regard de reproche à la diablotine, comme Hermione, leur humaine, braquait pour ne pas manquer la petite route de campagne.

— Tu vas nous faire finir au fossé ! Ça n'arrangera pas les affaires d'Hermione.

— Elle est retard, il ne faut pas qu'elle lambine !

— Depuis quand te préoccupes-tu de ce genre de détail ? Tu te moques de l'heure !

— C'est son premier jour à *Arch'e'Tech*, rappela bien inutilement Dalila. Je sais combien elle veut faire bonne impression.

Caël n'insista pas. Il devait admettre que la diablotine

avait raison sur ce point : ce nouveau travail de décoratrice d'intérieur dans une prestigieuse agence parisienne comptait beaucoup pour Hermione. Il leur revenait de la conseiller et de la guider du mieux qu'ils pouvaient. Le bonheur de la jeune femme était la priorité de ses deux guides, quand bien même leurs avis divergeaient souvent quant aux moyens d'obtenir ce bonheur. Mais aujourd'hui, ils étaient d'accord : le bonheur d'Hermione passait par la réussite de cette journée.

Hermione gara la voiture à côté des deux véhicules déjà présents, signe que les clients et l'architecte d'intérieur étaient arrivés.

Dalila laissa échapper un long sifflement admiratif.

— C'est coquet ! Un vrai château de conte de fées.

Elle observa les broussailles qui envahissaient le parc, les volets défraîchis.

— Le château de la Belle au Bois Dormant, conclut-elle. Qui sait, le prince charmant attend peut-être notre Hermione à l'intérieur ?

— C'est un manoir, pas un château, rectifia machinalement Caël en examinant aussi les lieux. Ce sont des clients importants, riches, ajouta-t-il à l'intention d'Hermione, qui gravissait les marches du perron.

— Tu adores ce genre d'endroits ! Tu vas t'éclater à refaire la déco ! renchérit Dalila.

Ils se laissèrent guider par les bruits de voix qui leur

parvenaient d'une pièce sur la droite.

— Inspire un grand coup, conseilla la diablotine en voyant leur humaine anxieuse à cause de son retard, dont elle n'était même pas responsable à la base. Et affiche ton sourire de star !

— Ta tenue est parfaite, tu dégages une image de professionnalisme, ajouta Caël. Tu vas les impressionner par tes compétences et le tour sera joué !

Hermione lissa sa jupe, puis entra d'un pas ferme.

— Bonjour. Pardonnez mon retard, la circulation parisienne ne m'a pas facilité les choses. Je suis Hermione Aubry, la décoratrice d'intérieur.

— Merveilleux ! s'exclama la seule femme du trio. J'ai déjà plein d'idées pour la décoration.

Caël soupira.

— Alerte ! cria Dalila. Bimbo en vue ! Ne la laisse surtout pas prendre en main la déco, ou gare à la cata !

Madame Debussy avait en effet toutes les caractéristiques de la bimbo : trop blonde, trop court vêtue, trop maquillée, perchée sur des talons trop hauts. Et ce n'était pas un rôle de composition, à en juger les deux Gardiens qui l'escortaient : la diablotine, vêtue de froufrous, arborait un diadème. Quant à l'angelot, il était vêtu comme un prince de la Renaissance.

— Rassure-moi, c'est son père, reprit Dalila, impitoyable, en scrutant l'homme qui accompagnait Bimbo Debussy.

— Je ne crois pas, répondit Caël en observant la

façon dont le pimpant quinquagénaire enlaçait la très sexy jeune femme.

— M'est avis qu'ils auront divorcé avant la fin des travaux, prédit la diablotine, impitoyable.

— Peut-être pas, l'amour prend des formes très diverses, temporisa l'angelot.

— Vous pouvez m'appeler Barbie, reprit la bimbo.

Dalila hurla de rire.

— C'est une blague !

Par chance, Caël avait anticipé la réaction de sa comparse : il veilla donc à ce que leur humaine ne trahisse aucun amusement.

— Elle s'appelle Barbara, c'est assez logique.

— J'adore Hermione Granger, vos parents ont vraiment bien choisi votre prénom, reprit Barbie, provoquant quelques grincements de dents chez les Gardiens d'Hermione.

— Pas la peine de perdre ton temps à lui expliquer que tu es née avant *Harry Potter*, souffla Caël.

— Un coup de baguette magique, et ce manoir sera splendide, répondit Hermione, suivant le conseil de son angelot.

— Oui, ne perds pas ton temps, elle est blonde, ajouta Dalila, histoire d'avoir le dernier mot. Et elle est conseillée par Ken ! conclut-elle en faisant un clin d'œil aguicheur à l'angelot, lequel ne daigna pas relever, trop occupé à remettre en place la dentelle qui dépassait de ses manches.

Ils se tournèrent dans un bel ensemble vers la troisième personne qui se tenait un peu en retrait dans un coin sombre de la pièce. Pour une fois, ni Caël ni Dalila ne trouvèrent quoi dire. Bouche bée, ils examinèrent des pieds à la tête l'homme qui venait serrer la main de leur humaine. Guillaume, se rappela Caël, qui se souvenait qu'on avait parlé de lui à Hermione avant de l'envoyer au manoir.

— Il. Est. Trop. Canon !

Caël bâillonna son exubérante coéquipière, l'empêchant de déconcentrer une Hermione déjà chamboulée par son très séduisant collègue, auquel elle se présentait. La jolie angelote blonde de Guillaume, quant à elle, venait d'asséner une tape derrière la tête du diablotin en cuir, qui n'avait pas manqué de remarquer les longues jambes d'Hermione.

— Je veux une salle de bal.

La voix haut perchée de Barbie permit à chacun de reprendre ses esprits.

— Alain-Chou, nous organiserons des bals, n'est-ce pas ?

La jeune femme se tourna vers son mari avec un sourire d'enfant, plein d'espoir. À ses côtés, sa diablotine émettait d'autres suggestions plus folles les unes que les autres.

— Tout ce que tu voudras, ma caille.

— Nous allons transformer cette demeure en un merveilleux château !

Barbie tournoya sur elle-même, s'imaginant déjà au bal, de toute évidence. Qu'elle réalise cette prouesse perchée sur ses talons aiguille et sans vaciller méritait toute l'admiration de Dalila, qui vouait une passion aux chaussures.

— Je veux un grand escalier, comme dans *la Belle et la Bête*, pour pouvoir faire une entrée de princesse, ajouta-t-elle, inspirée par sa diablotine.

— Est-ce possible ? demanda Alain-Chou Debussy à l'architecte. Je veux ce qu'il y a de mieux pour ma Barbie.

— Le château de Barbie, ricana Dalila, qui avait réussi, à force de se tortiller, à échapper à Caël. Je t'avais dit, en tout cas, que le prince charmant attendait notre Hermione à l'intérieur !

— Chut ! lui intima l'angelot, concentré sur la conversation. Nous sommes là pour travailler, pas pour draguer.

— L'un n'empêche pas l'autre. Il est tellement canon !

— Tu l'as déjà dit.

— Tu vois un autre terme pour le décrire ? Non, s'empressa de couper la diablotine. Ne me sors pas *Le Petit Caël, dictionnaire de la langue française*. On se comprend, non ?

— Il est compétent, en tout cas, répondit Caël, ignorant volontairement la question de sa camarade, mais écoutant avec attention ce que disait l'architecte en réponse aux demandes extravagantes du couple.

— Du moment qu'il est compétent de ses mains...

Caël soupira. La visite du château de Barbie allait être longue et pénible, il le sentait. Pas à cause de Barbie Debussy et de ses rêves de princesse, mais à cause de Dalila, obsédée par le beau Guillaume dans les bras duquel la diablotine voulait jeter Hermione. Et vu la façon dont elle se rapprochait, l'air de rien, des Gardiens du jeune homme, il y avait fort à parier qu'elle allait tout faire pour les rallier à sa cause.

— Regarde, il ne réagit pas aux battements de cils de Barbie, insista Dalila. Il est parfait pour Hermione.

Très longue, la visite...

Recherche titre désespérément

Quand on écrit un roman, le titre devient à un moment ou un autre un sujet important. Parfois, il vient de lui-même. D'autres fois, il est plus difficile à trouver. Je vais donc vous raconter les péripéties de ma recherche de titre pour ce roman et vous montrer ce à quoi vous avez échappé !

***

Août 2019

Aurore tendit une tasse de café à son amie Ysaline Fearfaol. Installées dans le canapé, les deux romancières avaient passé un long moment à parler écriture, chacune étant plongée dans la rédaction d'un nouveau roman.

Pendant qu'Aurore préparait une petite collation composée de tartelettes au citron meringuées et faisait couler les cafés, Ysaline se plongea dans le chapitre 5 du dernier roman de son amie. Soudain, elle émit un bruit à mi-chemin entre le rire et le hurlement.

— Non, Aurore, NON ! Tu ne peux pas écrire « projetait-il loin ? » en parlant d'un mec !

— Il faut replacer dans le contexte : on parle de son aura !

Elles n'entendirent pas les ricanements de leurs diablotines. Perchée sur l'épaule d'Ysaline, Blodwyn lisait aussi le chapitre, enchantée de découvrir les aventures de petits personnages rappelant furieusement son existence. Quant à Mag, elle connaissait déjà le contenu, puisqu'elle y avait largement contribué. La diablotine d'Aurore n'était pas peu fière de lui avoir soufflé l'idée de ce roman. Blodwyn avait obtenu un personnage à son image dans la saga d'Ysaline, *La Meute de Chânais*. Elle, Mag avait obtenu un roman parlant de leur race, ignorée de tous.

— Et toi, Fabbio, qu'en penses-tu ? demanda-t-elle à l'angelot trop sexy de la chroniqueuse de la meute de Chânais.

L'angelot blond se contenta de hausser un sourcil, ce qui ne fit que le rendre plus séduisant encore aux yeux de la diablotine. Il était difficile de le faire sortir de ses gonds, mais Mag ne désespérait pas d'y parvenir un jour.

— En attendant, tu n'as toujours pas de titre pour ce

roman, souffla Faolan, l'angelot d'Aurore. Tu devrais demander son aide à Ysaline.

Le gloussement de Blodwyn attira son attention. L'auteur de la Meute de Chânais avait donné comme compagnon à la Blodwyn de sa série un certain Faolan... La diablotine prenait un malin plaisir à le lui rappeler à chacune de leurs rencontres !

— Ysaline et les comédies romantiques, c'est comme Aurore et les thrillers sanglants.

— On ne sait jamais, argumenta Faolan, optimiste comme toujours.

Ysaline achevait sa lecture du chapitre.

— Il va cartonner ! Il faut juste lui trouver un titre.

— C'est bien là le problème, soupira Aurore. Tous les titres que je trouve font très comédie romantique, mais sans évoquer l'aspect fantastique. Pour l'instant, le meilleur que j'aie trouvé, c'est *Coup de foudre et conséquences (magiques)*.

— Trop long.

— Je ne trouve pas mieux, alors je me suis résolue à garder *Hermione*, pour l'instant.

Blod se pencha pour murmurer quelque chose à l'oreille de son humaine.

— *Foudre magique* ? suggéra Ysaline.

Faolan fit une petite grimace.

— Ça fait presque urban fantasy, répondit Aurore. On dirait un des titres de la série *Kate Daniels*.

— Idem. Mais les comédies romantiques, ce n'est pas

mon domaine. Tout ce que je trouve, c'est nul de chez nul.

Ysaline s'interrompit, réfléchit quelques instants.

— Essaie de trouver quelque chose en lien avec l'architecture, suggéra Fabbio.

— Architecte et déco..., marmonna Ysaline. Néant.

— Pareil pour moi : *À coup de foudre, coup de foudre et demi. Un coup de foudre peut en cacher un autre*. J'ai même regardé les titres des comédies de Shakespeare, au cas où je trouverais l'inspiration, avoua Aurore, dépitée.

— *Architecture d'un coup de foudre*, récita Ysaline, inspirée par sa diablotine. Pas mieux.

— Tu ne l'aides pas, là, accusa Fabbio.

— J'ai essayé de détourner des titres de livres connus, mais ce n'est pas mieux : *Les Gens normaux ne voient pas des choses surnaturelles*.

Les deux amies tentèrent d'autres combinaisons, sans grand succès.

— *Le jour où tout a changé* ? suggéra Ysaline.

Elles se regardèrent, échangèrent une grimace.

— On est fortes en titres nuls, conclut la chroniqueuse de la meute de Chânais.

— *Comment se débarrasser d'un angelot et d'une diablotine* ? reprit Aurore.

— Je n'aime pas celui-là, décréta Mag.

— *PS : Je vois des créatures surnaturelles,* reprit la romancière. *Un coup de foudre nommé ennuis*. Tu ne peux pas faire pire que moi en matière de titres nuls !

— *Livre sans titre, car l'auteur n'en trouve pas.*
Elles rirent.
— *Projection d'aura* ? reprit Ysaline. Suis plus là ! ajouta-t-elle en riant comme un coussin violet volait dans sa direction.
— *Le Doux foudroiement de l'éclair un soir d'orage.* C'est poétique, non ? reprit Aurore.
— Faolan, grogna Mag, tu ne peux pas faire plus sirupeux encore ?
— C'était une idée, comme ça. Ça vaut bien tes propositions !
— *L'amour en un éclair,* poursuivait Aurore.
— *L'amour comme j'aime.*
— *Le Stagiaire sexy,* susurra Mag.
— *Le Stagiaire sexy* ! s'esclaffa son humaine. Ça fait film X, non ?
— On recule au lieu d'avancer, là, grogna Faolan.
— Détends-toi un peu, Monsieur Trop Sérieux, rétorqua la diablotine.
— Ils sont tous pareils, ces angelots, soupira Blodwyn, levant ses yeux bleus au ciel. Aucun humour.
— Il reste *Hermione,* intervint Fabbio.
— *Hermione,* c'est bien, finalement, reprit Ysaline.
— Sobre, mystérieux, approuva Aurore.
— *Le Ciel t'aidera,* tenta encore son amie.
— Drôle d'aide !
— En tout cas, pour trouver un titre, le ciel ne nous aide pas !

— Il n'y a pas à dire, c'est bien, comme titre, *Les Kergallen* + le prénom de l'héroïne, conclut Aurore, faisant allusion à sa série de romance fantastique.

Fabbio, à son tour, murmura quelque chose à l'oreille de son humaine, au grand dam de Blod, qui tenta en vain de saisir ce qu'il lui disait.

— Bon, j'ai une suggestion idiote, reprit Ysaline après avoir terminé son café. Je trouve que ce serait dommage de perdre toutes ces heures d'efforts à trouver des titres idiots.

— Idiots, idiots, elle exagère, grommela Faolan. Certains ne sont pas si mal que ça.

— Comme *Le Stagiaire sexy* ? se moqua Blod.

— Je prends toutes les idées, approuva Aurore, curieuse.

— L'idée serait de compiler les titres dans un bonus à la fin de ton livre, pour montrer que nous avons fait assaut de suggestions nulles.

— Mais oui, quelle bonne idée, ce serait drôle !

— Avoue que ce serait dommage de perdre tout ça, quand même !

***

En désespoir de cause, j'ai lancé une bouteille à la mer auprès de mes camarades de la Griffe du Loup... Les propositions ont fusé !

Entre Ange et Démon
Le jour où tout changea...
Ainsi font, font, font (les petites voix)
La Voix des voix
Et dire qu'hier, ma vie était encore parfaite !
La vérité est ailleurs.
Et soudain... la cata !
The voices
Il suffira d'un signe
Retenez-moi, je deviens folle !
Le jour où le ciel me tomba sur la tête
Qui a dit ça ?

Merci les copines...

***

Et Ysaline en a remis une couche un peu plus tard :

La vie palpitante d'une décoratrice d'intérieur
Vis ma vie de décoratrice
Moi, mon chat, mes Gardiens
Mes Gardiens, mes amours, mes emmerdes

J'ai comme l'impression que ses Gardiens, en particulier une certaine Blodwyn, s'en sont donnés à cœur joie...
Et puis...

Attablés dans un restaurant italien, Aurore, Ysaline, Bettina Nordet et Monsieur Fearfaol papotaient de tout et de rien. Les lasagnes étaient délicieuses, le vin excellent.

— Je suis quand même frustrée, fit Aurore. Je n'ai toujours pas de titre pour mon roman.

— C'est difficile parfois, convint Bettina.

— *Roman sans titre car l'auteur n'a pas trouvé*, je trouve que ça sonne bien, rétorqua Ysaline.

— *Autant en emporte l'éclair.*

Un silence accueillit la déclaration de Monsieur Fearfaol.

— C'est une blague ?

Aurore dépitée, regarda tour à tour son amie et la mari de cette dernière.

— Cela fait des semaines qu'on se creuse la cervelle pour trouver un titre sympa, et tu nous en trouves un comme ça, d'un claquement de doigts ?

— C'est écoeurant, approuva Ysaline. Mais il est super, ce titre, je trouve que ça va bien avec le roman.

— *In vino veritas*, lança Bettina en buvant une gorgée de vin.

— Pas faux, convint Aurore.

Un large sourire illumina son visage.

— J'ai trouvé mon titre ! Je suis trop contente !

***

Merci à Monsieur Fearfaol pour son *éclair* de génie.

***

Voilà, maintenant, vous savez tout... Ou presque ! Merci à Bettina Nordet d'avoir accepté de me « prêter » quelques caractéristiques de son personnage de *Le Cycle du Lys*, Fabbio, pour ce petit épisode !

***

Note de dernière minute : Ysaline voulait absolument que je remplace astraphobie par « Storm trop peur ». Soupirs... J'imagine que les fans de *Star Wars* apprécieront le jeu de mots !

Remerciements

Un roman ne s'écrit pas seul, il faut toute une équipe pour que l'idée prenne forme jusqu'à devenir l'histoire que vous tenez entre vos mains. Et j'ai la chance que cette équipe soit la même depuis le début !

Merci à mes complices, Ysaline et Magali, qui n'ont pas hésité à me suivre encore une fois sur ce projet. Vous me relisez, vous critiquez, vous réagissez, vous formulez des hypothèses... bref, vous m'aidez à prendre le recul nécessaire.

Merci à Fleurine pour cette superbe couverture. Ce fut difficile, mais nous avons fini par réussir !

Et un grand merci à vous, mes lecteurs : vous rendez l'aventure inoubliable. J'écris les histoires que j'aimerais lire, et vous voir au rendez-vous m'encourage dans cette voie. Nos échanges, sur les réseaux sociaux ou en salons, sont des moments de partage inoubliables !

Découvrez la saga de romance fantastique d'Aurore Aylin...

Les Kergallen

Les Kergallen... une famille où la magie se transmet de mère en fille.

Les membres de cette famille pas comme les autres forment un clan soudé, solidaire, où l'amour et l'humour sont omniprésents. Entrez dans leur quotidien empli de magie, de tendresse et de bonne humeur et redécouvrez les mythes et légendes de Bretagne dans le sillage d'héroïnes passionnées.

Printed in Great Britain
by Amazon